LUZIFER
VERLAG

THE DEATH - QUARANTÄNE

John W. Vance

aus dem Englischen von Andreas Schiffmann

By arrangement with John W. Vance

Deutsche Erstausgabe

Titel der Originalausgabe: THE DEATH - QUARANTINE

Cover & Umschlaggestaltung: Michael Schubert
Übersetzung: Andreas Schiffmann

ISBN: 978-3-95835-034-2

Printed in Germany

Bibliografische Information der Deutschen Nationalbibliothek:
Die Deutsche Nationalbibliothek verzeichnet diese Publikation in der Deutschen Nationalbibliografie; detaillierte bibliografische Daten sind im Internet über http://dnb.d-nb.de abrufbar.

Romane zu schreiben, ist nicht leicht; das weiß ich, weil ich es selbst schon mehrmals getan habe. Aus diesem Grund zögerte ich auch nicht, als mich mein guter Freund John W. Vance um Hilfe bat. Schließlich hatte ich selbst, als ich an meinem Debüt THE END feilte, meine eigene ›Hilfstruppe‹, die mir Beistand leistete und konstruktive Kritik übte, damit mein Traum wahr werden konnte.

John W. Vance wendete sich an mich, und ich stand ihm bei der Umsetzung seines Einstandsromans THE DEATH zur Seite, soweit er mich brauchte. Das geschah nicht allzu häufig, weil John eine aufregende, fesselnde Geschichte geschrieben hatte. Er machte sich seine eigenen Erfahrungen aus dem Alltag eines Marinesoldaten und CIA-Beobachters zunutze, um Charaktere zu entwickeln, mit welchen sich jeder identifizieren kann. Sie sind spannend, komplex gestrickt und dennoch sympathisch. Ihr werdet euch dabei ertappen, sie zu vermissen, wenn ihr dieses Buch zugeschlagen habt, genauso wie ich es tat.

Ich bin gespannt, was im Verlauf der Trilogie von THE DEATH aus Johns Welt wird. Dieser Roman markiert einen ausgezeichneten Beginn für eine – das sehe ich voraus – lange Schriftstellerkarriere.

Glückwunsch, John, du bist ein klasse Typ und Freund. Halt die Stellung!

G. Michael Hopf
Bestseller-Autor der postapokalyptischen Reihe THE END

Prolog - Tag 1

2. Oktober 2020
38.000 Fuß über Illinois

Cassidy Langes Gedanken überschlugen sich nach alledem, was sie in den vergangenen anderthalb Wochen gesehen und getan hatte. Dann geriet die Maschine erneut in Turbulenzen. Wenn sie sich vor Angst nicht gerade so fest an die Armlehne von Sitz 23A klammerte, dass sich ihre Fingerknöchel weiß unter der Haut abzeichneten, bemerkte sie, dass sie immer wieder an dem Verlobungsring nestelte, den ihr Devin keine drei Wochen zuvor geschenkt hatte. Sie konnte kaum erwarten, ihm alles zu erzählen, obwohl sie zunächst diesen dreistündigen Flug von Omaha nach New York hinter sich bringen musste. Die Turbulenzen waren eine Qual für sie, doch zum Glück saß sie an einem Fensterplatz, wo die Zeit rascher verging und die Furcht erträglicher war. Jedes Mal, wenn sich die Maschine schüttelte oder absackte, krallte sie sich krampfhaft an die Lehne, sodass sie befürchtete, das Ding abzubrechen. Unter ihr kroch unterdessen ein Teppich aus Grün-, Braun- und Blautönen vorbei. Die letzten zehn Tage hatten eine Wende in ihrem Leben und ihrer beruflichen Laufbahn eingeleitet. Unter einer Vielzahl von Mitbewerbern war sie für ein Team unabhängiger Wissenschaftlicher ausgesucht worden, am Einschlagskrater des Asteroiden *Pandora*, wie man ihn getauft hatte, zu forschen.

Dieser war nirgendwo verzeichnet, geschweige denn überhaupt bekannt gewesen, bis er sich drei Wochen zuvor aus dem Nichts am Himmel aufgetan hatte. Nachdem seine voraussichtliche Flugbahn rasch von Astronomen berechnet worden war, hatte sich zum Entsetzen der Menschheit herausgestellt, dass er auf der Erde einschlagen würde. Dies war am 21. September um 12:33 Uhr Central Standard Time auf den weiten Ebenen im Westen Nebraskas geschehen.

Bei Pandora handelte es sich um einen verhältnismäßig kleinen Asteroiden – seine Maße entsprachen ungefähr einem Fußballfeld –, doch als er sich mit 60.000 Meilen pro Stunde in den weichen Boden des Flachlands von Nebraska gebohrt hatte, war es im Staat und darüber hinaus nicht unbemerkt geblieben.

Aus diesem Naturereignis hätte man keinen Film drehen können; da war kein langer Flammenschweif von blendender Schönheit am Himmel vorbeigerast, den sich jedermann über Minuten hinweg hätte anschauen können. Wäre man am Ort des Aufpralls zugegen gewesen, hätte man keine Warnung erhalten. Allseitiger Ruhe war innerhalb einer Millisekunde eine gewaltige Erschütterung der Erde gefolgt, und einen weiteren Sekundenbruchteil später hatte es ein einziges Mal geblitzt, während der schwere Felsbrocken einen mehr als 1.000 Fuß tiefen Krater mit einem Durchmesser von über einer Meile aufgerissen und Geröll meilenweit in den Himmel geschleudert hatte. Pandora war nicht groß genug, um weltweite Katastrophen auszulösen; strenggenommen hatte niemand in einer Entfernung von wenigen Hundert Meilen überhaupt etwas bemerkt, doch dem Aufschlag waren Folgen erwachsen, die kein Forscher, Astronom oder Astrophysiker vorhersah. Der Asteroid verfügte wie die gleichnamige Gestalt aus der griechischen Mythologie sozusagen über eine Büchse, und diese hatte sich an dem Tag geöffnet, als Cassidy mit ihrem Team vor Ort eingetroffen war.

Das Flugzeug bebte erneut. In nervöser Unruhe zurrte sie den Sitzgurt über ihrem Schoß fest. Sie wusste, wie dämlich das war, denn sollte die Maschine abstürzen, würde sie auch kein Sicherheitsgurt mehr retten. Ungeachtet dieser wohlbekannten Weisheit fühlte sie sich durch die straffere Spannung ein wenig sicherer.

Um den ruckeligen Flug zu verdrängen, nahm sie sich vor, ihre Gedanken freizubekommen, indem sie einige der Daten durchging, die sie gesammelt hatte. Sie nahm ihre Ledermappe zur Hand und begann, in den vielen Seiten voller Informationen zu blättern. Cassidy hatte mehr gewollt, doch nach nur wenigen Tagen in der Nähe der Einschlagstelle waren sie angewiesen worden, das Gebiet zu räumen, weil das Militär anrückte und es unter Quarantäne stellte. Auch seinem Widerstand zum Trotz war das Wissenschaftsteam abbestellt und durch ein anderes der Regierung ersetzt worden. Allerdings hatten sie nicht einfach so aufbrechen dürfen, sondern zunächst ein Protokoll zur Dekontamination einhalten und sich impfen lassen müssen. Einige hatten die strengen Richtlinien, die vorgegeben worden waren, verständnisvoll hingenommen, die meisten aber nicht; doch deren Beschwerden waren verpufft, denn Regierung und Militär hatten den Bereich vollständig und ausnahmslos abgeriegelt. Binnen 24 Stunden, nachdem die Armee dort aufgetaucht war, hatte Cassidy ihre Zahl auf Tausende geschätzt. Der Luftraum wurde für den Flugverkehr gesperrt, und das Gelände rings um das Loch war bedeckt mit großen, weißen Kuppeln, die Zelten glichen. Kurz nach der Übernahme durch die Behörden war ihr Team aufgelöst und jedes Mitglied gesondert unter Quarantäne gestellt worden. Cassidy hatte sich gewehrt, sich den gestellten Forderungen aber nach mehreren einsamen Tagen voller langwieriger Verhöre durch Männer und Frauen in Ganzkörper-Schutzanzügen gefügt und eine Spritze geben lassen, um die Regeln ihrer Zwangsisolation einzuhalten.

Die Maschine zitterte im Gegenwind, weshalb Cassidy ihre Armlehne abermals packte. Schweißperlen traten auf ihre Stirn. Sie streckte eine Hand nach oben aus und schaltete die

Lüftung ein. Der kühle Strom, der ihr ins Gesicht wehte, tat gut, und sie entspannte sich ein wenig. Ihr erbittertes Klammern und panisches Verhalten bei jeder Bewegung des Flugzeugs fiel einem Mann auf, der in ihrer Reihe am Gang saß.

»Hier, die können Sie auch benutzen.«

Als sie die Augen öffnete, langte er gerade nach oben an die Lüftung über dem unbesetzten Platz in der Mitte. Er schaltete sie ein und drehte sie in Cassidys Richtung.

»Oh, vielen Dank. Ist heiß hier drin, nicht wahr?«, fragte sie, während sich ihr ein Gefühl von Scham aufdrängte.

»Sie sind keine begeisterte Fliegerin?«

»Äh, nein, eigentlich nicht.«

»Was ich dabei am schlimmsten finde, ist das Gefühl, keine Kontrolle zu haben«, gestand er selbst.

»Ha, bei mir ist es die Angst vorm Abstürzen«, scherzte sie, sodass ein Lächeln ihre gebräunte Haut in Falten legte. Sie strich sich eine Strähne ihres glatten, braunen Haars hinters Ohr und ließ sich noch tiefer in den Sitz sacken.

»Darf ich fragen, wohin Ihre Reise geht?«, fuhr er fort.

»Nach Hause, und Sie?«

»Von dort komme ich gerade; ich fliege nach London«, erzählte er. »Zum ersten Mal.«

»London? Das ist schön. Ich bin zwar noch nie dort gewesen, würde es aber sehr gerne eines Tages sehen.«

»Was sind Sie von Beruf?«, fragte er weiter.

»Astrobiologin.«

»Verzeihung, was ist das?« Er neigte sich ihr zu, weil er wirklich neugierig zu sein schien.

Sie sah ihn an. Er kam ihr attraktiv vor mit seinem kurzen, braunen Haar, das an den rasierten Seiten graumeliert war, und den stechend blauen Augen. Der Kontrast zwischen dunklem Haar und hellen Augen gefiel ihr generell sehr gut. Er war einer der Gründe dafür, dass sie sich zu ihrem langjährigen Freund Devin hingezogen fühlte. Cassidy erging sich zwar ungern in bemühten Unterhaltungen, zu denen sich viele auf Flügen hinreißen ließen, und versuchte stets, sie zu vermeiden, indem sie Kopfhörer aufsetzte oder so tat, als schlafe sie, doch dieser Mann hatte sie kalt erwischt, wofür sie dankbar war. Seine Aufmerksamkeit wirkte beruhigend, und das brauchte sie.

»Ich erforsche die Ursprünge, Entwicklung, Verbreitung und Zukunft des Lebens im Universum«, zählte sie auf, ein Abspulen erschöpfend einstudierter Antworten auf stets gleiche Fragen, die man ihr schon unzählige Male gestellt hatte.

»Wow, Leben im Universum, so wie E.T.?« Er grinste.

»Wie E.T., genau.«

»Entschuldigung, das kam jetzt hoffentlich nicht falsch rüber. Ich meinte nicht …«

»Keine Bange«, beschwichtigte sie. Sie sah alles ein wenig verschwommen und spürte, dass sich ein weiterer kräftiger Hitzeschub anbahnte. Ihre Stirn wurde noch feuchter, und sie fühlte sogar, dass ihre Hände schmierig waren.

»Geht es Ihnen gut?«, hakte er nach.

Sie antwortete nicht sofort, sondern blinzelte, um wieder klar sehen zu können. Übelkeit drohte, sie zu überwältigen, wofür sie keine Erklärung fand, und dies machte ihre Beklommenheit umso schlimmer.

»Sicher, mir geht es gut, ich bin bloß … sehr müde«, erklärte sie schließlich. »Ich habe gelinde ausgedrückt eine lange Woche hinter mir.« Sie sprach in langgezogenen Worten.

»Sie sehen blass aus.«

»Ist wirklich nichts weiter, tut mir leid, aber ich denke, ich ruhe mich besser ein wenig aus.« Sie rieb sich ihre rechte Schulter, bevor sie den kurzen Ärmel hochschob und energisch kratzte.

»Autsch, das sieht aus, als würde es wehtun«, bemerkte er.

»Was?« Als sie auf ihren Oberarm schaute, reagierte sie erstaunt angesichts des Flecks an der Stelle, in die man nur 24 Stunden zuvor injiziert hatte.

»Sind Sie sicher, dass es Ihnen gutgeht?«, beharrte er.

»Absolut, aber ich bin eben müde.«

»Okay, dann gönnen Sie sich etwas Ruhe.«

»Eigentlich müsste ich auf die Toilette? Sind Sie so nett …«

»Kein Problem«, entgegnete er und stand auf.

Als sie sich erhob, fühlte sie sich schwach und bekam ein leichtes Schwindelgefühl. Er sah dies und kam ihr sofort zur Hilfe, indem er ihren Arm festhielt und ihr heraushalf.

Cassidy hatte weiche Knie. Bevor sie auf den Gang trat, hielt sie inne und schaute ihn an. »Wie sehe ich aus?«, wollte sie wissen.

»Nicht gut. Soll ich die Flugbegleitung rufen?«

Sie machte einen weiteren Schritt, da überkam die Schwäche sie, und er musste sie auffangen.

Während er sie sicher festhielt, spürte er die Hitze und den Schweiß durch ihre Kleidung. Er half ihr zurück auf ihren Platz und umschloss dann ihre Hand. Während er ihr in die Augen schaute – sie waren innerhalb weniger Momente stark gerötet – überlegte er, ob sie unter gewöhnlicher Flugkrankheit oder etwas Ernsterem litt. Sobald er sich vergewissert hatte, dass sie bequem saß, drückte er auf die Personalruftaste.

»Devin, bitte geben Sie Devin Bescheid«, murmelte sie.

Er beugte sich nach vorne und fragte: »Was sagten Sie?«

»Devin, bitte verständigen Sie ihn.«

»Okay, ich rufe ihn an«, versicherte er, obwohl er weder wusste, wer Devin war, noch wie er ihn erreichen sollte.

Sie schloss die Augen. Ihre Atemfrequenz hatte sich analog zu ihrem Pulsschlag beschleunigt. Ihre Gedanken waren verworren, und ihr Körper strahlte intensive Wärme ab.

Eine Stewardess kam und erkundigte sich: »Wie kann ich Ihnen helfen?«

»Ihr geht es nicht gut, es scheint sie richtig erwischt zu haben«, gab der Mann an und zeigte auf Cassidy.

»Was fehlt ihr denn?«

»Ich weiß es nicht. Vor zehn Minuten wirkte sie noch kerngesund, und jetzt das.«

Die Flugbegleiterin richtete sich an sie: »Ma'am, verstehen Sie mich?«

Cassidy hörte die Stimme, doch diese klang dumpf, als sei sie weit weg oder unter Wasser. Sie wollte antworten, war aber mittlerweile derart erschöpft, dass sie nicht einmal genügend Kraft aufwenden konnte, um zu sprechen.

»Ma'am, ist alles in Ordnung mit Ihnen?« Die Stewardess zwängte sich zwischen die Sitze, um einen genaueren Blick auf Cassidy zu werfen. Als sie eine Hand auf ihren Arm legte, fühlte sie das Fieber, welches in ihrem Körper wütete. Dann schaute sie den Mann an und fragte: »Kennen Sie sie?«

»Nein, es ist keine Viertelstunde her, dass wir miteinander ins Gespräch kamen. Ich weiß nicht einmal, wie sie heißt.« Er zuckte mit den Schultern.

Eine zweite Stewardess kam herbei. »Margaret, ist alles okay hier?«

»Nein, besorgst du mir eine Decke und ein Kissen, bitte?«

Die Frau tat es sofort.

»Das wird schon wieder, meine Liebe«, sagte Margaret dann. »Können Sie mir Ihren Namen nennen?«

Cassidy öffnete den Mund und flüsterte etwas; ihre Augen blieben fest geschlossen. Da schüttelte Margaret sie kräftig. Cassidy reagierte, indem sie die Lider aufschlug.

»Na also. Erklären Sie uns, was Ihnen Ihrer Meinung nach fehlt. Benötigen Sie Medikamente? Bitte lassen Sie sich helfen.«

Cassidy schob ihren Ärmel wieder hoch, sodass man die rote, dicke Schwellung sah, wo man ihr die Spritze gesetzt hatte. Die Stelle war nun von rötlichen Pusteln umgeben.

»Was ist das?«, staunte Margaret und wich vor ihr zurück, weil sie befürchtete, es handle sich um etwas Ansteckendes.

Cassidy zeigte darauf und antwortete mühselig: »Injektion.«

Die Stewardess wandte sich wieder an den Mann: »Wissen Sie, ob sie Medikamente nimmt?«

»Wie gesagt, ich weiß gar nichts; wir lernten uns gerade erst kennen.«

Plötzlich setzte sich Cassidy aufrecht hin, als sei ihr Körper hochgezogen worden. Sie riss ihre nun stark blutunterlaufenen Augen auf und stierte die Rückenlehne des Sitzes vor sich an. Margaret und der Mann betrachteten sie verwundert – und jetzt auch mit einiger Unruhe.

Diese Unruhe war nun auch im gesamten Flugzeug spürbar, da die Passagiere entweder zugehört oder versucht hatten, etwas von dem zu sehen, was vor sich ging.

Ein Teenager kniete in Reihe 22 auf seinem Sitz und schaute auf Cassidy hinab. Er filmte mit seinem Smartphone. Wie viele andere seiner Generation hielt er es für nebensächlich, Hilfe zu leisten, und wollte vielmehr jedes tragische oder dramatische Ereignis mit seinem Gerät festhalten. Die Technik bescherte der Gesellschaft genauso viel Gutes wie Schlechtes. Der Bursche nahm alles mit leicht verzückt funkelnden Augen auf und hoffte wohl, es werde ihm zahllose Aufrufe bei Youtube bringen.

Cassidy machte ihren Hals lang, um Margaret anzusehen. »Ich glaube, die haben mir irgendetwas eingebrockt.«

»Wer hat Ihnen was eingebrockt?«

»Ich … reagiere allergisch auf …« Erneut verwies sie auf ihren rechten Arm.

»Was ist damit?«

So wie ihr der Schweiß in Strömen von Gesicht und Körper lief, sah sie aus, als habe sie gerade auf einem Heimtrainer gesessen. Die Kleider klebten ihr klatschnass am Leib.

Auf einmal erschien der Pilot und fragte: »Margaret, was ist hier los?«

»Ich weiß nicht genau, was sie hat, aber sehen Sie selbst.«

Er beugte sich wie die Stewardess nach vorne. »Ma'am, wie kann ich Ihnen behilflich sein?«

Cassidy blickte zu ihm auf und antwortete: »Devin.«

»Wer ist Devin?«

Da krümmte sie sich und erbrach ohne Vorwarnung gegen die Rückenlehnen von Reihe 22.

Der Teenager rief: »Wie ekelhaft! Ich hab was abbekommen!«

Cassidy würgte erneut. Der Gestank von Galle und halbverdautem Essen stieg allen ringsum in die Nase.

»Ich werde landen. Lassen Sie die Menschen ihre Plätze einnehmen«, ordnete der Pilot an und kehrte ins Cockpit zurück.

Übergab sich Cassidy gerade nicht, schaute sie auf und bettelte: »Helfen Sie mir.«

Die anderen Passagiere starrten bloß. Einige wussten nicht so recht, wie sie helfen konnten; andere schreckten zurück, weil sie Angst hatten, sich eine Krankheit einzuhandeln.

Dann knisterte der Bordfunk: »Hier spricht Ihr Captain. Wie Sie alle wissen, befindet sich eine Passagierin unter uns, der es sehr schlecht geht. Bis nach New York ist noch zu weit, also werde ich in Indianapolis notlanden. Dort erhält die Kranke medizinische Behandlung. Bitte entschuldigen Sie die Unannehmlichkeiten, doch ich darf Ihnen versichern, Sie alle werden Ihr Reiseziel erreichen.«

Tag 183

2. April 2021
Decatur, Illinois

Egal wie oft er sich die zerknitterten Zeitungsschnipsel anschaute, die er mit ihren schmalen Rändern an die nackte Holzwand geklebt hatte, wollte er sich weiterhin einreden, alles sei ein Albtraum gewesen, aus dem er bald in seinem kleinen, aber gemütlichen Appartement neben Cassidy aufwachte.

Sein Blick huschte von einem Artikel zum nächsten, während er vergeblich nach einem Hinweis suchte – irgendetwas, das ihm eine Antwort auf den ganzen Wahnsinn geben konnte.

4. Oktober: rätselhafte Krankheit bricht im Mittleren Westen aus.

5. Oktober: Krankheit verbreitet sich bis an beide Küsten.

6. Oktober: Gouverneure in mehreren Staaten rufen den Notstand aus.

8. Oktober: Krankheit wird zur Pandemie.

10. Oktober: Präsident ruft nationalen Notstand aus.

12. Oktober: Zahl der Opfer erreicht 35 Millionen.

13. Oktober: Ausschreitungen.

Beim Lesen kam er nicht umhin, sich von der roten Farbe ablenken zu lassen, mit der er »Gott steh uns allen bei« über die Ausschnitte gesprüht hatte.

Devin machte sich von diesem qualvollen Ritual los und fuhr mit seiner täglichen Routine fort. Dazu gehörte auch Tagebuchschreiben; es erwies sich als therapeutisch und verband ihn in gewisser Weise mit seiner Vergangenheit. Während die Feder seines Stifts über die dünnen Seiten des Spiralblocks jagte, wurde er von der Sonne geküsst, deren erste

Strahlen auf ihn fielen. Er gönnte sich einen Augenblick, um durch die einzige Scheibe des Stalls zu schauen. Ein anderes Fenster zur Welt, außer dieser kleinen Öffnung, hatte er nicht mehr. Draußen bot sich ihm das gleiche Bild wie seit einem halben Jahr: Die unendlich weiten Felder, auf denen sorgfältig Mais angebaut worden und eingegangen war. Die hohen Pflanzen standen da wie Statuen. Sie hatten wie alles andere gelitten und ihr Leben gelassen, aber nicht wegen der Pandemie, sondern aufgrund von Vernachlässigung. Jetzt fungierten sie als Barriere zwischen Devins Unterschlupf in dem alten Stall und dem verseuchten Rest des Planeten.

Er erinnerte sich täglich an seine Reise von Indianapolis zum Haus seines Cousins in Decatur, Illinois. Jene Fahrt als Höllenritt zu bezeichnen, hätte an Untertreibung gegrenzt, denn sie war viel schlimmer gewesen. Man hatte im Zuge der Ausbreitung der Seuche alle Flughäfen geschlossen, sodass er in Indianapolis festsaß, ohne sich an irgendjemanden wenden zu können. So war er einzig anhand der Adresse auf seinem Handy zu Toms Bauernhof gefahren. Er hatte ihn nur zweimal getroffen, und zwar jeweils in frühster Kindheit, den persönlichen Kontakt aber, wie es in vielen Familien der Fall war, nicht aufrecht erhalten und nur über Facebook mit ihm kommuniziert. Die sporadischen Konversationen waren stets mit dem üblichen »Treffen wir uns mal irgendwann« versehen worden – natürlich in allen Fällen bedeutungslose Worte und vor allem eine Höflichkeitsfloskel für Unterhaltungen, von der sich die Menschen nicht trennen konnten.

Heute genau vor sechs Monaten hatte er das mit Cassidy erfahren. Im Nachhinein wünschte sich Devin, er wäre vor jener halben Ewigkeit ans Telefon gegangen. Er hatte nie zu den Menschen gehört, die nicht ohne ihr Handy leben konnten; für ihn war es nichts weiter als eine praktische Hilfe im Alltag und insbesondere für Notfälle gewesen. Diese Hassliebe zu Mobiltelefonen hatte dazu geführt, dass sein Gerät stummgeschaltet in einem anderen Zimmer liegengeblieben war.

Devin hatte erfolgreich als Texter gearbeitet und ein Umfeld ohne Ablenkungen gebraucht, um produktiv zu sein. An jenem Tag hatte er die Vibrationen des Gerätes gehört, sich aber nicht weiter darum gekümmert. Erst beim späteren Nachsehen war ihm aufgefallen, dass er ein halbes Dutzend Anrufe von einer unbekannten Nummer verpasst hatte. Als er die erste hinterlassene Nachricht abhörte, musste er bereuen, nicht reagiert zu haben. Diese Reue war bald zu Verzweiflung geworden. Nachdem ihn mehrere Personen im Krankenhaus durchgereicht hatten, war er endlich an jemanden geraten, der ihm hatte sagen können, was mit Cassidy geschehen war. Daraufhin hatte er sich ohne Zögern in den nächsten Flieger nach Indianapolis gesetzt.

Die Verzögerung, die sich aus seiner Nachlässigkeit ergeben hatte, sein Handy zu überprüfen, hatte fatale Folgen: Zu dem Zeitpunkt, als er die Klinik in Indianapolis erreichte, war es zu spät gewesen. Dort herrschte reges Durcheinander, und als endlich jemand auf ihn eingegangen war, hatte er erfahren, dass Cassidy nicht mehr lebte. Um alles noch schlimmer zu machen, hatte er nie die Gelegenheit erhalten, ihren Leichnam zu sehen, da dieser von Regierungsbeamten beschlagnahmt und fortgeschafft worden war.

Die letzten Eindrücke, die Devin von ihr bekam, stammten aus der Handykamera des Jungen aus Reihe 22. Das unstete, aber gestochen scharfe Bild des Videos ließ ihn schaudern. Cassidy krank und mit Schmerzen zu sehen, war zu viel für ihn gewesen. Er schaffte es nie, den Mitschnitt bis zum Ende zu sehen, doch jeder örtliche Nachrichtensender hatte ihn tagelang ausgestrahlt, von Youtube und den Sozialnetzwerken ganz zu schweigen. Was zunächst ein Einzelfall war, sollte sich bald häufen, und binnen weniger Tage hatten sich allerorts ähnliche Szenen wie in dem Flugzeug abgespielt. Nicht lange, und es wimmelte vor Handyfotos und -videos von Menschen mit den gleichen Symptomen.

Devin schaute hoch in den dunkelblauen Himmel. Immer noch zogen die Wolken willkürlich dahin, doch ihre Begleiter – die Vögel – fehlten. Er hatte seit Monaten weder sie noch andere Lebewesen gesehen. Seine selbstauferlegte Isolation bot Sicherheit, verschwieg ihm allerdings auch, was außerhalb der 20 Morgen des Gehöfts vor sich ging.

Der Tod war in seiner Raserei nicht wählerisch und rasch mutiert, sodass er bald jegliche Tiere erfasst und umgebracht hatte, genauso wie den Menschen.

Irgendwann fiel Devins Blick auf das Hauptgebäude. Er fragte sich, ob der Gestank endlich so weit verflogen war, dass er sich wieder hineinwagen konnte. Allmählich gingen seine Vorräte zuneige; er hatte das Haus gleich nach seiner Ankunft zum ersten und letzten Mal betreten, dabei alles zusammengerafft, was ihm auf die Schnelle in die Hände gefallen war, und es wieder verlassen, ohne etwas darin zu verändern. Er hielt sich fern, weil sein Cousin fest entschlossen gewesen war, nicht zuzulassen, dass die Krankheit seine Familie umbrachte, es deshalb selbst getan und danach Suizid begangen hatte. Devin war nie dazu gekommen, Toms Kinder kennenzulernen, doch auf Fotos sahen sie sehr niedlich aus: Ein Junge und ein Mädchen, die jeweils nicht älter als acht und sechs hatten sein können. Als er hier ankam, hatte er geklopft und geklopft, und war schließlich eingebrochen. Drinnen hatte ihm der Gestank angekündigt, worauf er schlussendlich stoßen sollte – die ganze Familie, vereint im Elternschlafzimmer des Obergeschosses des alten Bauernhauses. Der Anblick hatte ihn schockiert und abgestoßen. In der Zeit, bis er außer Fassung geraten und zum Stall hinübergeeilt war, hatte er so viel zusammengetragen wie möglich. Hier sollte er sicher verborgen bleiben, doch jetzt würde er, so er weiterleben wollte, zurückkehren müssen, und davor graute ihm.

Während der langen Tage und Nächte in seiner freiwilligen Gefangenschaft verfluchte er sich immer wieder dafür, nie Zeit aufgewandt zu haben, Überlebenstechniken zu lernen, geschweige denn etwas darüber zu lesen. Oft hatte er unverhohlen über Personen gelästert, die sich auf ebendiese Situation vorbereitet hatten, in der er sich nun wiederfand. Wörter wie »dämlich«, »albern« oder »naiv« waren ihm über die Lippen gekommen, um diejenigen zu beschreiben, die sich dem verschrieben hatten, gefolgt von »bescheuert«, »abstrus« und »reif für die Klapsmühle«. Jetzt verwendete er sie, um sich selbst zu beschreiben. Obwohl er überhaupt nichts vom Überleben verstand, überraschte es ihn, wie schnell er sich anpasste. Wäre er zuvor gefragt worden, wie hoch er seine Chancen einschätzte, sich im Zuge eines solchen Ereignisses zu behaupten, hätte er geantwortet, sich überhaupt keine auszurechnen.

Während er auf dem unebenen Erdboden im Stall hin und her ging, versuchte er, Mut zu fassen, um ins Haus zurückzukehren. Es war nicht so, dass er Angst hatte, sich irgendetwas einzufangen; vielmehr wollte er nicht noch einmal riechen, was ihm dort in die Nase gestiegen war. Ihm waren Geschichten über den abartigen Gestank von verwesendem Menschenfleisch zu Ohren gekommen, doch diese konnte er erst bestätigen, seitdem er es selbst gerochen hatte. Ein solches Odeur war ihm noch nie untergekommen und hatte ihm, verbunden mit dem Anblick aufgequollener Leichname, heftige Übelkeit bereitet. Er musste aber wieder hineingehen; von dem, was er aus dem Haus mitgebracht hatte, und den Vorräten, auf die er kurz darauf im Stall gestoßen war, war nämlich so gut wie nichts mehr übrig. Er wusste, bald würde er sich über das Haus und den Bauernhof hinaus auf Nahrungssuche begeben müssen. Bei diesem Gedanken graute ihm ebenfalls.

Im Laufe der vielen Monate im Stall hatte er jede Kiste, jeden Schrank und staubigen Winkel durchsucht. Was er auf seinem Abstecher ins Haus verwenden wollte, war eine Atemschutzmaske, die Toms Frau Jessica angezogen hatte, um ihrem Hobby nachzugehen, alte Möbel zu streichen und zu lackieren. So hoffte Devin, sich vor dem Gestank schützen zu können, falls dieser noch nicht verflogen war, denn dadurch würde ihm leichter fallen, was er tun musste.

Als er das verwitterte Tor des Stalls aufzog, fiel das Licht der Sonne auf ihn, die nun zu fortgeschrittener Morgenstunde höher am Himmel stand. Er hielt inne, um ihre Wärme einen Moment zu genießen. Der ausgetretene Pfad vom Stall zum Haus war noch immer sichtbar; er war noch nicht komplett überwuchert. Devin näherte sich langsam dem Haus, bis er die Treppe erreichte. Als sein Blick darauf fiel, wurde ihm bewusst, wie viele tausende Füße die Stufen betreten hatten. In ihrer Mitte war die weiße Farbe abgeblättert und das Holz durchgetreten.

Nachdem er auf die Veranda getreten war, versuchte er, die Fliegengittertür zu öffnen, die seit seinem ersten Eintritt über ein halbes Jahr zuvor in einer Ecke aufgerissen war. Er zog sie auf und griff den kalten Messingknauf der massiven Eingangstür. Als er daran drehen wollte, kam ihm ein vertrautes, aber lange nicht gehörtes Geräusch zu Ohr: Das tiefe Bellen eines Hundes.

Er blieb stehen und sah sich um.

Erneut gab das Tier Laut.

Seit er einen Hund oder ein anderes Lebewesen gesehen, geschweige denn gehört hatte, waren sechs Monate vergangen. Die Küchentür, durch die er eintreten wollte, befand sich an der Südseite des Gebäudes, die unbefestigte Landstraße hingegen verlief davor in Richtung Norden, und rings um das Haus erstreckten sich Maisfelder.

Wieder bellte der Hund, diesmal näher, und zwar von der Nordseite her. Devin trat rasch ins Haus und schloss die Tür hinter sich. Den Hund gehört zu haben, machte ihm Angst, weil er befürchtete, er komme mit einem Menschen oder sei selbst hungrig. Nie zuvor in seinem Leben hatte er sich vor Hunden gefürchtet, doch jetzt war ihm klar, dass alles, was noch lebte, essen musste, und große Hunde waren definitiv imstande, einen Menschen zu reißen.

Er ging zügig durch die Wohnung und stellte sich an ein breites Erkerfenster, von dem er die geschotterte Einfahrt und die Landstraße dahinter sehen konnte. Er schob die Vorhänge beiseite und warf einen Blick hinaus, konnte aber nichts Auffälliges entdecken. Sein Herz raste, und er fing an zu schwitzen. »Komm runter, Dev, es ist bloß ein Hund«, redete er sich ein.

Da bellte das Tier wieder.

Er ließ den Blick weiterhin schweifen. Nicht eher wollte er sich auf die Suche nach Nahrungsmitteln begeben, bis er sicher sein konnte, wo der Hund war und wer ihn vielleicht begleitete.

Auf einmal sah er ihn. Es war ein großer deutscher Schäferhund, der sich auf der Landstraße näherte. Merkwürdigerweise wirkte der Hund vergnügt. Devin wusste nicht, wie er darauf gekommen war, hatte sich sein Aussehen aber bedrohlicher vorgestellt.

Er neigte sich näher zur Scheibe, als würde es ihm helfen, besser zu sehen.

Plötzlich pfiff es laut, und das Tier blieb stehen.

Jemanden pfeifen zu hören, jagte Devin einen kalten Schauer über den Rücken. Er spürte, wie sich sein Herzschlag weiter beschleunigte und Panik in ihm aufstieg. Er sah hektisch hin und her, um die Person zu entdecken, die gepfiffen hatte.

Der Hund blieb vor der Einfahrt stehen und blickte die Straße zurück, doch die toten Maispflanzen hinderten Devin daran, zu erkennen, auf wen das Tier wartete. »Dev, reiß dich zusammen«, murmelte er und konzentrierte sich wieder aufs Atmen.

Er hatte seit seiner langen Reise nach Decatur keinen anderen Menschen mehr getroffen, und jene letzte Begegnung war nicht gewaltfrei gewesen. Schon damals hatte er sich kaum retten können, und jetzt konnte er sich nur zu gut vorstellen, dass die Menschen noch aggressiver waren. Er wusste, Lebensmittel waren unweigerlich knapp, also sollte es ihn nicht überraschen, auf andere Menschen zu stoßen, doch nachdem ihm sechs Monate lang niemand über den Weg gelaufen war, hatte er allmählich geglaubt, er sei der einzige Überlebende.

Schweiß lief ihm von der Stirn in die Augen. Er wischte ihn hastig weg und fuhr sich durch sein ungekämmtes, kurzes Haar; die nasse Hand wischte er daraufhin an seiner Hose ab. Während seines abgeschotteten Aufenthalts im Stall hatte er weiterhin Wert auf Körperhygiene gelegt, so gut es ging. Da er langes Haar nicht mochte, hatte er seinen dichten, schwarzen Schopf mit einer Schere kurzgehalten, die er fand. In seinen gleichfalls schwarzen Bart mischten sich nun graue Stellen. Er stutzte ihn regelmäßig, damit er nicht zu lang wurde.

Devins blaue Augen starrten eindringlich auf den Rand des Maisfelds, während er ungeduldig darauf wartete, wer hervortreten würde. Der Hund begann, am Boden zu schnuppern, und kam dann näher.

Devins quälende Warterei fand ein Ende, als eine schlanke Frau auftauchte. Da sie noch etwa 200 Fuß entfernt war, konnte Devin ihr Alter und ihre Verfassung nicht einschätzen. Sie trug Jeans und Stiefel sowie eine enge Lederjacke. Ihr langes, braunes Haar hatte sie zusammengebunden und hinten durch eine Baseballmütze gezogen. Sie hielt eine Waffe in den Händen – ein AR-Sturmgewehr, soweit er erkennen konnte.

Die Frau wies den Hund an, zum Haus zu gehen.

Devin schnellte zurück und duckte sich, damit sie ihn nicht entdeckte. Jetzt wünschte er sich, all die vergangenen Monate dazu genutzt zu haben, um sich auf angemessene Weise zu wappnen, statt sich in seinem Tun von Emotionen und einem schwachen Magen leiten zu lassen. Er brauchte irgendetwas, um sich zur Wehr setzen zu können – und zwar schnell. Nachdem er sich vergewissert hatte, dass sie ihn nicht sah, eilte er in den einzigen Raum, der ihm einfiel: die Küche. Dort schnappte er sich ein langes Fleischmesser. Als er die Edelstahlklinge betrachtete, fühlte er sich ein wenig sicherer. Dann drängte sich ihm ein Bild auf: Er erinnerte sich, eine Flinte über dem Kamin im Wohnzimmer gesehen zu haben. Warum sie ihm zunächst nicht hatte einfallen wollen, diese Frage würde er sich später stellen. Jetzt lief er nach nebenan und nahm die Waffe herunter. Er kannte sich nicht damit aus – mit keinerlei Waffen. Sein ganzes bisheriges Leben war er davon überzeugt gewesen, keine zu brauchen. Einmal mehr wünschte er sich, die Zeit zurückdrehen zu können, um seine blauäugige Einstellung zu ändern. Er wusste nicht, wie man mit einer Flinte schoss, und jetzt war seine Zeit abgelaufen.

Die Bohlen unter dem Vorbau knarrten, als die Frau und der Hund heraufkamen. Dessen lange Nägel verursachten Klickgeräusche auf dem Holz, während er auf der überdachten Terrasse herumschnüffelte, die rund ums Haus führte.

Devin ging hinter einem breiten Schaukelsessel in Deckung, kniete sich hin und machte sich darauf gefasst, entdeckt zu werden.

Jetzt blieb ihm nur noch sein Hörsinn, weil seine Sicht eingeschränkt war. Angestrengt lauschend erkannte er, dass die beiden die Vordertür erreicht hatten. Er warf einen verstohlenen Blick über den Sessel hinweg zum Eingang, der nur 15 Fuß entfernt war, und sah den Messingknauf wackeln, als sie daran rüttelte, nur um herauszufinden, dass sie vor verschlossener Tür stand.

Devin sah, wie sie zu dem breiten Erkerfenster weiterging, an dem er zuvor gestanden hatte. Dort hörten ihre Schritte auf. Er konnte sich nur vorstellen, wie sie hereinschaute. Ein Winseln machte ihn und die Frau darauf aufmerksam, dass der Hund an der Hintertür stand.

Devin fiel ein, dass er sie nicht verriegelt hatte. Jetzt war er hin und her gerissen: Sollte er versuchen, dies nachzuholen, oder einfach zulassen, dass die beiden hereinkamen? Schließlich sah er ein, dass sie dies sowieso tun würden, abgesperrte Tür hin oder her.

Er schloss die Augen und lauschte weiter. Mit jedem Schritt, den die Frau um das Haus machte, nahm sein Blutdruck zu. Er packte die Flinte fester, während ihm der Schweiß von der Stirn rann.

Schließlich kam sie an der Hintertür an; er konnte hören, wie sie dem Hund etwas zuflüsterte.

Da kam ihm eine Idee: Er wusste nun, was er zu tun hatte.

Zwischen ihm und der Tür in der Küche befand sich eine Wand; er stand auf und lehnte sich dagegen. Jetzt war die Frau nur acht Fuß von ihm entfernt. Er wartete auf das Geräusch, das ihn zur Tat schreiten lassen würde.

Der Knauf drehte sich, und die Tür wurde einen Spaltbreit aufgestoßen; das alte Erlenholz ächzte, als sie vollständig geöffnet wurde.

Das war Devins Zeichen. Er trat mit der Flinte im Anschlag hinter der Wand hervor. Aber wer auch immer diese Frau war, sie hatte sich auf so etwas gefasst gemacht und legte bereits auf ihn an.

»Sofort stehenbleiben, das ist mein Haus!«, schrie er sie an.

»Tun Sie nichts Unbesonnenes, ich suche nur etwas zu essen«, erklärte die Frau. »Es sah so aus, als sei niemand hier.«

»Tja, da täuschen Sie sich!«, krächzte Devin, während er den Griff der Flinte mit seiner klammen Hand noch fester packte. Sein rechter Zeigefinger lag am Abzug, schussbereit falls nötig.

»Nehmen Sie einfach die Waffe runter, dann tue ich es auch«, verlangte die Frau in ruhigem Ton, während sie Devin über den kurzen Lauf ihres AR-15 hinweg anstarrte.

»Sie zuerst«, entgegnete er.

Der Hund begann, kaum hörbar zu knurren. Er fletschte die Zähne und ging in Angriffsstellung. Als Devin ihn ansah, wusste er, dass er unterliegen würde.

»Brando, ganz ruhig. Dieser freundliche Mann wird uns nicht erschießen«, beschwichtigte die Frau, ohne ihre wachsamen Augen von Devin abzuwenden.

Brando trat einen Schritt vorwärts.

Devin war drauf und dran, den Kopf zu verlieren. »Sagen Sie dem Köter, er soll Sitz machen oder so!«

»Er folgt nur, wenn er will.«

Devin wusste nicht, was er tun sollte; Furcht bestimmte sein Verhalten. Brando hob langsam seine rechte Vorderpfote und stellte sie wieder hin. Er bewegte sich zaghaft auf Devin zu, pirschte sich an wie ein Raubtier auf Beutezug.

»Verschwinden Sie jetzt!«, schrie Devin, dessen Stimme wegen der Schutzmaske dumpf klang.

»Wir gehen ja schon, keine Sorge. Knallen Sie uns bloß nicht von hinten ab.« Nachdem er das gehört hatte, verspürte Devin einen Hauch von Überlegenheit. »Komm, Brando, so freundlich ist unser Gastgeber doch nicht.«

Doch der Hund ließ nicht von Devin ab. Sein Knurren war lauter geworden, und seine weißen Zähne ließ er jetzt deutlich erkennen. Die Frau ging rückwärts, bis sie gegen die Fliegengittertür stieß. »Brando, Junge, jetzt komm«, befahl sie.

Das Tier wollte nicht hören; ein Streifen seines dichten, schwarzen Rückenfells sträubte sich.

»Ich schieße auf das Vieh, ich sag's Ihnen!«

»Egal, was Sie tun, zielen Sie nicht auf ihn. Ich bringe ihn dazu, bei Fuß zu kommen, geben Sie mir bloß etwas Zeit«, bat sie.

Brando knurrte immer lauter, bis er wieder bellte. Devin zuckte zusammen und richtete die Flinte auf ihn. Der Hund sperrte sein Maul auf und stürzte los. Er vergrub die Zähne in Devins rechtem Arm. Der schrie vor Schmerz auf und drückte ab, doch nichts geschah, weil die Flinte nicht entsichert war.

Brando schüttelte heftig den Kopf, während er fester zubiss. Solche Schmerzen hatte Devin noch nie erlebt. Er ließ die Waffe fallen und taumelte rückwärts, ehe er über die Kante eines dicken Perserteppichs im Wohnzimmer stolperte.

Das Tier ließ ihn einfach nicht los. Schließlich ging Devin rücklings nieder, und der Hund mit ihm. Dabei brüllte er noch vor Schmerz, was jedoch abrupt aufhörte, als er mit dem Kopf gegen den Couchtisch schlug. Die Wucht des Aufpralls war so heftig, dass sein Blickfeld verschwamm, bevor es endgültig schwarz wurde.

Lager 13 der Katastrophenschutzbehörde, Region VIII, 50 Meilen östlich des internationalen Flughafens Denver

Aus den Lautsprechern plärrte der Morgenappell und beendete Lori Roberts' kurzen Schlaf. Nachdem sie sich die ganze Nacht lang hin und her gewälzt hatte, war sie gerade eine Stunde zuvor erschöpft weggetreten.

Die anderen, mit denen sie in dem großen Allzweckzelt lag – ihr Ehemann David und ihr Sohn Eric – waren schon wach und machten sich für den bevorstehenden Tag fertig, von dem Lori wusste, dass er exakt so verlaufen würde wie der vorige und der davor.

Am morgigen Tag lebten sie genau vier Monate in Lager 13, doch dies gab keinen Anlass zum Feiern. Was sie als Symbol der Hoffnung und Rettung vor der Seuche aufgefasst hatten, stand jetzt für Verzweiflung.

Ihr Mann David verglich das Lager oft scherzhaft mit einer Kakerlakenfalle: »Man kommt rein, aber nicht mehr raus.«

Genau so war es auch: Als sie vor knapp vier Monaten eingetroffen waren, hatten sie sich gefreut, noch am Leben zu sein und die Chance zu einem Neuanfang zu erhalten, doch diese Zuversicht sollte sich bald zerschlagen, als drastisch klar wurde, wie schlimm die Dinge wirklich standen, sogar für die Regierung.

»Schatz, steh auf. Lass uns vor der Morgenversammlung noch etwas frühstücken«, sagte David, während er sich ein Shirt überstreifte.

Lori wälzte sich herum und sah ihn an, wobei das Morgenlicht nur einen Teil seines Gesichts erhellte. »Du und Eric, esst ruhig etwas; wir sehen uns dann bei der Versammlung.«

»Bist du sicher?«

»Ja, ich bin müde und möchte noch eine Weile liegenbleiben.«

Er kniete sich neben sie und nahm ihre Hand. Nachdem er diese geküsst hatte, fragte er: »Wieder eine schlaflose Nacht?«

»Ich habe alles versucht, liege dann aber doch wach und grüble.«

»Geh heute zu einem Arzt, der soll dir etwas verschreiben.«

»Vergiss es, ich setze mich nicht acht Stunden oder länger in eine Schlange.«

»Was hast du denn sonst zu tun? Du musst ja diese Woche nicht zum Arbeitskreis.«

»Mal sehen. Geh jetzt, nimm auch ein Päckchen Erdnussbutter und Kekse für mich«, erwiderte sie und rieb seinen Arm.

»Geht es Mom gut?«, fragte Eric, der nun auf die beiden hinabschaute. Er war 16 und kam ganz nach seinem Vater: braunhaarig, groß und schlank. Lori witzelte häufig, sie wisse nur deshalb, dass er ihr Sohn sei, weil sie bei seiner Geburt gesehen habe, wie er aus ihrem Körper gekommen war.

»Okay«, sagte David, stand auf und ging los, hielt aber noch einmal inne. »Und nicht verschlafen.«

Ein Streifen Tageslicht fiel in ihr staubiges Zelt, als David und Eric es verließen. Lori kniff die Augen zu, als es auf sie traf, gerade als sie sich umdrehte. Dass sie nicht aufstehen konnte, lag nicht etwa an körperlicher Schwäche, sondern an seelischer Ermattung. David wusste dies, behielt es aber für sich.

Nachdem die beiden endlich gegangen waren, lag sie allein im Zelt, doch diese Einsamkeit – ein Gefühl der Entrückung – spürte sie auch, wenn sie von den Tausenden im Lager umgeben war.

Lori war eine fähige Frau und Teilhaberin an einem Architekturbetrieb gewesen, bevor der Tod Einzug gehalten und alles zunichtegemacht hatte. Früher war sie oft nachdenklich und dankbar für das Leben gewesen, das sie sich hatte schaffen können, doch dann – von einem Moment auf den nächsten – war alles dahin. Sie erinnerte sich noch an die Nachrichten im Fernsehen über die anfängliche Ausbreitung des Virus, wobei sie wie so viele andere geglaubt hatte, es sei etwas, das sie nicht betreffe. Wie oft sahen Menschen etwas und dachten, es sei nur das Elend anderer? Niemand rechnet jemals damit, es könne ihm selbst widerfahren. Wäre sie imstande, in der

Zeit zurückzugehen und eines zu ändern, dann wäre dies ihre damalige Ichbezogenheit. Sie wünschte sich, auf das Bauchgefühl ihres Ehemanns gehört und die Kinder aus der Schule genommen zu haben. Allerdings war sie davon ausgegangen, die Obrigkeit kümmere sich bereits um die Krankheit, weshalb sie unmöglich in dem hübschen, kleinen Nest Castle Rock in Colorado einfallen könnte.

Diese einfache, kurzsichtige und leichtgläubige Entscheidung war sie teuer zu stehen gekommen. Die einst selbstbewusste Frau, die sich in die Geschäftswelt gestürzt und diese im Sturm genommen, die eine Bilderbuchehe geführt und die perfekte, kleine Familie gegründet hatte, war durch den schnöden Entschluss, ihre Kinder weiterhin zur Schule zu schicken, zermürbt worden. Ihre einzige Tochter Madeleine, war ein hübsches, neunjähriges Mädchen mit langem, dunklem Haar und einem Gesicht gewesen, das stets ein Lächeln geziert hatte. Sie war glücklich gewesen und hatte ihr Leben sogar schon in jenem zarten Alter vorausgeplant, ja selbst das College bereits ausgesucht, das sie besuchen würde. Nichts von alledem sollte sich erfüllen, denn sie war innerhalb einer Woche gestorben, nachdem sie die Schule wieder besucht hatte. Als sie von dort nach Hause kam, hatte sie unter grippeähnlichen Symptomen gelitten und fiel in ein Koma, bevor irgendjemand eine Diagnose stellen konnte.

Das war schon die zweite falsche Entscheidung gewesen, die Lori bitter bereut hatte. Die erste lag zwei Jahre zurück; seinerzeit war David ihrer Affäre mit einem Ratsmitglied aus Denver auf die Schliche gekommen. Diese fand ein Ende, sodass es ihr nach monatelangen Therapiesitzungen und vielen flehentlichen Worten gelungen war, ihre Ehe zu retten und so die Familie zusammenzuhalten. Daraufhin hatte sie sich geschworen, ein besserer Mensch, eine bessere Mutter und Ehefrau zu sein.

David hatte im Zuge jener Affäre und auch bei Madeleines Tod große Stärke bewiesen. Als das Mädchen starb, hatte sich Lori Vorwürfe gemacht, war aber von ihm getröstet und darauf hingewiesen worden, dass sie keine Schuld traf. Er hatte ständig betont, Madeleine sei nicht immun gewesen und wäre irgendwann sowieso gestorben.

Das hatte die Mutter nie glauben wollen; ihr war es leichter gefallen, mit sich selbst ins Gericht zu gehen, weil sie zugelassen hatte, dass die Kinder in die Schule und unter Menschen gegangen waren, wo sie sich dem Virus ausgesetzt hatten.

Die Zustände in den Vereinigten Staaten waren schnell außer Kontrolle geraten, als sich die Krankheit ausbreitete und alles umbrachte, was nicht immun gewesen war – auch die Tiere. Wer sich vorbereitet und Rückzugspunkte gesucht hatte, war zu dem Glauben verleitet worden, sich schützen zu können, doch auch sie hatte der Tod bald ereilt. Niemand konnte sich vor Erregern schützen, die sich durch die Luft leicht von Mensch zu Mensch beziehungsweise Mensch zu Tier und umgekehrt übertrugen. Etwas Derartiges hatte man nie zuvor erlebt, und wahrscheinlich würde es auch kein weiteres Mal dazu kommen. Diese Seuche blieb in ihrem Ausmaß ohne Beispiel. Die einzige Chance, sie zu überleben, bestand in Immunität.

Nach Madeleines Tod hatten sich David, Lori und Eric in ihrem Haus verschanzt und Tage, dann Wochen verstreichen lassen. Zwei Monate später schließlich waren sie übereingekommen, sich hinauszuwagen, um nach Vorräten zu suchen. Auf einem jener Abstecher war David einer Einheit der Nationalgarde begegnet. Kaum ein paar Stunden, nachdem er diese Soldaten getroffen hatte, waren die drei auf dem Weg zu Lager 13 gewesen. Zwangsevakuierung hatte man es genannt. Zuerst war ihnen der Ort vielversprechend vorgekommen, doch das hatte sich rasch geändert.

Lori bemühte sich, Ruhe zu finden, doch viele Gedanken und Eindrücke schwirrten ihr durch den Kopf. Einer nach dem anderen blitzte auf, jeder schlimmer als der vorige. Sie stellte sich vor, sie könnten Lager 13 nie mehr verlassen, müssten für immer hierbleiben, ohne Hoffnung darauf, die Außenwelt je wiederzusehen.

Jeden Morgen hielt der Kommandant des Lagers eine Versammlung ab; dabei machte er Ankündigungen und rief gelegentlich auch Namen aus. Das waren dann die wenigen Auserwählten, die aus unerfindlichen Gründen ins Camp Sierra umsiedeln durften. Was dort anders sei, belief sich auf Gerüchte, weil niemand es je gesehen hatte. Sie wussten nur, was das Personal des Katastrophenschutzes ihnen erzählte.

Camp Sierra war eine völlig neue Siedlung fernab des Chaos, das im Rest des Landes herrschte. Jeden Morgen besuchten sie die Versammlung und warteten gespannt darauf, selbst ausgerufen zu werden, sahen sich aber stets aufs Neue enttäuscht.

Die unaufhörlichen Gedanken und Bilder versetzten Lori bald in eine Trance. Benebelt durch diesen Zustand schlief sie langsam wieder ein.

»Lori, aufstehen!«, rief David durch die offene Zeltklappe.

Sie riss die Augen weit auf und fuhr hoch. »Was, wie?«

»Die Versammlung, komm schon, die Namen werden gerade aufgerufen!«, drängte er.

Lori sprang auf, griff zu einer kurzen Hose und zog sie an, bevor sie das fleckige, weiße T-Shirt hineinsteckte, das sie trug.

»Wo sind meine Schuhe?«, fragte sie, während sie hektisch unter ihrem Feldbett nachsah.

»Weiß nicht, aber mach schnell, es dauert nicht mehr lange.«

»Da sind sie ja.« Sie hatte die Schuhe gefunden. Als sie sie hervorziehen wollte, blieb einer hängen. Beim Ziehen daran fiel eine kleine Handtasche um, so dass deren Inhalt herauspurzelte. Lori zog noch einmal, wobei sie den Schuh losreißen konnte, aber auch einen Blick auf die verstreuten Sachen warf, unter welchen sich ein Foto von Madeleine befand. Sie hatte es längere Zeit nicht betrachtet und fragte sich, warum es herausgefallen war; dann fiel ihr auf, dass jemand den Reißverschluss der Tasche geöffnet hatte.

»Lori, mach endlich!«

Nachdem sie den Schuh und das Foto unter dem Bett hervorgezogen hatte, warf sie einen unauffälligen Blick auf ihre Tochter und berührte deren Gesicht auf dem Bild.

David war mit seiner Geduld am Ende. Er stürmte ins Zelt, packte sie am Arm und zog sie hoch. »Nimm die Schuhe einfach mit, komm jetzt!«

Sie ließ das Foto fallen.

»He, einen Moment.«

»Genau das ist es, Lori, wir haben keinen Moment mehr. Sollten wir unsere Namen verpassen, weißt du, was passiert.«

Er hatte Recht, sie durften die Ausrufung nicht verpassen, denn dann würde man sie weniger ersprießlichen Arbeitskreisen zuteilen, und David war der Ansicht, dies bedeutete, sie könnten niemals einen der begehrten Plätze in Camp Sierra erhalten.

Eine kleine, aber lautstarke Gruppe im Lager hatte begonnen, schlecht darüber zu sprechen, doch David hielt Unterstellungen, Camp Sierra sei beileibe keine wünschenswerte Bleibe, für dämliche Verschwörungstheorien. Er war ein sehr gelehriger Mensch und besaß zwei Master-Studienabschlüsse, genauer gesagt in Welt- und speziell amerikanischer Geschichte. In seinen Augen durfte man nichts, was nicht bewiesen oder durch verlässliche Belege und Daten untermauert werden konnte, als Wahrheit erachten. Ihm missfielen Gerüchte, und vor allem Verschwörungstheorien entstammten seiner Ansicht nach von Personen mit üppiger Fantasie.

Die Sonne schien hell, und ihre Strahlen auf der Haut zu spüren, tat Lori gut.

Sie eilten durch das Zeltlabyrinth, bis sie den weiten Platz in der Mitte des Geländes erreichten. Dort standen alle in ordentlichen Reihen – wie Soldaten bei einer Parade –, die Lager 13 ihr Zuhause nannten. Es war in vier Quadranten zu jeweils gleich vielen Zelten unterteilt, die das zentrale Feld und ein Dutzend Hilfsgebäude umgaben.

Lori und David liefen über den Kiesweg zu ihrer Reihe. Während sie sich durch die Reihen drängten, stießen sie ihre Mitbewohner an und entschuldigten sich dafür, ehe sie endlich ihre Plätze erreichten.

»Wo seid ihr gewesen?«, fragte Eric.

»Tut mir leid, hab verschlafen«, antwortete Lori.

»Psst«, mahnte David.

Eine laute Stimme setzte sich über die Menschenmenge hinweg, indem sie einzelne Namen aufrief. Sie gehörte dem stellvertretenden Koordinator für Notfallmaßnahmen und Rettungsdienste Carlos Vasquez, der ihren Quadranten leitete und schon lange beim Katastrophenschutz arbeitete.

»David Roberts!«, rief er.

»Hier.«

»Lori Roberts!«

»Hier.«

»Leidlich pünktlich heute Morgen«, spöttelte Carlos.

Lori warf ihm einen bösen Blick zu und sagte: »Ich bin hier. Das ist das Einzige, was zählt, richtig?«

Der Aufseher schaute sie streng an, hakte ihren Namen ab und fuhr mit den anderen fort. Als die tägliche Routine vorüber war, folgten Bekanntmachungen und für manche – jeder hoffte darauf – die Erlaubnis zum Umzug.

Die großen Boxen der Beschallungsanlagen, die überall auf dem Gelände angebracht waren, erwachten mit einem Rauschen zum Leben. »Guten Morgen, Lager 13, wie geht es uns an diesem wunderbaren Morgen?«, fragte eine Stimme.

Alle glotzten bloß unbeeindruckt.

»Hier spricht Lagerkommandant Brockman. Heute ist ein aufregender Tag. Camp Sierra gedeiht prächtig, und dank dieses Erfolges, so ließ man uns wissen, wird dort expandiert. Was bedeutet das nun für 13? Es bedeutet, dass mehr von Ihnen die Möglichkeit erhalten werden, dort hinzuziehen. Deshalb wird die heutige Ausrufung mehr Namen umfassen als üblich. Bitte haben Sie weiterhin Geduld, während wir uns anstrengen, dass jeder ein Zuhause in Sierra finden wird.«

David streckte seinen Arm aus und umfasste Loris Hand.

Sie spürte, wie aufgeregt er war.

Brockman rief sechs Personen auf.

Jubel und Applaus kamen in Quadrant 2 auf, der ihnen gegenüberlag. Die Glücklichen traten aus der Formation hervor und eilten zur Mitte, wo mehrere Angestellte der Behörde sie zu einem geräumigen, roten Zelt begleiteten – dem *Big Red*, wie man es intern nannte. Dabei handelte es sich um die große Abfertigungsstelle am Eingang des Lagers, die man nur zweimal betrat, bei der Ankunft und vor dem Aufbruch, wann auch immer es dazu kommen mochte. Man konnte die Uhr danach stellen, dass binnen zweier Stunden nach dem Aufruf ein schwerer, weißer LKW ohne Fenster von dort aufbrach, begleitet von gepanzerten Wagen der Nationalgarde.

David wandte sich Lori zu. »Na ja, dann vielleicht morgen«, seufzte er.

Sie schaute ihn an, hielt es aber für besser, nichts zu entgegnen. Sie wollte nicht negativ sein, und eigentlich bedeutete es ihr auch nichts mehr, da sie sich damit abgefunden hatte, sehr lange in Lager 13 bleiben zu müssen.

»Das wäre alles für heute, einen wundervollen Tag wünsche ich. Die Leiter Ihrer jeweiligen Quadranten werden von jetzt an alles Weitere übernehmen«, schloss Brockman. Die Lautsprecher klickten und verstummten.

»Also gut, Quadrant 4, Ihre Zuteilung in Arbeitskreisen bleibt wie gestern«, knarrte Vasquez den 400 Bewohnern des Quadranten entgegen. »Frohes Schaffen.«

Als sich die Reihen auflösten, beobachtete Lori die sechs Personen, die umziehen durften. Ihre Gesichtsausdrücke zeugten von einer Freude, die für sie selbst, so glaubte sie, nicht existierte. Auch David sah die Auserwählten neidisch an. Er war Lager 13 leid und wollte es so bald wie möglich verlassen.

Plötzlich gingen die Lautsprecher wieder an.

»Lori Roberts, Quadrant 4, möchte sich bitte bei der Verwaltung melden, ich wiederhole: Lori Roberts, Quadrant 4, melden Sie sich bei der Verwaltung.«

Sie machte große Augen, als sie das hörte.

David schaute sie an und bemerkt in leicht aufgeregtem Tonfall: »Vielleicht ist es etwas Erfreuliches.«

»Das bezweifle ich.«

»Lori Roberts, folgen Sie mir«, blaffte Vasquez, der mit einem Klemmbrett in der Hand nur ein paar Fuß weit neben ihnen stand.

Lori sah David noch einmal an, hauchte ihm einen Kuss zu und wandte sich ab, um mit Vasquez zum Verwaltungsgebäude zu gehen.

Decatur, Illinois

Das Erste, was Devin spürte, waren pochende Schmerzen, die von seinem Hinterkopf ausgingen. Als ihm bewusst wurde, dass er nicht träumte, öffnete er die Augen und versuchte, sich aufrecht hinzusetzen, was er jedoch nicht konnte. Er schaute an sich hinunter und sah, dass er mit unzähligen Lagen

Klebeband an einen Polstersessel im Wohnzimmer gefesselt worden war. Als er sich aufbäumte, um freizukommen, machte sich auch der Schmerz in seinem rechten Arm bemerkbar. Er stellte fest, dass dieser bandagiert und mit weißem Mull umwickelt war. Er ließ seinen Blick hektisch durch den Raum schweifen, um herauszufinden, ob seine Fängerin noch da war. Dunkelgelbes Licht, das von hinten einfiel, ließ darauf schließen, dass es bereits Nachmittag war, also hatte er sein Bewusstsein für mehrere Stunden verloren.

Nach einigen Minuten Gezappel gab er auf und horchte. Dabei kam ihm der Gedanke, falls diese Frau seinen Tod gewollt hätte, wäre es ihr ein leichtes gewesen, dies umzusetzen. Außerdem war sein verarzteter Arm ein deutliches Zeichen dafür, dass er zumindest vorerst nicht um sein Leben fürchten musste.

»Hallo?«, rief er laut.

Stille.

»He, hallo, sind Sie noch da?«

Nichts.

Er wartete und lauschte, erhielt aber keine Antwort. Langsam machte er sich Sorgen, weil er dachte, sie wollte ihn womöglich langsam zu Tode foltern, indem sie ihn gefesselt im Sessel sitzen ließ. Diese Befürchtung veranlasste ihn wieder dazu, sich gegen die Klebebandwickel zu wehren.

Er grunzte und schimpfte, während er sich wand.

»Ohne meine Hilfe wird das nichts«, sagte die Frau auf einmal von hinten. Er war so laut und mit sich selbst beschäftigt gewesen, dass er ihr Kommen nicht gehört hatte.

»Werden Sie mich umbringen?«, fragte er.

Sie trat vor und schaute ihn an; das Gewehr hatte sie sich um die Schulter gehängt. Nachdem sie sich auf den Couchtisch gesetzt hatte, antwortete sie ernst: »Nein, aber ich gebe zu, ich habe mit dem Gedanken gespielt.«

»Dann schneiden Sie mich los.«

»Nein, noch nicht. Sie machen mich nervös.«

»Sie sind diejenige, die in mein Haus eingedrungen ist.«

»Was das betrifft, so habe ich, nachdem Sie sich den Kopf stießen, ihre Wunde gesäubert und den Arm verbunden. Übrigens warnte ich Sie vor Brando, doch Ihnen fiel nichts Besseres ein, als mit der Flinte auf ihn anzulegen.«

»Ich dachte, er würde mich anfallen.«

»Nun, das hat er ja. Aber nur, weil Sie ihn mit der Waffe bedroht haben.«

»Was wollen Sie?«

»Zu essen, zu trinken und eine Unterkunft, um mich eine Weile auszuruhen und wieder zu Kräften zu kommen.«

In diesem Moment bemerkte er, dass er den Atemschutz nicht mehr trug.

»Wo ist meine Maske?«

»Dort.« Sie zeigte zur Küche. »Wozu haben Sie sie überhaupt getragen?«

»Ich will nicht krank werden.«

»Krank? Ich glaube nicht, dass Sie sich Gedanken darüber machen müssen.«

Devin wusste nicht, was er von dieser Bemerkung halten sollte; er wünschte sich jetzt nichts so sehr, als das ganze Klebeband loszuwerden.

»Wir beide wissen, dass Ihnen dieses charmante Anwesen nicht gehört. Ich habe die Besitzer oben gefunden, mausetot. Jetzt muss ich, wie ich finde, kein schlechtes Gewissen haben, hier eingedrungen zu sein.«

»Sie waren Verwandte.«

»Unsinn.«

»Wirklich.«

»Wie dem auch sei, ich brauche nur ein paar Dinge und bin in ein, zwei Tagen wieder verschwunden.«

»Nehmen Sie sich, was Sie wollen, und gehen Sie, aber würden Sie mich bitte losmachen?«

»Spielen Sie jetzt den Freundlichen?«

»Ich werde keine Dummheiten anstellen, versprochen.«

Sie hielt einen Augenblick lang inne und sah ihn an. »Brando, komm her«, befahl sie dann.

Der Hund tappte ins Zimmer, setzte sich und schaute zu Devin.

»Ich lasse Sie frei, doch er ist meine Versicherung, falls Sie irgendetwas anstellen wollen.«

»Ich schwöre, ich tue nichts. Nur passen Sie bitte auf, dass er mich nicht wieder angreift.«

»Das muss ich ihm nicht sagen; falls es wieder geschieht, haben Sie es sich selbst zuzuschreiben.« Damit zog sie ein Taschenmesser aus ihrer Jeans und klappte es mit einem geräuschvollen Klicken auf. Nachdem sie das Klebeband mit der drei Zoll langen, schmalen Spyderco-Klinge durchtrennt hatte, streifte sie es von seinem Oberkörper und tat das Gleiche mit seinen Beinen.

Er wand und drehte sich, bis er das Band los war. Als er aufstand, wurde ihm schwindlig, weshalb er gezwungen war, sich wieder in den Sessel fallenzulassen.

»Alles in Ordnung mit Ihnen?«, fragte sie.

»Äh, ja, mir ist bloß schummrig«, antwortete er, während er seinen Kopf in die Hände stützte.

»Nun, ich habe meinen Teil der Abmachung eingehalten; jetzt suche ich weiter zusammen, was ich brauche.«

»Warten Sie einen Moment«, bat Devin.

Da sich viele seiner anfänglichen Bedenken verflüchtigt hatten, wollte er wissen, wer diese Frau war. Er hatte seit sechs Monaten keinen anderen Menschen gesehen, und nun mit jemandem sprechen zu können, war ihm wichtig. Im Hinterkopf behielt er den Gedanken, sie könne ihm einen Großteil der Lebensmittel stehlen, und nach dem, was gerade geschehen war, wollte er nicht mit ihr darum kämpfen müssen.

Sie blieb stehen und wartete darauf, was er wollte.

»Wie heißen Sie?«

»Tess.«

»Ich bin Devin.«

»Gut, damit wären die üblichen Nettigkeiten ausgetauscht; darf ich jetzt weitermachen?«

»Woher kommen Sie?«

Tess ignorierte seine Frage und kehrte in die Küche zurück, um Konserven in ihren Rucksack zu packen.

Er stand vorsichtig auf und haderte mit seinem Gleichgewicht. Bevor er sich in Bewegung setzte, schaute er zu Brando, der seine Augen keine Sekunde lang von ihm abgewandt hatte.

»Dieses Haus ist eine Goldgrube«, bemerkte Tess freudig.

»Stimmt, in ihrer Speisekammer fehlte es an nichts, das steht fest«, entgegnete Devin, während er langsam an Brando vorbeiging. Dann betrat er die Küche.

»Ich schätze, Sie sind selbst gerade erst angekommen, oder?«

»Nein, ich bin seit fast sechs Monaten hier.« Devin zog einen kleinen Stuhl unterm Küchentisch hervor und setzte sich.

Sie unterbrach sich beim Packen und drehte sich um. »Sie wollen mir weismachen, schon so lange hier zu sein, obwohl noch so viel zu essen übrig ist?«

»Genau so ist es.«

»Das erklärt, warum Sie solchen Wert auf diese dumme Maske legen.«

»Was meinen Sie damit?«

»Dass Gasmasken und dergleichen nichts gegen diesen Tod ausrichten, und jeder, der nur eine Minute dort draußen verbracht hat, müsste das wissen.«

»Diesen Tod?«

»Sie wissen schon, das Virus, von dem 90 Prozent des Lebens auf dem Planeten ausgelöscht wurden.«

»Ich wusste gar nicht, dass es einfach nur ›Der Tod‹ genannt wird.«

»Tja, so ist es aber«, bekräftigte sie selbstgefällig.

»Ich kam ein paar Tage nach dem Ausbruch hier an – mit dem Auto aus Indianapolis. Ich schaffte es bis nach Decatur, doch dort wurde ich von einer Bande überfallen, die mir die Kiste geklaut hat. Dabei wäre ich fast draufgegangen. Als ich das Haus erreichte, fand ich meine Angehörigen oben – tot.«

Tess spürte, wie nahe ihm diese Erzählung ging. Sie nahm einen weiteren Stuhl unter dem kleinen Esstisch hervor und ließ sich gegenüber Devin nieder. »Tut mir leid wegen Ihrer Familie.«

»Mir auch. Um ehrlich zu sein war der Mann mein Cousin zweiten Grades, und ich kannte sie nur flüchtig, aber zu sehen, wie sie gestorben sind, war ziemlich heftig.«

»Vielleicht waren sie klüger, als wir es sind. Hätte ich keine solche Angst vor dem Tod, würde ich mich auch umbringen.«

»Jetzt sagen Sie mir, was Sie herführt, Tess.«

»Das ist eine lange Geschichte, die ich lieber nicht noch einmal durchleben möchte.«

»Können Sie mir dann wenigstens sagen, was gerade vor sich geht? Gibt es irgendetwas Neues, kümmert sich die Regierung darum, wieder für Ordnung zu sorgen? Wird vielleicht gerade ein Impfmittel entwickelt?«

»Diese Fragen lassen sich leicht beantworten: Da draußen ist alles im Arsch. Die Regierung, beziehungsweise das, was von ihr übriggeblieben ist, hat sich im Land verstreut, in Bunkern verkrochen; ein Teil der Bevölkerung, die immun ist, wurde in Lagern eingepfercht, und was einen Impfstoff angeht: Rechnen Sie nicht damit.«

»Wissen Sie was? Sie sind mir keine große Hilfe. Ich begreife überhaupt nicht, wovon Sie sprechen.«

»Ich bin jedenfalls draußen im Stall gewesen und habe dort herumgestöbert; wie es aussah, hausen Sie dort, aber wieso?« Devin verwies mit einem Blick an die Decke ins Obergeschoss. »Weil sie tot sind? Warum haben Sie sie nicht einfach begraben?«

»Als ich hier eintraf, stank es erbärmlich nach Verwesung, und ich brachte es nicht übers Herz, später noch einmal herzukommen …«

Tess starrte ihn an. Dass er nicht imstande war, etwas zu tun, das ihr ganz leicht vorkam, überraschte sie.

»Was denn? Weshalb glotzen Sie mich so an?«, fragte Devin.

»Sie haben sie in gewisser Weise als Verwandte betrachtet, es aber nicht fertiggebracht, sie zu begraben? Sie konnten ihnen nicht den Respekt entgegenbringen, der ihnen als Angehörigen Ihrer Familie gebührt?«

»Ich … ach …«

»Alles klar«, sagte sie und stand vom Tisch auf.

»Werfen Sie mir das nicht vor.«

Sie drehte sich um. »Doch, das tue ich. Sie mögen zwar so lange überlebt haben, sollten aber wissen, dass Sie dabei nur Glück hatten. So viele Menschen sind gestorben, die Welt ist praktisch tot. Die wenigen von uns, die übrigbleiben, führen sich auf wie verdammte Tiere. Sie hatten die Chance, ein wenig Menschlichkeit zu beweisen, wären Sie bereit gewesen, Ihre Familie zu bestatten, ließen sich aber von Ihrem Egoismus leiten. Nur ein einziges Mal möchte ich einen Immunen finden, der noch ein humanes Verhalten an den Tag legt.«

Nachdem sie ihre Tirade beendet hatte, wandte sie sich wieder von ihm ab. Während sie weitere Dosen in ihren Rucksack stopfte, überdachte er die zahlreichen Antworten, die ihm unterdessen in den Sinn kamen.

Mehrere Augenblicke vergingen in unbeholfener Stille, ehe er aufmerkte: »Sie nicht begraben zu haben, bereitet mir wirklich Gewissensbisse. Kein Tag verging, an dem ich nicht daran dachte, bloß wollte ich nicht krank werden. Ich weiß nicht genau, warum Tom seine Familie und sich selbst umgebracht hat. Keine Ahnung, ob sie sich mit dem Virus infiziert hatten, sodass er schlicht beschloss, ihnen allen ein schnelles Ende zu bereiten; klar, diese Rechtfertigung lässt zu wünschen übrig, aber ich wollte es mir eben nicht selbst einhandeln.«

»Das können Sie gar nicht, niemals.«

»Warum sind Sie sich da so sicher?«

Sie drehte sich wieder zu ihm um und erklärte: »Weil wir alle infiziert sind. Falls Sie eine Woche nach dem Ausbruch mit irgendjemandem Kontakt hatten, steht so gut wie hundertprozentig fest, dass Sie dabei an einen Kranken gerieten.«

»Ich verstehe nicht.«

»Sie sind immun, genauso wie ich und Brando dort drüben.«

»Immun?«

»Der Tod verbreitet sich schnell; Sie werden angehaucht oder lediglich berührt, schon sind Sie infiziert. Fasst ein Träger des Virus einen Türgriff an, bleibt es daran haften, bis jemand ihn sterilisiert. Der Tod ist das wirksamste Virus, das je entwickelt wurde.«

»Sie sagen *entwickelt*?«

»Ja, also gut, ich weiß nicht genau, ob das stimmt, doch einige Überlebende dort draußen glauben, die Regierung habe es sich ausgedacht, um das Bevölkerungswachstum zu regulieren, und als es unters Volk gebracht wurde, seien unbeabsichtigte Folgen daraus erwachsen – die Auslöschung allen Lebens.«

»Das kann ich nicht glauben. Eine derart abstruse Verschwörungstheorie zu glauben, ist mir einfach zuwider.«

»Dann sagen Sie mir, woher es stammt«, forderte Tess trotzig.

»Ich vermute, es kommt von dem Einschlag des Asteroiden; es stammt aus dem Weltall.«

»Außerirdische oder Weltraumkeime, das ist eine weitere Theorie, aber spielt das wirklich eine Rolle? Es ist passiert, wir haben es überstanden und wollen weiterleben.«

»Ich schätze, Sie haben Recht.«

Nachdem sie den leichtgewichtigen Armeerucksack gefüllt hatte, stellte sie ihn mit ihrem Gewehr neben die Hintertür und ging rasch nach draußen.

Devin wusste nicht, wohin sie wollte, aber es war ihm eigentlich auch egal. Er blieb auf dem Stuhl sitzen und ließ sich durch den Kopf gehen, was passiert war, nicht zu vergessen die seltsamen Offenbarungen, die Tess ihm gemacht hatte.

Die Schatten wurden länger, als die Sonne im Westen unterging. Er sah nicht vor, im Haus zu übernachten, und konnte sich nicht vorstellen, wo sie dies zu tun gedachte. Die Antwort auf diese Frage erhielt er, als sie zurückkehrte – mit einer Schaufel. »Ich schlafe hier drinnen«, sagte sie, »aber erst begraben Sie Ihre Verwandten.«

Er sah sie mit hochgezogenen Augenbrauen an.

»Hier.« Sie hielt ihm die Schaufel hin.

»Denken Sie daran, mein Arm ist verletzt.«

»Aber nicht gebrochen, es ist nur eine Fleischwunde. Los jetzt.«

Er hielt ihrem Blick stand. »Meinen Sie das ernst?«

»Es ist an der Zeit, dass Sie aufhören, sich wie eine Memme zu benehmen, und tun, was sich gehört.«

Er hatte ihr einen der Hauptgründe dafür vorenthalten, warum er seine Angehörigen nicht begraben wollte: Wenn er sich mit den Leichen befasste, erkannte er die Realität all der Tode an – insbesondere Cassidys.

»Warum legen Sie solchen Wert darauf? Ich dachte, Sie wollten sowieso morgen verschwinden.«

Sie zog den Reißverschluss ihrer Lederjacke hinunter und hielt die rechte Seite auf.

Devin machte große Augen, als er den Blutfleck auf dem weißen T-Shirt sah, das unter Tess' Panzerweste herausragte.

»Oh mein Gott, geht es Ihnen gut?«

»Ja, ich werd's überleben.«

»Wurden Sie angeschossen?«

»Ja, doch ich habe die Wunde sauber verbunden, nachdem sie versorgt war. In erster Linie brennt es heftig. Ich möchte einfach nur einen Tag irgendwo zur Ruhe kommen.«

Er blickte auf die Schaufel und erhob sich. Dann packte er sie am Griff und sagte: »Suchen wir eine Stelle und bringen es hinter uns.«

Tess klopfte die frisch aufgeschüttete Erde der Gräber von Tom und dessen Familie fest. Nachdem sie dies sorgfältig erledigt hatte, legte Devin einige Spielsachen der Kinder an die Kopfenden; einen großen Plüschhasen für das Mädchen und einen langen, gelben Tonka-Laster für den Jungen.

Als sie endgültig fertig waren, betrachteten die beiden die Erdhaufen.

Schließlich sahen sie einander an.

»Möchten Sie etwas sagen?«, fragte Tess.

Devin fand es nur angemessen, ein Gebet zu sprechen.

»Sicher.«

Er faltete die Hände und senkte den Kopf.

Sie tat es ihm gleich.

»Tom, ich verlor dich nach unserer Kindheit aus den Augen, konnte aber sagen, dass du ein guter Mensch, Vater und Ehemann warst. Ich bedaure, dass dies geschehen ist und du glaubtest, keine andere Wahl zu haben. Wäre ich bloß früher hergekommen, vielleicht hätten wir dann eine bessere Lösung finden können. Egal, ich werde stets an dich und deine liebe Familie denken. Amen.«

Tess hob den Kopf und schaute Devin an. Was er gesagt hatte, beeindruckte sie und kam ihr aufrichtig vor.

»Hoffentlich war das gut«, bemerkte er verlegen.

»Es war wunderbar.«

Lager 13 der Katastrophenschutzbehörde, Region VIII, 50 Meilen östlich des internationalen Flughafens von Denver

Das Verwaltungsgebäude zählte zu einer Reihe teilweise feststehender Einrichtungen. Man erreichte sie nur, nachdem man einen Wust aus Stacheldraht, Sandsäcken und Absperrelementen hinter sich gebracht hatte.

Hielt sich Lori vor Augen, wie gut geschützt und bewacht der Verwaltungsbereich und die anderen Gebäude des Lagerpersonals waren, wurde sie das Gefühl nicht los, dass etwas im Argen lag, doch sie verdrängte den Gedanken rasch wieder.

Vasquez führte sie an den üppigen Sicherheitsvorrichtungen vorbei zu ihrem Bestimmungsort, dem Büro der Direktorin für Lagerneueinteilung.

»Warten Sie hier. Gehen Sie nirgendwohin, verstanden?«, schnaubte er.

Sie sah ihn verächtlich an.

Vasquez war schwer zu durchschauen. Viele in Quadrant 4 hielten ihn für arrogant und grausam. Es war nicht so, dass er Aggression gezeigt oder die Menschen gar misshandelt hätte, nur ging ihm jegliches Mitgefühl ab, und er schien sowohl seine Position als auch die Bewohner des Lagers zu hassen.

Jetzt verschwand er über den Korridor.

Lori schaute sich in dem trostlos aussehenden Wartebereich

um. Dem Raum fehlte jegliche Ausschmückung; die getäfelten Wände waren einfach stumpf grau gestrichen, und weder die weiße Zwischendecke noch das gelbe Licht der Halogenlampen verbesserten den insgesamt schauderhaften Eindruck, den der Raum hinterließ, was Loris bange Vorahnung noch verschlimmerte.

Neben ihr ging eine Tür auf, und heraus kam eine Frau.

»Lori Roberts?«

»Ja.«

»Hi, ich bin Yvonne Foley, Direktorin für Lagerneueinteilung.«

»Hallo«, erwiderte Lori befangen.

»Bitte treten Sie ein und nehmen Sie Platz«, fuhr Yvonne fort, indem sie auf einen Stuhl vor ihrem Schreibtisch zeigte.

Lori stand auf, ging an ihr vorbei und setzte sich.

Nachdem die Direktorin die Tür geschlossen hatte, ging sie zu ihrem Sessel und begann: »Ich weiß, Sie fragen sich, warum Sie hier sind.«

»So ist es, das frage ich mich tatsächlich.«

Yvonne ließ sich nieder, klappte einen Registerordner auf und fing an, darin zu blättern.

Lori beugte sich nach vorne und sah ihren Namen auf einem Karteireiter.

»Mrs. Roberts – oder darf ich Sie Lori nennen?«

»Lori ist gut, ja.«

»Danke. Ich mag das, so wirkt es … weniger förmlich.«

Lori war eine findige Architektin, und einer der Gründe dafür, dass sie in ihrem Beruf herausragend war, bestand in ihrem Auge für Details. Sie betrachtete Yvonne, den Schreibtisch und die Umgebung, wobei sie auf Einzelheiten achtete, die sie darauf stoßen mochten, weshalb sie hier war oder was außerhalb des Lagers vor sich ging. Informationen waren wertvoll, zumal niemand genau wusste, was passierte. Auch

Yvonnes Kleidung gab ihr vielleicht Hinweise. Der Tisch und das Büro insgesamt entsprachen dem Wartebereich dahingehend, dass sie bar jeglicher hervorstechender Merkmale oder Farben waren. Der Raum hatte die gleichen tristen Wände und eine weiße Rasterdecke, während das Möbel aus schiefergrauem Metall bestand. Die einheitlichen Mauern waren abgesehen von einer einzelnen Uhr auf einer Seite kahl, und die ließ sich nicht gebrauchen, weil sie die falsche Zeit anzeigte. Neben einem Stapel weiterer Ordner stand eine einsame Lampe auf dem Tisch. Lori fielen aber auch die drei Aktenschränke hinter Yvonne auf; sie konnte sich nur vorstellen, welche Fülle an Informationen sie enthielten.

»Ich komme gleich zur Sache. Heute Morgen erwähnte Lagerkommandant Brockman, dass Camp Sierra expandiert. Das ist eine großartige Neuigkeit für alle, doch wenn etwas größer wird, geht dies auch mit wachsenden Sorgen einher. Wir benötigen im Rahmen dieser Expansion mehr Hilfskräfte, verstehen Sie? Dazu zählen auch Architekten, Fachleute wie Sie.«

Lori schluckte und wartete darauf, das Eine zu hören, von dem sie nie geglaubt hatte, es komme ihr einmal zu Ohren: Die Erlaubnis, von hier wegzuziehen.

»Lori, aus diesen Seiten geht hervor, dass Sie Architektin sind und sogar zum Führungspersonal eines Unternehmens gehörten. Das ist einfach klasse.«

»Sie lassen uns also von hier fort?«

Yvonne blickte von dem Ordner auf und erwiderte: »Uns?«

»Sie haben mich doch herbestellt, um mir zu sagen, dass meine Familie und ich ausgesucht wurden, um nach Camp Sierra zu ziehen, oder?«

»Nein, nein, Ihre Familie wird Sie nicht dorthin begleiten, und überhaupt werden Sie noch nirgendwohin ziehen. Wir schicken Sie zum DIA; dort werden Sie mit einem Team arbeiten, das wir zusammengestellt haben.«

»Das begreife ich nicht. Was meinen Sie damit, meine Familie wird mich nicht begleiten, und was ist der DIA?«

»Lori, Sie sehen aufgebracht aus. Ich darf Ihnen versichern, alles wird gut werden. Freuen Sie sich; Sie wurden auserwählt, um uns beim Wiederaufbau zu helfen. Das ist eine Riesengelegenheit für Ihre Familie und Sie.«

»Ich kann sie nicht verlassen, verstehen Sie das?«

»Bitte beruhigen Sie sich, es gibt keinen Grund zur Aufregung«, entgegnete Yvonne.

»Was wird hier gespielt? Da ist doch was faul; wohin bringen Sie mich?«

»Mrs. Roberts, glauben Sie mir, alles ist in bester Ordnung. Wir brauchen Fachpersonal wie Sie, um Pläne zur Erweiterung von Camp Sierra zu entwerfen, das ist alles. Das Team, dem wir dieses Projekt anvertrauen, wird an den DIA ausgelagert, das ist die Abkürzung für den internationalen Flughafen von Denver.« Yvonne betonte dies ausdrücklich, aber im ruhigen Tonfall.

Lori konzentrierte sich auf sie und versuchte, irgendetwas anhand ihrer Körpersprache zu deuten.

»Sie müssen heute Nachmittag zum Aufbruch bereit sein.«

Obwohl sie in Gedanken verschiedene Szenarien durchspielte, beruhigte sie sich letzten Endes und begann, logisch zu denken. Hiermit tat sich eine Möglichkeit auf, das Lager zu verlassen, und falls alles gutging, würde man ihr erlauben, mit David und Eric nach Camp Sierra überzusiedeln.

»Wie lange werde ich fort sein?«

»Das ist noch nicht sicher und hängt vor allem davon ab, wie schnell Ihr Team mit dem Projekt voranschreitet.«

»Ah, okay, aber warum darf meine Familie nicht mitkommen?«

»Wie in jedem Lager und jeder Noteinrichtung auf dem Kontinent verfügen wir hier nur über begrenzte Mittel und können deshalb nicht jeden versetzen, doch der Hauptgrund besteht darin, dass Sie sich auf Ihre Aufgabe konzentrieren sollen. Ihre Teilnahme ist wichtig.«

»Tut mir leid, aber ich muss nachhaken: Warum ich – abgesehen davon, dass Sie Architekten brauchen?«

»Ihr Fachgebiet war Städteplanung, und genau aus diesem Bereich suchen wir jemanden. Lori, viele Menschen haben ihre Leben gelassen; es gibt einfach nur noch wenige Experten wie Sie dort draußen, und Ihr…«

»Was?«

Yvonne schaute wieder auf und wich aus. »Ach, nichts eigentlich.«

»Was bedeuten diese Zahlen?«, fragte Lori mit Blick auf eine Tabelle, die sie in ihrer Akte sah.

»Es ist eine Liste Ihrer Blutwerte, die wir nach Ihrer Ankunft hinterlegt haben.«

Das beunruhigte Lori. »Ist damit alles in Ordnung?«

»Ja, alles bestens«, versicherte Yvonne und schlug den Ordner zu. »Wir brauchen Sie für dieses Projekt. Wie gesagt, Sie sollten sich freuen. Sie wurden ausdrücklich wegen Ihrer Fähigkeiten und Ihrem persönlichen Wesen ausgewählt. Vertrauen Sie mir, das ist etwas Gutes für Sie und Ihre Familie.«

Lori dachte noch einmal über die Gelegenheit nach. Sie hoffte nur, diese Erklärung ergebe Sinn, denn ansonsten hätte sie nicht gewusst, wie sie es David und Eric unterbreiten sollte.

»Haben Sie noch weitere Fragen?«

»Kann ich mit meinem Mann und meinem Sohn Kontakt halten, während ich weg bin?«

Yvonne zögerte, bevor sie antwortete: »Ich wüsste nicht, was dagegen spräche.«

»Gut. Das ist wirklich gut, danke«, erwiderte Lori und zwang sich zu einem verkniffenen Lächeln.

»Ich danke Ihnen, Lori. Bitte melden Sie sich wegen der Abreisebestimmungen um 16 Uhr im Big Red.«

»Ich werde da sein, besten Dank.«

»Das wäre dann alles, ich wünsche Ihnen eine sichere Reise«, sagte Yvonne, ohne aufzuschauen, und notierte sich etwas auf der Akte.

Lori verließ das Büro und schloss die Tür, ehe sie tief durchatmete. Die widersetzlichen Empfindungen, mit welchen sie die ganze Zeit gehadert hatte, begannen nun, sich körperlich zu äußern. Sie fing an zu zittern.

Laute Stimmen weiter unten auf dem Flur machten sie hellhörig. Um herauszufinden, was los war, ging sie langsam auf den Lärm zu. Anhand des Tonfalls erkannte sie, dass sich mehrere Männer stritten, doch erst als sie eine halboffene Tür erreichte, verstand sie, was genau geschah: Sie warf einen zaghaften Blick in einen Kontrollraum, wie es aussah. Dort waren an der gegenüberliegenden Wand Monitore und Anzeigetafeln montiert, auf denen sie in einigen Einstellungen Bereiche aus ihrem Quadranten wiedererkannte.

Die Männer brachen in Gelächter aus. Was Lori wie eine erhitzte Debatte vorgekommen war, entpuppte sich als schlichte Alberei. Da ihr die Männer den Rücken zukehrten, konnte sie sie nicht identifizieren. Dann fiel ihr ein Bild ins Auge, das sie entsetzte, den Männern aber anscheinend eine sadistische, groteske Form von Unterhaltung bot; sie lachten und grölten angesichts eines Videos einer Exekution.

Lori neigte sich so weit nach vorne, wie sie konnte, um besser zu sehen, und war umso schockierter, als sie erkannte, dass es kein Spielfilm war, sondern echt. Die Kamera zoomte auf eine Frau, die weinte und um ihr Leben flehte. Dann geschah das Fürchterliche: Ein Mann in einer Uniform ging auf sie zu und schoss ihr in den Kopf. Als Lori dies sah, schluchzte sie auf.

Die Männer im Raum hörten mit dem Lachen auf und schauten einander an.

»Habt ihr das gehört?«, fragte einer, stand auf und drehte sich zur Tür um.

Lori schaute nach links und rechts, um sich zu entscheiden, wohin sie laufen sollte. Da sah sie eine Toilette, keine zehn Schritte weiter, und stürzte darauf zu. Ihr Herz raste; sie huschte in eine Kabine und verriegelte die Tür.

»Nein, nein, nein, du hast das gar nicht gesehen. Es muss ein Film oder so gewesen sein«, sagte sie mehrmals leise vor sich hin.

Die Toilettentür ging mit einem Knarren auf, und eine Männerstimme fragte: »Irgendjemand hier drin?«

Lori geriet in Panik; sie hob die Beine und zog sie an, damit er ihre Füße nicht sah.

Als der Mann eintrat, knirschten Sandkörner und Schottersplitter unter seinen harten Schuhsohlen. Sie hörte, wie er noch ein paar Schritte näherkam und dann stehenblieb. Ihr rasender Puls rauschte in ihren Ohren. Sie bereitete sich darauf vor, fliehen zu müssen, wusste aber nicht, wohin.

Der Mann kam einen weiteren Schritt näher, da knarrte die Tür erneut.

»He, Thomas, hör auf, so herumzuschleichen, der Kommandant will mit dir reden«, sagte eine andere Männerstimme.

»Okay, ich komme«, entgegnete der erste, drehte sich um und ging hinaus.

Nachdem er die Tür geschlossen hatte, holte Lori mehrmals tief Luft und dachte: *Was ist hier nur los?*

Decatur, Illinois

Die Sonne war schließlich hinterm Horizont verschwunden und die Dunkelheit brach herein. Nun, da sie Devins Verwandte beerdigt hatten, galt es, sich ins Haus zurückzuziehen.

»Ich nehme das Zimmer des Mädchens«, beschloss Tess.

»Gut, dann schlafe ich im Gästezimmer im Erdgeschoss.«

»Gab es in der Scheune so etwas wie Draht zum Strohbinden?«, fuhr sie fort.

»Ich glaube schon, schauen Sie im Schrank an der hinteren Wand nach.«

Sie machte sich sofort auf den Weg. Da Devin wissen wollte, was sie vorhatte, folgte er ihr.

Neben dem Draht fand sie auch eine Pflanzenschere.

»Was haben Sie vor?«

»Besorgen Sie mir ein paar leere Blechdosen«, verlangte sie nur.

Er zögerte nicht, der Aufforderung nachzukommen. In der Scheune lag ein ganzer Haufen Büchsen. Sie wartete vor den Stufen des Hauses auf ihn, nahm ihm mehrere Dosen ab und stellte sie auf den Boden. Nachdem sie etwas Schotter zusammengesucht und in den Dosen verteilt hatte, zog sie den Draht durch die Zuglaschen an den Deckeln. Als sie so mehrere Dosen an je einem Stück Draht befestigt hatte, spannte sie diese auf Fußhöhe zwischen den beiden Geländern auf, jeweils einen an der untersten und oberen Stufe. Das Ganze wiederholte sie an der Treppe hinter dem Haus.

Danach trennte sie ein kürzeres Stück Draht ab und verband den inneren Griff des Fliegengitters mit dem Knauf der eigentlichen Tür. »Damit wäre dieser Eingang soweit sicher. Für Fort Knox würde es zwar nicht reichen, aber der Draht und die Dosen sollten dabei helfen, Brando aufmerksam zu machen, falls sich jemand Zugang verschaffen will.«

»Sieh an, eine echte Pfadfinderin«, feixte Devin.

»Ist doch kein Kunststück. Liegt einfach nur nahe.«

»Ja, stimmt, das tut es.«

Nachdem sie die Hintertür genommen hatten, verbanden sie das Fliegengitter wieder mit dem Knauf der Tür. Drinnen schoben sie schwere Möbel vor beide Türen.

»So langsam kommt es mir jetzt aber doch wie Fort Knox vor«, meinte Devin.

»Wir dürfen es niemandem zu leicht machen, ins Haus zu kommen. Falls wir uns verteidigen müssen …«

»Ich nehme an, Sie selbst haben das auf die harte Tour gelernt, was?«

»Ja, kann man so sagen.«

»Sagen Sie, sind Sie hungrig?«

»Ja, aber ich wasche mich und gehe zu Bett; ich bin wirklich müde. Oben werde ich eine Dose Thunfisch essen.«

»Na dann, äh … gute Nacht.«

Der Hund kam zu Tess gelaufen und wartete geduldig darauf, dass sie ihm einen Befehl erteilte.

»Bist ein braver Junge, Brando«, lobte sie. »Geh da rüber und mach Platz; halt die Ohren offen.« Sie kniete sich hin, streichelte ihn und kraulte seinen Kopf, bevor sie ihm mehrere Küsse auf die Schnauze gab.

Brando tat prompt, was sie ihm aufgetragen hatte, und verzog sich zur Haustür. Dort ging er ein paarmal im Kreis und ließ sich nieder. »Eigenartig. Als würde er Sie verstehen.«

»Das tut er.«

Devin schmunzelte.

»Gute Nacht, wir sehen uns morgen früh.«

»Gute Nacht, Tess.«

Sie ging langsam die Treppe hinauf und verschwand im Kinderzimmer.

Devin dachte noch eine Weile über die Ereignisse des Tages nach. So viel war geschehen; er hatte ihn allein begonnen, scheinbar ziellos in seinem Tun, doch jetzt, nachdem er seiner moralischen Pflicht Genüge getan und seine Verwandten bestattet hatte, fand er sich im Haus wieder, allerdings nicht allein, zumindest fürs Erste. Er musste lächeln, denn dieser Gedanke gefiel ihm. Er war realistisch und wusste, es würde nicht von Dauer sein. Doch das bekümmerte ihn nicht. Er wollte diese Zeit genießen, bis sie vorbei war.

Lager 13 der Katastrophenschutzbehörde, Region VIII, 50 Meilen östlich des internationalen Flughafens von Denver

»David, ich kann das nicht tun. Hör mir zu, ich weiß, was ich gesehen habe!« Lori war aufgeregt.

»Ich bin mir sicher, dass du gesehen hast, was du zu sehen glaubtest, aber vermutlich war es nur ein Film oder Aufnahmen irgendeines Chaos, das außerhalb des Lagers losgebrochen ist«, entgegnete David.

»Argh!«, grollte sie und stapfte davon. Dass er ihre Theorie bezüglich dessen, was sie gesehen hatte, nicht glauben wollte, frustrierte sie.

»Lori, Schatz, bitte sei mir nicht böse. Ich bezichtige dich nicht als Lügnerin, aber denk mal darüber nach: Warum würden die jemanden grundlos hinrichten? Das ergibt keinen Sinn.« Er lief ihr nach.

»Ich weiß, was ich gesehen habe.«

»Nochmal: Ich bin davon überzeugt, dass du das tust, doch es war bestimmt ein Film oder Bildmaterial aus irgendeinem Krieg. Klar, das macht das Verhalten dieser Wachleute nicht annehmbarer, sondern im Gegenteil verachtenswert, aber ich glaube nicht, dass sie selbst etwas auf dem Kerbholz haben. Liebling, dieser Auftrag ist eine Chance für uns; er könnte uns alle hier herausholen. Bitte lass dich nicht zu diesen verrückten Verschwörungstheorien hinreißen.«

»Mach dich nicht über mich lustig. Was ich gesehen habe, war verstörend.«

»Das war es gewiss, aber das sagst du mir als Frau, die Horrorfilme und Gewaltdarstellungen hasst, denk daran.«

Innerlich aufgewühlt dachte sie darüber nach, was er gerade gesagt hatte.

»Darf ich fragen, warum du, wenn du dir da so sicher bist, fertig gepackt hast und sofort aufbrechen könntest?«, wollte er wissen.

»Genau das frage ich mich selbst auch. Was ist, wenn sie versuchen werden, mich zu töten?«

David fing an, ihre verspannten Schultern zu massieren.

»Schatz, ich kann einfach nicht glauben, dass sie uns eine Unterkunft, Nahrung, Gesundheitsfürsorge und so weiter zugestehen würden, um uns dann nach draußen zu bringen und kaltzumachen. Das ist einfach unsinnig.«

Lori sah die Szene immer wieder vor ihrem geistigen Auge, nie jedoch, ohne sie zu hinterfragen, weil das Bild nicht sonderlich scharf gewesen war.

»Mag sein, dass du Recht hast. Ach, ich weiß nicht … es hat mich einfach total aus der Fassung gebracht. Unheimlich echt wirkte es und war grausig, aber diese Typen fanden es witzig, das war so abartig.«

»Als Mann darf ich dir sagen, dass viele von uns so drauf sind; es ist wirklich abartig. Gäbe es keine Frauen, wären wir verloren.«

Lori schüttelte den Kopf; Zweifel an dem, was sie meinte, gesehen zu haben, bestimmten nun ihre Überlegungen.

»Was würde ich ohne deine Vernunft machen? Von uns beiden bist du derjenige, der verhindert, dass wir uns verrennen. Tut mir leid, dass ich ausgerastet bin.« Sie umarmte ihn.

Er gab ihr einen Kuss auf den Kopf. »Wir zwei haben eine Menge durchgemacht. Es war hart, aber wir haben überlebt. Jetzt erhalten wir möglicherweise die Gelegenheit, wieder ein richtiges Leben zu führen.«

Als sie auf ihre Uhr schaute, sah sie, dass es schon spät war.

»Ich hol jetzt besser meine Sachen.«

»Ich helfe dir.«

Sie kehrten Hand in Hand zum Zelt zurück.

Sie schaute ihn an, um die feineren Einzelheiten seiner Züge zu verinnerlichen – mentale Schnappschüsse, anhand derer sie sich an ihn erinnern wollte. Sie wusste nicht, wie lange sie fortbleiben würde, und befürchtete insgeheim, ihn niemals wiederzusehen. So viel hatte sich verändert, sowohl für sie beide als auch die Menschheit. Sich jetzt von jemandem zu verabschieden, mochte tatsächlich ein Lebewohl für immer bedeuten. Es gab keine Garantien, und auch wenn sie es so weit geschafft hatten, war ihr schleierhaft, was sie erwarten sollte, sobald sie Lager 13 verließ. Sie drückte seine Hand fester. Diesen Moment und die innige Liebe, die sie für David empfand, durfte sie nicht vergessen.

Schließlich betrat er das Zelt. Als er zurückkehrte, kam auch Eric heraus, ihr Sohn.

Sie umarmte und küsste ihn. Nun flossen Tränen, und sie bekam Magengrummeln.

»Ich liebe dich, Mom«, sagte Eric.

»Ich liebe dich auch. Jetzt seht zu, dass ihr aufeinander achtgebt, dein Dad und du, ja?«, flüsterte sie in sein Ohr.

»Werden wir«, versprach er und drückte sie fester an sich.

Die Tränen kullerten an Loris Wangen hinunter.

Dann fing auch er an zu weinen. »Bitte beeile dich, damit du schnell wieder hier bist«, gluckste er und lief weg.

»Eric, komm zur …«, rief sie.

»Er wird darüber hinwegkommen, schließlich ist er ein zäher Bursche«, bemerkte David.

»Ich sollte nicht fahren, er braucht mich.«

»Wir wollen, dass du fährst.«

»Sicher?«

Sie wischte sich die Tränen ab und betrachtete einmal mehr Davids hübsches Gesicht.

Sie umarmten und küssten sich wieder, dann entzog sie sich, hob ihre Tasche auf und eilte zum Big Red. Ins Ungewisse.

Tag 184

3. April 2021
Decatur, Illinois

Devin wurde schlagartig wach, als ihm Essensduft in die Nase stieg. Er blinzelte mehrmals, um den Schlaf aus den Augen zu bekommen und einen klaren Blick zu fassen. Hätte er sie nicht aufgeschlagen und gesehen, wo er sich befand, wäre er wegen des schmackhaften Geruchs jede Wette darauf eingegangen, es sei ein Albtraum gewesen. Voller Neugierde auf das, was Tess wohl zubereitete, sprang er unbeschwert auf, zog sich an und verließ das Zimmer.

»Was kochen Sie?«, fragte er, als er die Küche betrat.

»Ich brate gehacktes Cornedbeef an.«

»Riecht toll.«

»Ich weiß nicht, wie es schmecken wird, weil es ja aus der Dose kommt.«

»Machen Sie Witze? Ich habe seit Ewigkeiten nichts Warmes mehr gegessen.«

»Ich auch nicht, aber als ich den Gasherd sah, dachte ich mir, ich könnte Ihnen was Gutes tun, weil Sie mich hier aufgenommen haben«, erklärte Tess. Heute wirkte sie weniger aggressiv als am Vortag.

Devin schmunzelte in Erwartung der warmen Mahlzeit.

Tess lud ihm einen Teller voll Hack auf und stellte es vor ihm ab.

»Scharfe Soße oder Ketchup?«

»Äh, scharfe Soße wäre perfekt«, antwortete er und beugte sich über den Teller. Der Dampf, der davon aufstieg, wärmte sein Gesicht, und es roch wunderbar und sah auch appetitlich aus.

Brando kam in die Küche und setzte sich, in der Hoffnung, auch eine Schale Fleisch zu bekommen.

Als Tess ihn bemerkte, kam sie seinem Wunsch nach. »So, bitteschön, mein Großer«, raunte sie und tätschelte Brandos Kopf, bevor sie die Schüssel vor ihm abstellte. Dann drehte sie sich zu Devin um, der gerade ordentlich reinhaute, und sagte: »Ich war immer dagegen, Hunden zu geben, was Menschen essen, denke mir aber mittlerweile: Wen juckt's? Wissen Sie noch, wie es war, als wir uns ungeheuer viele Gedanken darüber machten, was wir essen sollten? Ich bin mir sicher, alle immunen Menschen, die so viel Aufwand betrieben haben, um auf Biomärkten und Bauernhöfen einzukaufen, fallen jetzt über jegliches Dosenfutter her, das sie in die Finger kriegen.«

Devin schaute mit vollem Mund von seinem Teller auf und nuschelte: »Ich kann Ihnen sagen, dass das stimmt. Das weiß ich, weil ich einer der Bio-Typen war, die sich glutenfrei ernähren wollten und nur bei Bauern einkauften.«

»Sie kennen ja das Sprichwort: In der Not frisst der Teufel Fliegen. Und ich würde sagen, geht die Welt unter, wird jeder Veganer zum Fleischfresser.«

»Ha, der ist nicht schlecht«, lachte Devin.

Tess ließ sich mit einem Teller auf der anderen Seite des Tisches nieder und goss etwas scharfe Soße über ihr Fleisch. »Wo haben Sie gewohnt?«

»In New York City.«

»Und wie sind Sie nach Decatur geraten?«

»Lange Geschichte«, antwortete er, hielt sich aber zurück, weil er nicht alles erzählen wollte, denn das hätte bedeutet, dass er wieder auf Cassidy zu sprechen gekommen wäre, und darauf war er noch nicht gefasst.

»Wir alle haben eine lange Geschichte, aber nach meinem zickigen Benehmen gestern, habe ich es verdient, sie über mich ergehen zu lassen«, räumte Tess ein.

Devin schaute zuerst auf seinen Teller und dann zu ihr herüber. »Nach heute Morgen sei Ihnen in meinen Augen verziehen.«

»Ich habe nichts weiter getan, als ein paar Dosen Cornedbeef zu öffnen und sie aufzuwärmen. Hätten Ihre Verwandten einen Elektroherd gekauft, wäre dieses Festmahl kalt auf den Tisch gekommen. Ein Hoch auf Propangas.«

»Wo kommen Sie her?«

»Bismarck in Norddakota.«

»Ha, ich habe noch nie jemanden von dort kennengelernt, beziehungsweise keiner hat zugegeben, aus Norddakota zu stammen.«

»Vorsicht, Freundchen.«

»War nur ein Witz.«

»Ich weiß aber schon, was Sie meinen. Ich wurde dort geboren, wohne … besser gesagt wohnte aber dann in North Carolina.«

»Darf ich fragen, was Sie in Decatur zu suchen haben? Ist ja nicht gerade um die Ecke, weder von Norddakota noch North Carolina aus.«

Tess legte ihre Gabel hin und trank etwas Wasser, ehe sie sagte: »Bin nur auf der Durchreise.«

»Wollen Sie zurück nach North Carolina?«, hakte er nach, bevor ihm der Ring an ihrer linken Hand auffiel. Dieser war mit einem kleinen, rundgeschliffenen Viertelkarat-Diamanten auf drei goldenen Zargen besetzt. Sie wollte wohl jemanden in North Carolina wiedersehen.

»Ja, ich kehre zurück.«

»Wartet dort wer auf Sie?«

Tess begann, in ihrem Essen zu stochern. Die Frage traf sie recht hart, doch sie antwortete ehrlich: »Nein, niemand. Er ist nicht mehr da.«

»Tut mir leid.«

»Oh, so meinte ich das nicht; er ist woanders – in Sicherheit, ganz bestimmt.«

»Es gibt einen sicheren Ort?«

»Ich glaube, ich habe Ihnen schon zu viel erzählt.«

»Moment, Moment, Sie behaupten, dort sei es sicher? Das müssen Sie mir genauer erklären.«

Sie stocherte weiter auf ihrem Teller herum.

»Bitte sagen Sie es mir. Falls es Hoffnung gibt, würde ich gerne davon erfahren«, drängte Devin.

»Ich weiß nicht genau, ob mein Verlobter in Sicherheit ist oder überhaupt noch lebt, doch als ich zuletzt mit ihm sprach, stach seine Einheit in See. Er erzählte mir von einer Sicherheitszone, und sie befanden sich auf dem Weg dorthin, um sie schützen.«

»Wohin?«

»Keine Ahnung. Er hinterließ mir eine Nachricht in unserer Wohnung auf Topsail Island.«

»Wie konnte er davon wissen – von seiner Arbeit her?«

»Ja, er ist Marinesoldat.«

Devin meinte, sein Kopf müsse vor Fragen und Gedanken platzen.

»Machen Sie sich keine allzu großen Hoffnungen. Angesichts der Art, wie sich das Virus ausbreitet, ist es sehr unwahrscheinlich, dass Travis noch lebt, geschweige denn ein Ort existiert, der keimfrei ist.«

»Aber Sie müssen es darauf ankommen lassen, und tun genau das.«

»Was gibt es denn in diesen Tagen auch sonst? Außerdem ist es doch aberwitzig, dass ich in anderer Menschen Küche kochen kann, nachdem ich sie unter die Erde gebracht habe.«

Brando stand auf und ging zur Vordertür. Er hatte die Ohren gespitzt und neigte seinen Kopf zur Seite.

»Da ist jemand!«, merkte Tess erschrocken auf.

Devin konnte nicht fassen, dass er an zwei aufeinanderfolgenden Tagen Besuch bekam.

»Sollen wir uns verstecken?«, fragte er, ohne sich von seinem Platz zu bewegen.

Tess sprang jedoch auf und stürzte ans Erkerfenster. Da Brando an der Haustür hin und her ging, wusste sie ohne jeden Zweifel, dass jemand draußen war. Als sie den Vorhang ein wenig zur Seite schob und verstohlen hinausschaute, erblickte sie zwei bärbeißig wirkende, bewaffnete Männer, die sich dem Haus näherten.

»Wo ist die Flinte?«, fragte sie.

Devin war nun ebenfalls aufgestanden.

»Ich weiß es nicht, wo haben Sie sie hingestellt?«, erwiderte er.

»In die Ecke neben der Treppe, holen Sie sie!«

Er gehorchte ohne weitere Fragen, ging zügig die Waffe holen. Tess kam unterdessen aus dem Zimmer gerannt und stürmte die Treppe hinauf, indem sie jeweils mehrere Stufen auf einmal nahm.

Devin schaute nervös auf die Flinte. Er fühlte sich unangenehm an gestern erinnert. Falls er ihr irgendwie behilflich sein wollte, musste er lernen, damit umzugehen.

Tess kehrte nach unten zurück, jetzt allerdings bewaffnet und kampfbereit angezogen: Sie trug die Schutzweste mit Schulterpolstern und ihr Gewehr – bereit, sich jedermann in den Weg zu stellen, egal wer kam.

»Woher wissen Sie, dass diese Kerle uns etwas anhaben wollen? Die könnten genauso gut bloß was zu essen suchen.«

»Tun sie nicht, verlassen Sie sich drauf«, entgegnete sie aufgeregt. »Würden Sie mir jetzt helfen, das hier wegzuschieben und die Tür frei zu räumen?« Sie machte sich an den Möbeln zu schaffen, die den Hintereingang versperrten.

»Das verstehe ich nicht, warum sollten wir?«

»Tun Sie es einfach.«

»Aber …«

»Sie stemmte sich gegen ein Metallregal und grunzte. Frustriert von Devins Tatenlosigkeit hörte sie auf und herrschte ihn an: »Ich will, dass die zwei hereinkommen. Wenn wir sie erschießen, knallt es draußen nicht so laut.«

»Sie erschießen?«, wiederholte Devin ungläubig.

»Ich habe keine Zeit, das zu erklären, aber es sind Plünderer, schlicht und ergreifend.«

»Woher wissen Sie das?«

»Weil einer der beiden derjenige ist, von dem ich angeschossen wurde!«

Diese Antwort bewog Devin, schnell zu handeln: Er schob das Regal aus dem Weg, während Tess den Draht entfernte. Sobald sie damit fertig war, warf sie das Geschirr ins Spülbecken und rief: »Nach oben, schnell! Brando, komm mit!«

Der Hund hörte auf, unruhig herumzulaufen, und folgte den beiden die Treppe hinauf. Der Flur oben führte vom Absatz an geradeaus bis zum Elternschlafzimmer am anderen Ende. Als Devin sah, dass sie dorthin lief, fragte er: »Sie wollen da rein?«

»Ja, von dort aus kann man ungehindert schießen. Ich locke sie her; sie werden nirgendwohin ausweichen können.«

»Ich möchte das Zimmer wirklich nicht betreten«, druckste Devin.

»Was ist los mit Ihnen?«

Unten klapperten die Blechdosen, also waren die beiden Männer auf der Veranda.

»Uns fehlt die Zeit, um darüber zu diskutieren; legen Sie die Kissen hierhin und gehen Sie dann dahinter in Deckung«, erklärte sie, während sie es vormachte. »Dann heißt es: Feuer frei. Ich werde sie anlocken, indem ich sie wissen lasse, dass ich hier bin.«

»Halten Sie das wirklich für eine gute Idee?«

»Haben Sie eine bessere?«

Devin erwiderte lediglich ihren Blick. Er hatte keinen besseren Plan, ja eigentlich überhaupt keinen Plan, um genau zu sein.

Jetzt ging die Hintertür auf. Die Eindringlinge unterhielten sich, ohne dass man verstand, was sie sagten.

Durch eines der Fenster im Obergeschoss warf Tess einen Blick in die Einfahrt und auf die Straße, um sicherzugehen, dass die beiden Männer alleine hier waren. Nach ihrer ersten Begegnung mit ihnen wusste sie, dass sie nur Kundschafter waren, also konnte der Rest der Bande nicht weit weg sein.

Eine undeutliche Stimme, die aus einem Funkgerät kam, hallte durchs Treppenhaus herauf und machte Tess Angst:

»Marlin, bist du das?«

»Jepp.«

»Wo steckt ihr?«

»Ungefähr eine halbe Meile weit auf der Kraft Road. Wir haben gerade …«

»Helfen Sie mir!«, rief Tess.

Der Mann mit dem Funkgerät hörte auf zu sprechen und schaute seinen Komplizen an. Ein teuflisches Grinsen breitete sich in seinem Gesicht aus.

Der andere Kerl stapfte zügig zum Fuß der Treppe und grölte hinauf: »Wer braucht Hilfe?«

»Ich, ich bin ganz allein, bitte kommen Sie«, flehte Tess, ehe sie zu Devin hinüberschaute, der hinter den Kissen kauerte.

»Ich glaube, heute wird ein Rohr verlegt«, bemerkte Marlin, dessen fieses Grinsen stark fleckige Zähne offenbarte. Er hatte sein fettiges, braunes Haar, das bis auf die Schultern fiel, hinter die Ohren geklemmt.

»Marlin, du warst gerade weg«, knatterte es aus dem Funkgerät.

Er ignorierte den Sprecher und ging ebenfalls zur Treppe.

»Jetzt wird gevögelt. Aus dem Weg, Frank.«

»Woher willst du wissen, ob nicht doch jemand bei ihr ist?«, fragte der andere.

»He, Darling, komm du doch runter«, rief Marlin.

»Ich kann nicht. Gestern hat mich irgendein Fremder überfallen und gefesselt. Bitte helfen Sie mir.«

Marlin grinste nun über beide Ohren, während er sich ausmalte, was er mit der unbekannten Frau tun würde. Er hastete die Stufen hinauf und blieb stehen.

Frank, der skeptisch blieb und überlegte, was sie wohl finden mochten, kam langsam hinterher.

Als Marlin durch den Flur schaute, sah er Tess' Beine sowie einen Haufen Kissen auf einer blutbesudelten Matratze.

»Ich komme, Herzchen«, flötete er und ging auf sie zu.

Frank blieb mehrere Stufen unterm Absatz stehen, konnte aber in den Flur schauen. Dabei fiel sein Blick genau unters Bett; er riss die Augen weit auf, da er Devins Knie und Füße sah.

»Marlin, stopp, das ist eine Falle!«, rief er.

»Feuer!«, schrie Tess.

Devin drückte ab, doch wie am Vortag tat sich nichts. Er hatte nicht daran gedacht, Tess zu fragen, wie die Flinte funktionierte, und diese Nachlässigkeit gefährdete nun ihr Leben.

Sie sah, dass er Probleme hatte, und sprang vom Bett auf in die offene Tür. Vor ihr stand der Mann, von dem sie zwei Tage zuvor verwundet worden war. »Hi, Marlin, weißt du noch, wer ich bin?«, fragte sie, richtete ihre Pistole – eine Glock 17 – auf ihn und drückte ab.

Der Mann bekam keine Gelegenheit, zu reagieren, und sein Dauergrinsen verging ihm, als die 9mm-Patrone sein Gesicht traf. Als sie am Hinterkopf austrat, riss sie seinen Schädel zurück, und er fiel der Länge nach auf den Boden.

Frank duckte sich auf der Treppe, statt sie anzugreifen. Sein Herz flatterte; er wusste nicht, wie viele Personen oben waren und hielt eine Flucht für die beste Wahl.

Devin war schockiert. Er hatte noch nie miterlebt, wie jemand so erbarmungslos handelte wie Tess gerade eben.

Sie stürmte mit vorgehaltener Pistole auf die Stufen zu. Frank war klar, dass es brenzlig wurde, und nahm die Beine in die Hand. Er sprang und landete mit einem lauten Knall am Fuß der Treppe, stieß durch die Wucht beim Aufkommen gegen die Wand, fand sein Gleichgewicht aber flugs wieder und eilte zur Tür. Tess nahm die Verfolgung auf, wobei ihr Brando dicht auf den Fersen blieb.

Nachdem Frank durch den Hintereingang gerannt war, schwang er sich übers Geländer des Vorbaus und hetzte zur Straße.

Tess versuchte, mit ihm schrittzuhalten, doch er war zu schnell für sie. Er hielt das Funkgerät wieder in der Hand, wie sie sah. Was das bedeutete, war ihr klar: Bald würden sie sich vor Plünderern nicht mehr retten können. Mit dieser Gewissheit und weil sie Frank nicht aufhalten konnte, kehrte sie ins Haus zurück.

Am Fuß der Treppe wartete Devin.

»Sie müssen dringend lernen, wie man dieses Ding benutzt«, knurrte sie, während sie ihren Rucksack aufhob und anzog.

»Sie gehen?«

»Genauso wie Sie, falls Sie klug sind. Der wird zurückkommen, aber nicht allein, sondern mit einer kleinen Armee.«

Devin drohte, den Kopf zu verlieren, weil er nicht wusste, was er tun sollte. Er war überzeugt davon, dass sie Recht hatte, aber mental nicht darauf vorbereitet, sich allein durchzuschlagen.

»Darf ich mitkommen?«

»Sicher, aber packen Sie sich was ein, und zwar schnell!«

Devin erinnerte sich daran, dass in der Scheune ein Rucksack lag und ging ihn holen. Kurze Zeit später kehrte er zurück und fing an, ihn mit Lebensmitteln sowie ein paar Flaschen Wasser zu füllen.

»Wir müssen jetzt los!«, drängte Tess. In diesem Augenblick hörten sie brummende Motoren auf der Straße unmittelbar vor der Einfahrt.

»Jetzt machen Sie schon«, schrie sie Devin an. Mit ihrer Tasche auf dem Rücken und dem Gewehr im Anschlag trat sie die Fliegengittertür auf. Brando rannte hinaus, sie folgte ihm.

Devin stürzte hinter Tess her.

Sie hüpfte über den gespannten Draht auf den Stufen und lief dann auf die Maisfelder hinter der Scheune zu.

Devin hörte Männer rufen, die nun ihre Motorräder und Autos vor dem Haus abstellten. Er wusste, wie knapp es war und was geschehen würde, falls man Tess und ihn schnappte. Mit hämmerndem Herzen sprintete er Tess hinterher, die gerade zwischen den toten Pflanzen verschwand. Er nahm sich vor, ihre Spur nicht zu verlieren.

Gerade als er den Rand des Feldes erreichte, hörte er Glas klirren, gefolgt von einer kleinen Explosion im Gebäude. Er blieb nicht stehen, um nach dem Haus oder der Scheune zu sehen, die ihm während jener sechs langen Monate Schutz geboten hatte. Jetzt rannte er um sein Leben; auf der Flucht vor einem Feind, von dem er 20 Minuten zuvor nicht einmal wusste, dass es ihn überhaupt gab.

Internationaler Flughafen von Denver

Lori konnte nur anhand des Weckers auf ihrem Nachttisch und ihrer Armbanduhr ausmachen, dass es Morgen war; ansonsten deutete nichts auf die Tageszeit hin. Ihr Quartier und der Zeichenraum, den sie in der vorangegangenen Nacht besichtigt hatte, befanden sich zwei Ebenen unterhalb der Erde.

Da sie in der Nähe von Denver gewohnt hatte, war sie zahllose Male am Flughafen gewesen, doch das Gelände, auf dem sie gestern Abend angekommen war, ähnelte dem, das sie von früher her kannte, nicht im Geringsten. Das erste Wort, welches sich ihr vergangene Nacht aufgedrängt hatte, war »Festung«. Die Umzäunung des Flughafens erinnerte eher an ein Gefängnis: mehrere Reihen 20 Fuß hoher Maschendraht und im Abstand von mehreren Hundert Fuß jeweils ein bemannter Turm. Die Zufahrt war befestigt und wurde ebenfalls streng bewacht. Kettenpanzer und andere militärische Fahrzeuge standen mit ausgerichteten Waffen in Position, um jeden Unbefugten aufzuhalten.

Das zu sehen, stieß Lori zunächst vor den Kopf, doch nach genauerer Überlegung ergab es Sinn, die wesentlichen Interessen der Regierung hier zu schützen, welche es auch immer sein mochten.

Die Landebahnen innerhalb des Areals waren jetzt mit unzähligen Militärflugzeugen und unterstützender Ausrüstung besetzt. Personal lief emsig beschäftigt hin und her, lud ein und aus, betankte und wartete die Fluggeräte. Allem Anschein nach diente der Flughafen nun als wichtiger Knotenpunkt für Neubeginn und Wiederaufbau des Landes.

Als Lori hier ankam, führte man sie durchs Hauptterminal, das ihr so betriebsam wie zu früheren Zeiten erschien. Dann hatte sie einen Fahrstuhl betreten, mit dem sie zwei Ebenen tiefer gefahren war – zu ihrem vorübergehenden Wohn- und Arbeitsplatz.

Sie hatte noch keine Gelegenheit erhalten, ihre neuen Kollegen kennenzulernen, konnte es aber kaum erwarten, endlich anzufangen. Nach einem letzten Blick in den Spiegel schnappte sie sich ihre Handtasche und verließ das Quartier.

Auf dem Weg durch die breiten Betonflure kam es ihr vor, als müsse sie etwas in den Händen halten. Wäre dies ein Termin mit einem neuen Kunden gewesen, hätte sie ihre Arbeitstasche, ihr iPad und das in Leder gebundene Notizbuch mit dem gelben Papier mitgenommen. Sie hatte jedoch all ihre beruflichen Accessoires in ihrem Haus zurückgelassen, als sie mit David und Eric ins Lager 13 umgesiedelt war.

Nicht lange, und sie erreichte die Stahlflügeltür, hinter der ihr neuer Arbeitsplatz lag. »Das ist er also, Raum C-23«, sagte sie zu sich selbst und streckte die Hand nach dem Griff aus. Als die Tür plötzlich nach innen aufschwang, erschrak sie.

»Oh, hallo, Sie müssen Lori Roberts sein«, begrüßte sie ein Mann und streckte seine Hand aus.

Lori schaute ihn an und dann auf die angebotene Hand. Seit »dem Tod« hatte man sich angewöhnt, niemandem die Hand zu schütteln oder überhaupt in Kontakt mit anderen zu treten.

Der Mann bemerkte ihr Zögern und lachte. »Ich kann Ihnen versichern, ich bin gesund, und wir alle wissen, dass auch Sie immun sind.«

»Natürlich«, kicherte Lori nervös, packte zu und schüttelte. »Hi, Lori Roberts, und Sie sind …?«

»Mein Name ist Chance Montgomery, ich bin Ihr Projektleiter und Aufseher«, antwortete er. Chance war Anfang 40, schlank und durchschnittlich groß. Durch sein dunkelbraunes Haar zogen sich überall silbrige Strähnen.

»Freut mich, Sie kennenzulernen.«

»Kommen Sie rein. Suchen Sie sich einen Platz für Ihre Sachen aus, dann sehen wir uns im Besprechungszimmer. Dort warten schon Ihre beiden Kollegen. Ich bin gleich zurück.«

Lori trat ein und ging direkt zum besagten Zimmer. Dort warteten ihre zwei Mitarbeiter, ein junger Mann und eine ältere Frau.

»Hallo, ich bin Lori Roberts«, stellte sie sich vor.

»Guten Morgen, Lori, ich bin Maggie«, erwiderte die Frau. Sie war Anfang 50, hatte makellos glatte Haut und kurzgeschnittenes, blondes Haar.

»Lori, ich bin Brad«, sagte der Mann, stand auf und streckte seine Hand aus. Er war anscheinend Mitte 30, klein und untersetzt.

Nachdem sie einander begrüßt hatten, setzte sich Lori.

»Also, das alles ist sehr spannend«, begann Brad.

»Ja, stimmt«, pflichtete sie bei.

»Ich stamme aus Kalifornien, und Sie?«, fragte Maggie.

»Kalifornien? Wow, Sie haben einen weiten Weg auf sich genommen«, entgegnete Lori verwundert.

»Mich haben sie aus Texas hergebracht«, warf Brad ein.

»Dann hatte ich es wohl einfacher, denn ich komme von hier«, entgegnete Lori.

»Aus Denver?«, hakte Maggie nach.

»Aus der näheren Umgebung, einer Kleinstadt …«

Die Tür des Besprechungszimmers ging auf, und Chance kam herein. »Schön, meine Freunde, sieht so aus, als hätten Sie sich schon beschnuppert. Nun … lassen Sie uns eine Stadt planen!«

Decatur, Illinois

Devin wusste nicht, wie lange er schon lief; die Felder schienen kein Ende zu nehmen, oder die Zeit verstrich langsamer, doch in jedem Fall rannte und rannte er. Das Einzige, was ihn letztlich aufhielt, war der Anblick einer weiten, freien Fläche, die sich vor ihm auftat. Vom Rande des Feldes blickte er auf den verlassenen Highway.

Monate zuvor war dies eine stark befahrene Fernstraße gewesen, jetzt herrschte keinerlei Verkehr. Risse im Asphalt, aus denen kurze Grashalme sprossen, deuteten darauf hin, dass sie schon länger nicht mehr in Gebrauch war. Mutter Natur hatte sich nicht lange bitten lassen, sich wieder einzuverleiben, was ihr gehörte.

Nachdem er sich wieder etwas ins Maisfeld zurückgezogen hatte, um nicht gesehen zu werden, sann er über seinen nächsten Schritt nach. Tess und Brando waren schon zu Beginn ihrer gemeinsamen Flucht verschwunden. Jetzt stand er vor der Wahl, weiterzulaufen oder zu warten, doch falls er ersteres tat: Wohin sollte er sich wenden? Er hasste es, zu Entscheidungen gezwungen zu werden. Er wollte Tess unbedingt wiederfinden; sie war tatkräftig und klug, zumindest hatte er diesen Eindruck von ihr. Allein zu sein, ohne zu wissen, wo er für die Nacht unterkommen konnte, setzte ihn unter Druck, machte ihn unsicher – und Unsicherheit hasste er auch.

Er schaute auf seine Armbanduhr und brummte: »Du wartest eine halbe Stunde, dann überquerst du den Highway und gehst weiter.«

Dann gewannen seine Zweifel erneut die Oberhand.

Weitergehen, wohin?

»Tess, wo steckst du?«, fragte er sich leise. Während die 30 Minuten seiner selbstauferlegten Frist vergingen, machte er sich darauf gefasst, über die Fahrbahn zu laufen und sich ins nächste endlose Feld aus abgestorbenen Maispflanzen zu schlagen.

Schließlich stand er auf und stellte sich dicht an den Rand.

»Psst, he! Komm zurück!«, wisperte Tess von hinten.

Devin drehte sich um, entdeckte sie jedoch nicht.

»Komm von der Straße weg und duck dich, sofort!«, drängte sie.

Er kam der Aufforderung nach, und zwar gerade rechtzeitig, denn kurze Zeit später rollte ein kleiner Konvoi heran. Während die Autos und LKW vorbeifuhren, schaute er genau hin und erkannte ein Gesicht wieder: das des Mannes, der entkommen war. Als Devin ihn sah, drehte sich sein Magen um. Tess hatte ihn wieder einmal gerettet.

Nachdem der Wagenzug verschwunden war, kroch sie aus ihrem Versteck hervor. »Hast du sie wirklich nicht gehört?«

»Nein, hab ich nicht, ich schwöre.«

»Die knatternden Auspuffe der Laster sind mir schon aufgefallen, als ich noch eine Meile bis hierher laufen musste«, behauptete Tess.

»Schätze, ich muss Ihnen – dir – wieder dafür danken, dass du mir den Hals gerettet hast.«

»Ja, sieht so aus, als seist du mir noch etwas schuldig. Übrigens führe ich Buch darüber«, scherzte sie.

»Wo ist Brando?«, fragte Devin.

Tess stieß zwei Pfiffe aus.

Der Hund sprang neben ihnen aus dem Feld.

»Saß der einfach nur dort?«

»Ja, wie ich schon sagte, er ist wie ein Mensch, aber einer, der auf mich hört. Das macht ihn einem Menschen überlegen.« Sie begrüßte das Tier, indem sie sein Fell kraulte.

»Deine Seite, du blutest«, bemerkte Devin und zeigte auf den nassen, roten Fleck am unteren Rand ihres Shirts.

»Ja, ich weiß, die verflixte Wunde ist wieder aufgegangen«, entgegnete sie. »Das schnelle Laufen war nicht unbedingt ideal.«

»Verbinden wir sie wieder.«

»Keine Zeit, lass uns den Highway überqueren und in Bewegung bleiben. Wir müssen so weit wie möglich von diesen Typen wegkommen.«

»Wohin sollen wir gehen?«

»Zuerst mal über die Fahrbahn; und dann nach Südosten, weil ich ja letztlich nach North Carolina möchte.«

Devin überlegte kurz. Dorthin mitzugehen, kam ihm vermessen vor, doch er besaß kein Zuhause mehr, und diese Frau war der einzige vernünftige Mensch, den er seit Monaten getroffen hatte.

Tess trat mit Brando an den Fahrbahnrand und blieb stehen, um zu horchen. Dann holte sie mehrmals tief Luft und setzte zum Sprint über den vierspurigen Highway an.

Devin beobachtete, wie das Tier hinterher über die offene Fläche hetzte, und wusste, dass alle seine Überlebenschancen in dieser neuen Welt bei ihr und diesem Hund Brando lagen. Nun, da er diese Tatsache als unweigerlich gegeben anerkannt hatte, stürzte auch er los, um zu den beiden aufzuschließen.

Internationaler Flughafen von Denver

Um Chance Montgomery zu beschreiben, passte ein Wort besonders gut: langweilig. Er salbaderte fast eine Stunde lang von der großen Verantwortung, die man dem Team gegeben hatte.

»Fein, fein. Hat nun noch jemand von Ihnen Fragen?«, fragte Chance am Ende seiner Predigt.

Lori schüttelte den Kopf und richtete sich in ihrem Sessel auf. Als sie einen Blick auf die anderen warf, stellte sie fest, dass diese mit dem Schlaf kämpften.

»Lori, Sie vielleicht?«, fragte Chance.

»Äh, ja, tatsächlich. Das alles klang eher wie die Planung eines neuen urbanen Raumes. Dabei war gar nicht die Rede von einer Ausweitung von Camp Sierra.«

»Wer hat es Camp Sierra genannt? Wir arbeiten an Arcadia.«

Die drei am Tisch schauten einander verdutzt an.

»Was ist Arcadia?«, wollte Brad wissen.

»Machen wir uns darüber jetzt keinen Kopf, es geht ans Eingemachte. Vor uns liegt eine Menge Arbeit, falls die Bauarbeiten innerhalb des nächsten Monats beginnen sollen, und wir brauchen einen Plan, der genehmigt werden kann. Darauf müssen wir uns jetzt konzentrieren.« Chance klang aufmunternd, während er das betonte.

Als er die Dauer erwähnte, wurde Lori traurig. Sie wollte nicht so lange von ihrer Familie getrennt bleiben, obwohl sie bereit war, dieses Opfer zu bringen, falls es ihnen die Chance bot, Lager 13 verlassen zu können.

»Ich werde Sie ausgehend von Ihren jeweiligen Fachgebieten selbständig walten lassen, doch wir müssen uns ständig kurzschließen, um zu gewährleisten, dass sich alles ineinanderfügt. Maggie, Sie übernehmen die räumliche Gestaltung und sorgen dafür, dass wir alle zeitgemäßen Entwicklungen zur Nachhaltigkeit miteinbeziehen. Fokussieren Sie sich auf Straßen und Beförderungsmittel; unsere neue Stadt wird autofrei sein, denken Sie daran. Richten Sie Ihr Augenmerk auf Fußwege, Wanderpfade, Flusspromenaden und Magnetbahnhöfe. Brad, Sie sind mein Tiefbauingenieur, Ihre Hauptaufgabe besteht darin, eine Infrastruktur zur Abwasser- und Abfallentsorgung zu erstellen. Lori, Sie werden alle neuen Regierungsgebäude sowie das Wohn- und Einkaufszentrum in der Innenstadt entwerfen. Achten Sie darauf, dass sich Schönheit und Funktionalität in allen Gebäuden vereinen, die Sie planen. Ich selbst zeichne mich für die generelle Anlage unseres von Grund auf neu konzeptionierten Bauprojekts verantwortlich. So werden wir die Geburt unserer neuen Heimat in die Wege leiten: Arcadia.«

Alle zeigten sich verblüfft von dieser Idee, und insbesondere Lori fühlte sich überwältigt.

»Wie viele Gebäude, welcher Art? Ich brauche genauere Richtlinien. Wo soll ich anfangen?«

»Gut, dass Sie fragen. Sie fangen mit dem neuen Kapitol an«, erwiderte Chance und stand auf. Er ging zu einem Beistelltisch, auf dem ein Papprohr lag, und zog eine zusammengerollte Karte heraus. Diese breitete er auf dem Tisch vor ihnen aus. »Das ist meine erste Skizze der Stadt. Das Kapitol wird genau in der Mitte stehen, und alles Weitere soll von dort ausgehen. Um Ihre Frage zu beantworten, Lori: Machen Sie es zu Ihrer obersten Priorität. Es soll Pracht ausstrahlen und beeindrucken – ein Jahrhundertbauwerk.«

»Gut, ich mache mich an die Arbeit. Schwebt Ihnen eine bestimmte Größe vor?«

»Sind Sie je in Washington, D.C. gewesen?«

»Ja, vor langer Zeit.«

»Entwerfen Sie es halb so groß wie das Staatshaus dort.«

»Verstanden«, bestätigte Lori, während sie sich Notizen machte.

»Haben wir topografische Karten, damit ich das Landschaftsbild sehen kann?«, fragte Brad.

Chance hielt kurz inne, um darüber nachzudenken, und antwortete dann: »Haben wir, doch ich schlage Ihnen etwas Besseres vor: Wie wäre es, wenn wir einen Abstecher dorthin machen?« Er schob seinen Sessel zurück und erhob sich wieder.

Erneut schauten die drei einander überrascht an.

»Packen Sie Ihre Sachen zusammen, wir treffen uns oben – sagen wir … in 15 Minuten. Ein Helikopter wird uns hinfliegen.«

»Wie aufregend«, versetzte Maggie.

»Bis gleich«, entgegnete Chance und verließ das Zimmer.

Lori wusste nicht, was sie von alledem halten sollte. Was man ihr als Ausweitung des sagenumwobenen Camp Sierra verkauft hatte, war in Wirklichkeit die Planung einer völlig neuen Stadt. Von einer großen Aufgabe wäre in diesem Zusammenhang normalerweise keine Rede gewesen, nicht einmal von einer riesigen – dies war ungeheuerlich. Diese Möglichkeit sorgte für Nervenkitzel, machte sie aber auch wehmütig. Sie wusste, es würde länger als einen Monat dauern; konnte sich über Jahre hinziehen. So viel Zeit verstreichen lassen, ohne ihre beiden Männer zu sehen, das wollte sie nicht, aber dies war nicht der richtige Moment, um sich zu beklagen; es galt, die Ärmel hochzukrempeln und sich um einen Platz für ihre Familie in dieser neuen Stadt verdient zu machen. Sie schaute auf die Karte und neigte sich nach vorne, um sie genauer zu betrachten. In einer Ecke unten stand der Name »Arcadia«. Fragen drängten sich auf. *Warum eine komplett neue Stadt hochziehen? Warum die ganze Mühe?*

Dann fiel ihr wieder ein, was sie am Vortag auf jenem Monitor gesehen hatte. Ihre Befürchtungen hatten sich als unbegründet herausgestellt. Hier saß sie nun und verdingte sich für die Regierung, welche sich dazu aufschwang, etwas Neues aus der Taufe zu heben. Zu keinem Zeitpunkt auf ihrer Reise gestern war sie jemandem begegnet, der einen zwielichtigen Eindruck hinterlassen hätte, und alle am DIA waren freundlich und hilfsbereit. Sie hakte ihre jüngsten Gedanken als Hirngespinste ab. Als sie in sich hineinlachte, vermutete sie, ein Lagerkoller habe sich bei ihr angebahnt. Mit dem Gefühl, einem Zweck zu dienen, und hoffnungsfroh wie seit Monaten nicht mehr, verließ sie den Raum und machte sich auf den Weg nach oben. Heute begann ein neues Leben für sie, der Startschuss zu etwas Großartigem.

Lovington, Illinois

Devins Kleider waren schweißnass, und sein Gesicht, seine Arme und Hände bluteten, nachdem er sich zahllose winzige Schnitte und Schürfwunden an den ausgedörrten, toten Maispflanzen zugezogen hatte. Ihm war wieder eingefallen, dass man den Mittleren Westen als Maisgürtel des Landes bezeichnet hatte; jetzt kannte er den Grund dafür.

Jede Straße, an die sie gelangten, bot ihnen eine dringend benötigte Gelegenheit, zu Atem zu kommen. Sie befanden sich nun am Rande einer Kleinstadt und brauchten einen konkreteren Plan als ihren bisherigen, der nur darauf hinauslief, Highways oder Nebenstraßen zu überqueren. Nachdem er sich auf den nassen Boden gesetzt hatte, ließ Devin seinen Kopf hängen und den Schweiß von seinem Gesicht auf die Erde tropfen. Er war erstaunt darüber, es so weit geschafft zu haben. Vermutlich, so glaubte er, war ihm der Adrenalinschub dabei zugutegekommen, die Entfernung zurückzulegen, denn schließlich hatte er monatelang keinen Sport getrieben.

Tess war noch müder als er. Sie legte sich hin.

»Nicht einschlafen«, bemerkte Devin.

»Mein Verlobter sagte immer: Warum stehen, wenn man sitzen kann, warum sitzen, wenn man liegen kann, und warum nicht schlafen, wenn man schon liegt?« Sie nahm sich Zeit, die Glieder zu strecken, während ihr Kopf auf ihrem Rucksack ruhte.

»Dem kann ich voll und ganz zustimmen.«

Brando kam zu Devin, leckte ihm durchs Gesicht und ging wieder, um sich zu seinen Füßen zusammenzukauern.

»He, Junge, bist du noch fit?«, fragte er, überrascht angesichts der Zuneigung des Tieres.

»Ha, er wird langsam warm mit dir«, bemerkte Tess.

»Ich war zwar nie der Hundefreund, aber er wächst mir auch allmählich ans Herz«, gestand Devin.

Tess setzte sich hin, zog ihre Panzerweste aus und hob das blutbefleckte Shirt an. »Verdammt.«

»Was ist?«

»Na, das eben. Es hört einfach nicht auf zu bluten. Ich glaube, ich brauche deine Hilfe, um es wieder zu nähen.« Sie betrachtete die Wunde.

»Du hast mir nie erzählt, wie es dazu kam.«

»Diese Schweine wollten mich abknallen. Das war aber nur ein Streifschuss.«

Devin zog seinen Rucksack aus und kroch zu ihr hinüber.

Sie nahm ein Ersthilfeset zur Hand und öffnete es für ihn. Nachdem sie einen breiten Verband gefunden hatte, goss sie Wasserstoffperoxid darüber und fing an, die nun freiliegende Wunde damit zu säubern. Jeder noch so zarte Tupfer zwang sie, ihr Gesicht zu verziehen.

Devin wusste nicht, was er tun sollte. Sie bat ihn zwar um Hilfe, doch er kam sich überflüssig vor. Als sie fertig war, trennte sie die alte Naht auf und zog die Fäden heraus.

Er konnte nicht fassen, was er sah: Sie war unheimlich hart im Nehmen.

»Du hast es selbst genäht?«

»Nein, Brando hat es getan«, scherzte sie.

»Wer hat dir das beigebracht?«

»In dem Beutel sind Nadel und Faden; kipp etwas Peroxid darauf und gib sie mir«, wies sie ihn an.

Devin sträubte sich, als sie die Nadel zum ersten Mal durch ihre Haut stach, schaute aber gleich darauf fasziniert zu, weil sie so behutsam und präzise vorging.

»Du hast das voll drauf«, staunte er.

Sie ging nicht darauf ein, sondern konzentrierte sich auf ihre Sache, bis sie fertig war. Dann legte sie frischen Mull auf die Wunde und verband sie. »So, ich hoffe, das hält jetzt.«

»Ich auch, um deinetwillen.«

Nun kramte sie in ihrem Rucksack nach einer Wasserflasche und setzte sie auf.

»Das war ein strammer Marsch. Lass uns etwas rasten und überlegen, wohin wir weitergehen«, schlug sie vor.

»Gut, ich bin auch müde.«

»Hast du ein Schild mit dem Namen dieser Stadt gesehen?«, fragte Tess.

»Darauf habe ich eigentlich nicht geachtet.«

Sie langte erneut in ihren Rucksack und zog einen Feldstecher heraus. »Hier.«

Er kroch damit an den Rand des Feldes und suchte die scheinbar verlassene Stadt ab. Kein Mensch oder Tier machte sich bemerkbar, und kein Schild auf der Straße, das er sah, gab den Namen preis. Während er den Blick jedoch zum zweiten Mal durch den Ort schweifen ließ, stieß er an der Fassade eines Restaurants auf ein »Lovington«.

»Ich sehe zwar kein amtliches Schild, aber eine Werbetafel mit dem Namen Lovington.«

Sie zog ihre Karte heraus. »Lovington wäre möglich. Meine Güte, sind wir weit gelaufen.«

»Oh ja.«

»Kein Wunder, dass wir fertig sind; das waren ungefähr zehn Meilen.«

»Meine Beine sind jetzt schon weich. Den ganzen Weg bis nach North Carolina zu laufen, halte ich für ausgeschlossen. Wir müssen uns ein Auto oder so suchen.«

»Auf Straßen zu reisen, kann eine heikle Sache werden.«

»Heikler als das hier?«

»Glaub mir, ich bin schon eine ganze Weile unterwegs; Autos können sich als tödliche Fallen herausstellen.«

»Na ja, und wenn ich weiter so rennen muss, sterbe ich an einem beschissenen Herzinfarkt«, bemerkte er.

»Vielleicht hast du Recht; nirgendwo ist es sicher.«

»Erzähl mir mehr über die Typen, die dich angeschossen haben«, bat er, während er weiter in die Stadt schaute.

Alles, was er sehen konnte, waren Häusergruppen und eine Wohnsiedlung, aber keinerlei Geschäfte. Er wusste, ihr Proviant würde nur noch ein paar Tage ausreichen, also sollten sie dort nach etwas Essbarem suchen – nachdem sie sich ausgeruht hatten, natürlich.

»Ich bin einige Meilen nördlich von Decatur an sie geraten. Sie sind nichts weiter als eine Gaunerbande, alle immun und nur darauf aus, Chaos zu stiften.«

»Ich begreife nicht, warum Menschen so etwas tun wollen. Wir sollten aufeinander zugehen, statt uns gegenseitig die Köpfe einzuschlagen«, erwiderte Devin, als er zurückkroch und sich wieder zu ihr setzte.

»Die Ironie des Todes besteht darin, dass er vor niemandem haltgemacht hat, weder den Guten noch den Schlechten oder Gleichgültigen. Jetzt haben wir ein Problem, nämlich dass die Bösewichter nicht mehr Gefahr laufen, von jemandem aufgehalten zu werden. Mir kommt es so vor, als habe die Krankheit das wahre Wesen hervorgelockt, das in den Seelen der Menschen lauerte.«

»Wie meinst du das: Sie soll die Menschen böse gemacht haben?«

»Nein, sie waren von jeher böse. Der Tod hat sie nicht so gemacht, sondern ihnen lediglich eine Welt beschert, in der sie sich entfalten können.«

»Und was wollten diese Kerle?«

»Muss ich dir das wirklich sagen.«

»Schätze nicht.«

»Sie sind schlichtweg eine Horde von Schlächtern, und wir müssen uns von ihnen fernhalten.«

»Das stelle ich nicht in Abrede, aber nach dem, was du gerade gesagt hast, werden wir unterwegs wohl irgendwann auf andere wie sie stoßen.«

»Mag sein.«

»Was hast du demnach vor?«

»Wir verhalten uns ruhig hier und schlafen ein wenig, bis es Abend wird; dann ziehen wir im Schutz der Dunkelheit weiter. Das ist sicherer.«

»Prima, Schlaf kann ich gut gebrauchen.«

»Noch nicht, wir wechseln uns ab, und da ich die Dame bin, schiebe ich das jetzt mal vor, um zuerst ein Nickerchen zu machen.«

Devin schmunzelte. »Abgemacht«, entgegnete er. »Ich bin dir ja was schuldig.«

»Genau. Wecke mich in drei Stunden oder falls wir abhauen müssen.«

»Schlaf gut.«

Daraufhin legte Tess ihren Kopf wieder auf den Rucksack, drehte sich auf ihre unverletzte Seite und nickte beinahe sofort ein.

Da Devin sich nicht allein auf seine Ohren verlassen wollte, bezog er erneut am Rand des Feldes Stellung, nahm das Fernglas hervor und begann, die Gegend nach etwaigen Bewegungen abzusuchen. Um nicht einzuschlafen, gestaltete er seine Wache spielerisch: Er zählte die Häuser und dann die Autos, ehe er letztere nach Farben, Fabrikat und Modell ordnete. So erfasste er jedes Detail und verinnerlichte alles. Er hielt es für sinnvoll, genau zu wissen, was vor ihnen lag, denn gegen Abend würden sie in diese Richtung weitergehen.

Arcadia

Chance versprach, der Flug nach Arcadia dauerte vom Flughafen Denver nicht lange, ungefähr eine Stunde. Alle im Team waren gespannt.

Lori war noch nie in einem Helikopter geflogen, und wie ein solcher sah der Osprey aus, den sie bestiegen hatten, jedenfalls bis er aufgestiegen war. Dann verwandelte der Pilot ihn in ein Flugzeug, indem er die Rotoren horizontal abkippte und einrasten ließ. Es war das seltsamste Fluggerät, das sie und die anderen je gesehen hatten.

Während der ersten Minuten überflogen sie Denver und die

Ausläufer der Berge; nach 20 Minuten befanden sie sich über den Rocky Mountains. Lori konnte ihre Augen nicht vom Boden in der Tiefe lassen. Sie sah, wie sich die Landschaft veränderte, angefangen bei der flachen Ebene rings um den Flughafen über die sanften Hügel bis zu den Felsklüften der Rockys. Ihr Pilot orientierte sich dicht an den Gebirgsspitzen und flog durch eine Reihe langer Täler, bis sie einen letzten Berg hinter sich brachten. Dann lag unberührtes Tiefland vor ihnen, mit einem Fluss, der sich mitten hindurch schlängelte.

Chance meldete sich per Kopfhörermikrofon: »Das ist es, dort unten liegt unsere leere Leinwand.«

Lori lächelte; jetzt fühlte sie sich sehr wichtig und fand es bestechend, einem solchen Zweck dienen zu dürfen.

Während der Osprey dahinglitt, machte sie ein Camp aus, das Lager 13 ähnelte, aber wohl zehnmal so groß sein musste. Da sie wissen wollte, was es damit auf sich hatte, fragte sie:

»Ist das dort drüben im Norden ein Lager des Katastrophenschutzes?«

»Richtig, das ist Camp Sierra«, antwortete Chance.

»Also existiert es wirklich.«

»Selbstverständlich tut es das«, betonte er.

»So wie Sie vorhin gesprochen haben, hörte es sich nicht danach an«, warf Maggie über ihr Headset ein.

»Camp Sierra ist eine von vielen Beta-Siedlungen überall auf der Welt. Zu Beginn der Bauarbeiten werden dort Tausende Arbeiter und Experten wie Sie unterkommen.«

Das zu hören, freute Lori sehr; die Entbehrungen, die sie auf sich nahm, würden später bewirken, dass ihre Familie endlich zu ihr kam. »Chance, wenn wir ins Camp ziehen, werden unsere Angehörigen nachkommen?«

»Verlassen Sie sich darauf, Lori. Sobald unsere Arbeit auf dem Flughafen getan ist, werden wir Ihre Familien dorthin umsiedeln.«

Genau das hatte sie hören wollen.

Der Osprey drehte über Camp Sierra bei und flog auf die Mitte des Tals zu. Während er an Höhe verlor, fuhr der Pilot die Rotoren wieder aus, um senkrecht landen zu können.

Dann sagte einer der Marines in ihren Kopfhörern: »Drei Minuten bis zum Bodenkontakt in der Landezone. Das bedeutet, jetzt wird nicht mehr gegafft. Bitte nehmen Sie alle Ihre Plätze ein.«

Die Insassen leisteten seinem Befehl Folge, setzten sich und legten ihre Sicherheitsgurte an. Der Pilot brachte den Osprey so sanft herunter, dass Lori hätte schwören können, es sei auf einem großen Kissen geschehen.

Als die Rotoren stillstanden, öffnete man die Rampe, und der Marine rief: »Alles klar, Sie dürfen aussteigen.«

Sie nahmen ihre Gurte und Headsets ab, standen auf und gingen nach hinten.

Lori zitterte fast vor Aufregung. Sie dachte daran, wie viel sich innerhalb eines Tages verändern konnte. Noch gestern hatte sie sich ihrer Niedergeschlagenheit wegen nur schwerlich aus dem Bett wälzen können, und heute gehörte sie einem Team an, das wohl die erste von vielen neuen Städten zur Erhaltung der menschlichen Rasse begründen sollte.

Sie trat von der Metallrampe ins hohe, grüne Gras, das den Boden des Tals dicht überwucherte. Dann bückte sie sich, strich über die Halme, pflückte ein paar und hob sie hoch. Um sich diesen Augenblick einzuprägen, hielt sie sich das Büschel unter die Nase und schnupperte. Mit geschlossenen Augen ließ sie ihren hoffnungsvollen Erwartungen freien Lauf; dann schlug sie die Lider auf und betrachtete die Umgebung. Das Tal reichte weiter, als sie sehen konnte, und war von wunderschönen Bergen umgeben, auf deren Spitzen noch der Schnee des Winters lag. Die Temperatur war perfekt, milde 19 Grad, und der Himmel kräftig blau, ohne eine einzige Wolke.

»Hier drüben!«, rief Chance.

Lori schaute hinüber zu einer leichten Anhöhe in etwa 50 Fuß Entfernung, auf der er neben einer Stange mit Roter Flagge stand. Sie eilte mit den anderen zu der Stelle.

»Genau hier, wo diese Fahne steht, befindet sich das Zentrum von Arcadia. Dies wird der exakte Mittelpunkt des neuen Kapitols sein, das Sie, Lori, erschaffen werden.« Sie kam nicht umhin zu strahlen, als er ihren Namen nannte. »Sehen Sie sich um, Herrschaften. Sie gehören zu den Mitbegründern unserer neuen Heimat«, schwelgte Chance mit erhobenen Armen.

Die Ausdrücke »neue Heimat« und »Mitbegründer« klangen in Loris Ohren befremdlich, doch sie wollte sie nicht mit etwas Negativem in Verbindung bringen. So viel hatte sich gewandelt, dass sie nicht mehr wusste, was richtig und was falsch war. Sie wollte sich nur auf ihr Bauchgefühl verlassen, und dies sagte im Moment, dass sie hier richtig war.

Ihr nächstes Treffen wurde einmal mehr von Chance bestimmt, der wieder fast ununterbrochen eine Stunde lang redete. Er hatte einige vorläufige Skizzen und Pläne mitgebracht und strahlte vor Begeisterung, während er ihnen die geografischen Marksteine zeigte. So führte er das Team durch die zukünftigen Straßen von Arcadia. Er forderte sie auf, sich die Gebäude aus Marmor und Granit vorzustellen, welche die Straßen flankieren würden, sowie die florierenden Geschäfte und Märkte, auf denen die Bevölkerung ihre Einkäufe tätigen sollte. Dabei geriet er so sehr in Fahrt, dass Lori meinte, er werde gleich vor Atemnot in Ohnmacht fallen.

Niemand stellte Fragen, während er alle Punkte mit ihnen abklapperte. Als sie an den am weitesten im Westen liegenden Rand des Tals gelangten, fiel Lori eine Gruppe Personen auf, die in ihre Richtung kamen.

»Wer ist das?«, fragte Brad, der sie ebenfalls sah.

»Wen meinen Sie?«, erwiderte Chance überrascht. Er warf einen Blick über die Schulter zu den Fremden.

»Sind es Landvermesser?«, argwöhnte Maggie.

Chance nahm ein kleines Fernglas aus seiner Brusttasche und hielt es sich ans rechte Auge. Vor Verblüffung entglitten ihm die Züge und er sprach mit ernster Stimme: »Lassen Sie uns zum Osprey zurückkehren, auf geht's. Das ist besser, gehen wir. Beeilung!«

Lori schaute noch einmal hin, doch die Entfernung war einfach zu groß.

»Verschwinden wir«, drängte Chance.

Alle gehorchten ohne Zögern, nur Lori nicht, die wie angewurzelt stehenblieb und Ausschau nach der Gruppe hielt, die sie auf etwa ein Dutzend Personen schätzte.

»Lori, kommen Sie!«, herrschte Chance sie an.

Sie drehte sie zu ihm um, da knallte es laut wie eine Peitsche dicht neben ihrem rechten Ohr, gefolgt vom Echo eines Schusses in der Ferne.

»Lori, schnell jetzt, die feuern auf Sie!«, rief Chance.

Da ihr so etwas noch nie passiert war, hatte sie das typische Geräusch einer Kugel, die den Kopf knapp verfehlte, nicht erkannt. Sie fand es sonderbar und beängstigend, duckte sich reflexartig und lief in Richtung Hubschrauber, der mindestens eine halbe Meile entfernt stand. Ihre Furcht nahm noch zu, da ihr bewusst wurde, wie angreifbar sie und die anderen in dem offenen Tal waren. Sie führten keine Waffen bei sich und waren der Gefahr ausgeliefert: Einer Gruppe von Menschen, die offensichtlich auf sie feuerten, um sie zu töten.

Weitere Schüsse fielen.

»Wer sind die?«, schrie Lori.

»Scraps. Schnell weiter, sputen Sie sich!«, entgegnete Chance genauso schrill.

Die Marines im Osprey hörten die Schüsse und machten ihr Kaliber .50 MG bereit. Allerdings befanden sich Chance und das Team in der Schusslinie.

Lori fing an, Haken im hohen Gras zu schlagen, und hoffte, dadurch nicht so leicht getroffen werden zu können. Die Scraps gaben nicht auf, trafen aber zum Glück niemanden. Als sie sich dem Helikopter weiter näherten, begann Lori zu glauben, sie alle würden es schaffen. Die Rotoren der Maschine setzten sich langsam in Bewegung, während die Besatzung den Start in die Wege leitete.

»Wir sind gleich da, durchhalten, durchhalten«, brüllte Chance.

Lori war derart fest entschlossen, das Fluggerät zu erreichen, dass ihr nicht aufgefallen war, wie sie Maggie überholt hatte. Als sie die Rampe erreichte, schaute sie zurück und sah, dass die Frau nicht schnell genug lief.

Brad gelangte zum Aufstieg und stürzte sich in den Rumpf, keuchend und hustend. Chance folgte gleich hinterdrein.

Einer der Marines schrie so laut ins Mikrofon seines Headsets, dass Lori es auch so hörte: »Alle bis auf eine an Bord.«

Plötzlich knatterte das MG los. Lori beobachtete entsetzt, wie die Leuchtspurgeschosse nur knapp an Maggie vorbeiflogen. Das Donnern des Geschützes veranlasste sie zum Kreischen. Sie war völlig panisch, hatte Herzrasen und Schwindelgefühle. Sie war langsamer geworden und schleppte sich dahin, wobei sie immer wieder stehenbleiben und Luft schnappen musste.

Dann sah Lori, wie sie fiel; sie verschwand im hohen Gras. Die Scraps waren weniger als 100 Fuß entfernt und kamen näher, während sie feuerten.

Die Rotorblätter des Osprey drehten sich jetzt auf Hochtouren. Der Marine schrie Chance an: »Sir, sollen wir sie holen?«

»Wo ist sie?«

»Weiß nicht genau, Sir, sie brach etwa 40 Fuß vor der Maschine zusammen.«

Das .50 Kaliber bellte immer noch, aber die Scraps waren ausgeschwärmt und zielten nun auf den Hubschrauber. Ein Zischen und Klingeln ertönte, als die ersten Kugeln das Chassis trafen.

»Bringen Sie uns von hier fort«, befahl Chance, als er hörte, wie die Kugeln in die Bordwand einschlugen.

Da schaute Lori ihn entsetzt an und rief: »Sie dürfen sie nicht zurücklassen, sie ist eine von uns!«

»Nicht mehr, jetzt ist sie ein Scrap«, widersprach er barsch und wandte sich wieder dem Marine zu. »Fliegen Sie los!«

Lori stand noch auf der Rampe, als sie eingefahren wurde.

»Nein, wir können sie nicht im Stich lassen!«

Der Marine stapfte zu ihr hinüber, packte ihren Arm und zerrte sie zu einem Sitz.

»Nein, nein, wir dürfen sie nicht zurücklassen!«, wiederholte sie.

Brad saß ihr gegenüber. Er zitterte vor Angst und schien unter Schock zu stehen. Lori warf Chance einen hasserfüllten Blick zu. Er schaute weg und schnallte sich an.

Der Osprey stieg schnell auf und drehte vor den Scraps ab. Der Soldat, der das MG bediente, feuerte weiter, während sie abhoben.

Sobald sie hoch genug waren, entsicherte sich Chance wieder und trat vor ein Fenster, um hinunterzuschauen. Dann bedeutete er Lori, sie möge zu ihm kommen.

Sie ließ sich nicht zweimal auffordern. Rasch entledigte sie sich ihres Gurtes und marschierte erbost zu ihm hinüber.

»Ich weiß, Sie sind nicht damit einverstanden, dass wir Maggie dort gelassen haben, doch wir können jetzt nichts mehr für sie tun. Schauen Sie, da unten; sehen Sie sie?«

Lori machte etwa zwölf Männer aus, die Maggie umzingelten. Sie kniete mit erhobenen Händen in der Mitte. »Wie konnten Sie sie einfach verlassen?«, fragte Lori. »Sie wird sterben.«

»Die werden sie nicht töten«, versicherte Chance und verwies in die Ferne.

Sie folgte seinem Fingerzeig und sah Hunderte Menschen, die zwischen den Baumreihen hervorströmten und in Richtung Camp Sierra liefen.

»Was geht da vor sich? Wer sind diese Scraps?«

»Eine skrupellose Vereinigung, die alles versucht, um uns aufzuhalten. Diese Menschen wollen nicht, dass wir Fortschritte machen.«

»Das verstehe ich nicht.«

Als der Helikopter hart links ausscherte, fiel Loris Blick auf Dutzende von Panzerfahrzeugen, die Camp Sierra verließen.

»Was geschieht jetzt?«, bohrte sie weiter.

»Die Marines, die unser Camp bewachen, werden sie niedermachen; gegen deren Feuerkraft richten die Scraps nichts aus.«

»Ich kann das nicht begreifen, wer sind diese Menschen? Wieso kämpfen sie gegen uns?« Ihre Fragen sprudelten nur so heraus.

»Lori, bitte nehmen Sie wieder Platz und ruhen Sie sich aus. Ich werde es Ihnen später erklären.«

Sie schaute zu ihm auf, nickte und kehrte zu ihrem Sitz zurück. Chance folgte, tat es ihr gleich und schnallte sich für den Rückflug zum DIA an.

Die Bestürzung infolge dieses Erlebnisses schlug sich nach und nach auf Loris Emotionen nieder. Sie schloss die Augen und versuchte an David und Eric zu denken. Sie betete darum, dass die beiden unversehrt waren, und ließ zu, dass sich Erinnerungen an glücklichere Zeiten Bahn brachen – vor alledem, vor Pandora und vor dem Tod.

Lovington, Illinois

Die Müdigkeit machte Devins Lider schwer. Er schaute auf seine Uhr; nur noch zehn Minuten musste er wachsam bleiben, doch diese kurze Zeit würde ihm vorkommen wie eine ganze Stunde. Da er wusste, dass es ihm nicht gerade leichter fallen würde, wenn er auf dem Bauch liegenblieb, stand er auf und fing an, Kniebeugen zu machen, damit die Bewegung seinen Blutfluss anregte und den Schlaf fernhielt.

»Was zum Geier tust du da?«, fragte Tess kichernd.

Ihre Stimme jagte Devin einen Schrecken ein, sodass er zusammenzuckte und sich mit vor Scham rotem Gesicht umdrehte. »Ach, äh … Kniebeugen, du weißt schon, damit der Kreislauf nicht schlappmacht und der Körper wachbleibt.«

»Waren das Kniebeugen oder Ziegenficker?«

»Ziegenficker?«

»Vergiss es, ist so eine Übung bei den Marines.«

»Glaubst du, dein Verlobter lebt noch?«, fragte Devin.

»Was soll ich dir darauf antworten, bitteschön? Ich meine, wer stellt denn solche Fragen? Moment, bin gleich wieder da.« Sie ging tiefer ins Maisfeld.

»Wo willst du hin?«

»Ich muss mal, dauert nicht lange.«

Während sie ihr Geschäft verrichtete, bereitete er sein Lager, um sich schlafen zu legen. Er war fürchterlich müde, und der Gedanke an Ruhe kam ihm paradiesisch vor.

Als Tess zurückkehrte, begann sie in ihrem Rucksack zu stöbern, riss dann aber unvermittelt ihren Kopf hoch. Gleichzeitig sprang Brando auf und reckte seinen Hals. »Hast du das gehört, Junge?«, fragte sie ihn.

»Ich muss mir wirklich mal die Ohren untersuchen lassen«, bemerkte Devin.

»Psst.«

Mehrere Sekunden vergingen, dann hörten sie es alle, das Brummen von Motoren auf dem Highway 32, der nordöstlich von ihnen lag.

»Das darf doch nicht wahr sein, sind die das?«, fragte Devin.

»Weiß nicht. Ich würde durchaus Wetten darauf eingehen, dass Dutzende Gruppen wie jene im Land herumfahren«, antwortete Tess.

Sie schlichen sich zum Rand des Feldes, als der Wagenzug von Westen her in Sicht kam und sich auf Lovington zubewegte.

»Das sind nicht unsere Pappenheimer; sieht nach Militärs aus«, rief Devin und machte Anstalten, seine Deckung zu verlassen.

Tess hielt ihn zurück. »Halblang, Chef. Wir wissen nicht, wer das ist. Am besten bleiben wir versteckt und halten Augen und Ohren offen.«

Devin dachte darüber nach und sah ein, dass sie Recht hatte, tat sich aber schwer mit der Vorstellung, US-Soldaten seien nicht vertrauenswürdig. »Denkst du, die würden uns was tun?«

»Keine Ahnung, das ist es eben; ich habe Gerüchte gehört, teilweise üble Sachen.«

»Zum Beispiel?«

»Die gleichen Verschwörungstheoretiker, die glauben, die Regierung verschulde die Pandemie, gehen auch davon aus, man sammle die Überlebenden ein und stecke sie in Lager des Katastrophenschutzes …«

»Was ist daran übel? Der Katastrophenschutz hilft den Menschen in solchen Lagern, wenn ein landesweites Unglück geschieht. Das liegt doch nahe.«

»Aber angeblich kehrt nie jemand zurück«, hielt Tess dagegen.

»Natürlich nicht. In diesen Camps ist es sicher, hier draußen nicht.«

»Also, ich sage ja nicht, dass ich das glaube, aber mir ist nicht danach, noch irgendjemandem zu trauen.«

»Du traust immerhin mir«, entgegnete Devin.

Tess verzog ihr Gesicht. »Vielleicht sollte ich das nicht tun, oder?«

»Ich stimme dir zu, wenn du meinst, wir sollten uns nicht allzu sicher fühlen. Aber jetzt haue ich mich ein paar Stunden aufs Ohr. Ich bin wirklich hundemüde.«

»Träum was Schönes«, sagte Tess, ohne sich von dem Konvoi abzuwenden, der gerade in die Stadt fuhr. Sie zählte die Fahrzeuge.

»Gib Bescheid, wenn etwas geschieht«, sagte Devin, der nun den Kopf auf seinen Rucksack gelegt hatte.

Plötzlich hörten sie beide ganz deutlich das Knattern eines Hubschraubers. Devin fuhr hoch, weil er sofort befürchtete, man könnte sie aus der Luft entdecken. Tess schaute auf, doch die Maschine war nicht zu entdecken.

»Meinst du, die sehen uns?«, fragte Devin.

»Nein, nein, bestimmt nicht. Ich glaube, wir sind hier sicher. Es klingt, als würden sie nördlich von hier vorbeifliegen.«

Devins Adrenalinpegel war wieder gestiegen, sodass er jetzt unmöglich mehr schlafen konnte. Er kroch zu Tess hinüber und kniete sich neben sie. »Da sind sie, drei Maschinen.«

»Oh, ich sehe sie auch«, erwiderte Devin aufgeregt.

»Du solltest wirklich ein wenig schlafen; kannst du gut gebrauchen.«

»Geht nicht, ich bin wieder hellwach.«

»Bitte, ich will nicht, dass du später, wenn wir die Stadt auskundschaften, wie benebelt herumrennst.«

»Soll das heißen, wir gehen da rein? Du meintest doch, wir können denen nicht trauen, richtig?«

»Ja, aber ich bin neugierig. Wir müssen herausfinden, was vor sich geht.«

Devin graute davor, sich dem Ort auch nur zu nähern, besonders nachdem ihm Tess erzählt hatte, dass die Army möglicherweise nicht zu den Guten gehörte. Andererseits hatte sie natürlich Recht; sie mussten in Erfahrung bringen, was es mit den Soldaten auf sich hatte.

Internationaler Flughafen von Denver

Lori war immer noch entsetzt von dem, was sich zugetragen hatte, doch Brad ging es schlimmer. Er hatte sich in seinem Quartier eingeschlossen und ging auf keinen ihrer zahlreichen Versuche ein, sich mit ihm zu unterhalten. Lori brauchte jemanden, mit dem sie darüber sprechen konnte, und mehr noch: Sie wollte Chance all jene Fragen stellen, die sie seit ihrem ersten Tag in Lager 13 beschäftigten. Darum hatte sie einen Termin mit ihm vereinbart.

Als sie auf ihre Uhr schaute, biss sie die Zähne zusammen, weil er schon über zehn Minuten säumig blieb. Endlich ging die Tür des Besprechungszimmers auf, und Chance trat ein, allerdings nicht allein. Ein Mann Ende 40 folgte ihm.

»Lori, tut mir leid, dass es länger gedauert hat, doch ich habe mich mit Kanzler Horton über die heutigen Geschehnisse ausgetauscht.«

Chance nahm am Kopfende des Tischs Platz, während sich Horton gegenüber Lori niederließ, wo keine zwölf Stunden zuvor Maggie gesessen hatte.

»Mrs. Roberts, mir ist klar, dass Ihnen viele Fragen auf den Lippen brennen müssen, und ich für meinen Teil würde sie Ihnen gerne beantworten«, begann der Kanzler mit leiser Stimme und gefalteten Händen. Er war ein ansehnlicher Mann mit dunklem, fast schwarzem und stoppelig kurzem Haar, dessen Kleidung – Tarnhose und weißes Polohemd – einen sauberen, unauffälligen Eindruck machte.

»Mr. Horton, ich weiß nicht genau, wer Sie sind, möchte aber unbedingt einiges erfahren. Mir sind an zwei aufeinanderfolgenden Tagen seltsame Dinge passiert, und ich mache mir gelinde gesagt Sorgen. Sicher, dieses Projekt ist bedeutungsvoll, doch ich finde keine Ruhe, solange ich nicht weiß, ob meine Familie sicher ist und es auch bleiben wird …«

»Lori, das ist Kanzler Horton, wie gesagt …«, warf Chance ein.

»Das geht schon in Ordnung, Mr. Montgomery«, versicherte der Mann.

»Wessen Kanzler?«, fragte Lori, der dieser politische Titel eigenartig vorkam.

»Ich beaufsichtige die ganze Operation«, erklärte Horton.

»Gut, dann spreche ich ja mit dem Richtigen«, erwiderte Lori.

»Mrs. Roberts, dass ich hier sitze, um mich Ihren Fragen zu stellen, geschieht deshalb, weil man mir sagte, Sie seien ein wertvolles Mitglied dieses Teams, und …«

»Bin ich das? Nach dem, was Maggie zugestoßen ist, tue ich mich schwer mit der Annahme, irgendjemand von uns sei etwas wert.«

»… und vor dem Hintergrund, was heute geschehen ist«, fuhr der Kanzler fort, »wollte ich Ihnen beteuern, dass wir das Potenzial Ihres Beitrags zu unserer neuen Stadt tatsächlich als äußerst bedeutungsvoll erachten. Diese Krankheit hat unsere Bevölkerung stark dezimiert, und nur wenige Menschen mit Ihren Fertigkeiten sind noch am Leben, verstehen Sie? Was mit Maggie passiert ist, war bedauerlich, doch wir durften nicht riskieren, das gesamte Team zu verlieren. Es war schwierig genug, es zusammenzustellen. Glücklicherweise haben wir schon Ersatz für Maggie gefunden, obwohl die junge Frau nicht über den gleichen Erfahrungsschatz verfügt, doch wir hoffen, dass sie sich gut eingliedert. Ferner dürfen wir froh sein, dass es in dieser frühen Phase des Projektes zu dem Zwischenfall kam, denn das bedeutet, dass wir keine wesentlichen Informationen verloren haben. Wir mussten lange darauf warten, mit dem Bau von Arcadia beginnen zu können, und werden nicht noch mehr Zeit verlieren. Nicht genehmigte Ausflüge zum Gelände mögen zwar aufschlussreich sein, dürfen aber nicht wieder vorkommen, außer wir lassen Sie von Sicherheitstrupps begleiten.«

»Mir will einfach nicht in den Kopf gehen, warum wir sie zurückgelassen haben.«

»Lori, ich wollte diesen Entschluss nicht fassen, sah uns jedoch alle in Gefahr«, fügte Chance an. »Wir sind davon überzeugt, dass die Bedürfnisse von Einzelpersonen gegenüber der Gemeinschaft zweitrangig sind. Maggie musste geopfert werden, um unser aller Überleben zu gewährleisten.«

»Die Bedürfnisse von Einzelpersonen und der Gemeinschaft?«

»Mr. Montgomery, ich glaube diese Sache besser erklären zu können, also bleiben Sie bitte still«, meinte Horton sichtlich aufgebracht, ehe er weiter auf Lori einging. »Mrs. Roberts, bitte fragen Sie mich, was auch immer Sie wissen wollen. Hoffentlich stellen meine Antworten Sie zufrieden.«

Das ließ sie sich nicht zweimal sagen und überhäufte ihn in geradezu mit Fragen. »Kanzler Horton, seit meine Familie und ich in Lager 13 untergebracht wurden, haben wir keinerlei Informationen von außerhalb erhalten. Wir wissen überhaupt nichts. Was steht momentan an, abgesehen vom Bau Arcadias? Ich meine, wo ist die Bundesregierung, wenn man von den Lagern des Katastrophenschutzes und Ihnen hier absieht? Was macht der Präsident?«

»Diese Fragen sind allesamt berechtigt. Lassen Sie mich sie

mehr oder weniger der Reihe nach beantworten, damit es Sinn für Sie ergibt. Der Tod, wie wir es nennen, hat viele Politiker umgebracht. Sie wissen doch bestimmt, dass der Präsident, sein Vize und viele Mitglieder des Kabinetts gestorben sind. Große Teile des Kongresses fielen ihm ebenfalls zum Opfer. Das Militär hat sich bis dato an Anweisungen und Protokolle gehalten, die im Rahmen des Ermächtigungsaktes zur Nationalen Sicherheit und weiterer festgesetzter Standards zur Vorgehensweise im Falle einer landesweiten Epidemie gelten. Was Informationen betrifft, so gibt es weder etwas Neues noch Erbauliches von außerhalb zu berichten. Der Tod hat mehr als 90 Prozent der Weltbevölkerung dahingerafft, auch nahezu alle Wild- wie Haustiere. Wenn wichtige Instanzen ausfallen, drohen Chaos und Totalzusammenbruch. Wir dürfen von Glück reden, auf das Wenige zurückgreifen zu können, was uns geblieben ist, und auch, dass es im gegebenen Rahmen so gut funktioniert.«

»Aber wer ist der neue Präsident? Es gibt doch einen, oder?«

»Um die Wahrheit zu sagen, nein.«

»Warum nicht? Sie haben doch gerade angedeutet, einige Kongressabgeordnete seien noch am Leben. Ist unter ihnen niemand bereit, das Amt zu übernehmen?«

Horton sah Chance an und dann wieder zu Lori. »Mrs. Roberts, wir arbeiten händeringend daran, wieder eine Regierung zu etablieren. Die Spuren der Vergangenheit sind verwischt, und wir haben das Gefühl, es sei an der Zeit, etwas Neues zu beginnen.«

»Aus diesem Grund bauen Sie ein neues Kapitol, statt auf Washington zurückzugreifen?«

»Korrekt. Um die Hauptstadt wieder instand zu setzen und von dort aus zu regieren, müssten wir zu viele Ressourcen aufwenden, also suchten wir uns diesen Landstrich, obwohl zugegebenermaßen verschiedene Parteien gegen unsere Pläne waren. Doch wir glauben, es ist das Beste, ganz von Neuem zu beginnen.«

Lori stutzte, wenngleich sie einräumen musste, dass seine Worte teilweise Sinn ergaben. »Wer sind diese Parteien, und wieso haben sie etwas gegen die gegenwärtige Entwicklung beziehungsweise Ihre Vorhaben?«

Horton lachte leise auf. »Wann stand jemals etwas zur Debatte, bei dem sich Hundert Prozent des Volkes einig waren? Die Antwort lautet: noch nie. Diese Menschen – die Scraps, Raiders und andere Banden – machen jetzt Ernst mit ihren eigenen Absichten.«

»Welche Absichten?«

»Entsteht ein Machtvakuum, tauchen eben machthungrige Zeitgenossen auf. In dieser Situation verhält es sich nicht anders. In allen Regionen hat der Ausfall jeglicher Regierungsinstanzen Opportunisten auf den Plan gerufen. Sie machen großartige Versprechungen, bieten aber nichts weiter als ihre eigene Art von Tod und Tyrannei. Wir gehen schon lange gegen sie vor, doch es ist ein mühseliger Kampf.«

»Wir sind noch niemandem von ihnen begegnet; ich kannte sie nicht, jedenfalls bis heute.«

»Und was haben sie getan? Sie angegriffen.«

Lori dachte darüber nach. Sie sah ein, dass Krisen vom Umfang dieser Seuche die Schattenseiten mancher Menschen hervortreten ließen und diesen oder jenen dazu bewegten, sie zu seinem Vorteil auszunutzen.

»Was unternehmen Sie, um uns zu beschützen? Ich denke gerade an meine Familie in Lager 13.«

»Alles, was wir können. Ich darf Sie beruhigen, wir setzen unser gesamtes Militäraufgebot ein, um die Überlebenden zu verteidigen, die in Camps allerorts auf dem nordamerikanischen Kontinent wohnen.«

»Mir wäre viel wohler, wenn mein Mann und mein Sohn hierher zu mir kommen könnten«, betonte Lori.

»Ihnen geht es gut, Mrs. Roberts. Wir möchten, dass Sie sich auf Ihre Arbeit konzentrieren – keine weiteren Ablenkungen. Außerdem fehlen uns schlicht der Platz und die Ressourcen, um jedermann hier unterzubringen.«

»Mir geht es nicht um jedermann, sondern um meine Familie.«

»Verstehen Sie nicht? Würden wir Ihre Familie hierher bringen, was wäre dann mit Brads Angehörigen, der Frau sowie den Kindern des Bauherrn und so weiter? Sie sollen sich aufs Wesentliche beschränken, um dieses Projekt zum Erfolg zu führen. Danach holen wir Ihre Lieben nach Camp Sierra.«

»Apropos, wie sicher ist es dort?«

»Ich sehe schon, was ich sagen werde, überzeugt Sie nicht, aber es ist sicher: Der gestrige Angriff im Tal wurde abgewehrt, und keiner der Scraps lebt mehr. Wir haben dort reichlich Army- und Marineeinheiten stationiert. Um jedoch weiteren Anschlägen vorzubeugen, verstärken wir dieses Aufgebot noch, um Patrouillen im gesamten Grenzgebiet zu ermöglichen.«

Lori blieb jetzt ruhig sitzen, da ihre Fragen ohne Zögern beantwortet worden waren. In ihren Augen fügte sich alles stimmig zusammen. Wie sie schon gedacht hatte, spielte die Welt nunmehr verrückt.

»Kanzler Horton, vielen Dank. Ich weiß zu schätzen, dass Sie sich die Zeit genommen haben, um mit mir zu sprechen. Chance muss mich als völlig irre Person beschrieben haben, doch genau das war auch alles während der letzten beiden Tage – irre.«

»Kein Problem, wie ich schon sagte: Sie sind ein wertvolles Teammitglied. Wir brauchen Sie.« Horton grinste breit.

»Lori, war das alles?«, fragte Chance.

»Ja, und entschuldigen Sie, Chance, dass ich Ihnen gegenüber ausgerastet bin.«

Er antwortete mit einem Lächeln. »Schon okay.«

»Gut, dann lasse ich Sie beide jetzt allein«, sagte Horton und stand auf.

Lori und Chance erhoben sich ebenfalls.

Sie bot dem Kanzler die Hand an, und er schüttelte sie. »Danke nochmal, Mr. Horton.«

»Jederzeit wieder. Genauer gesagt, falls Sie noch weitere Fragen haben sollten, dürfen Sie mich gerne anrufen, denn ich halte große Stücke auf die Politik der offenen Tür.« Damit beugte er sich über den Tisch, nahm ein Blatt Papier und schrieb zwei verschiedene Telefonnummern darauf. »Das ist die Durchwahl zu meinem Büro, darunter die zu meinem Quartier. Zögern Sie bitte nicht, sich an mich zu wenden.«

Chance warf ihm einen überraschten Blick zu, nahm sich aber schnell wieder zusammen.

Lori machte sich nichts daraus, sondern freute sich vielmehr darüber, den Mann jederzeit erreichen zu können, der sozusagen am Drücker saß. Sie nahm den Zettel entgegen und steckte ihn ein.

»Bis bald, Sie beide, und Mr. Montgomery, ich möchte bis Ende nächster Woche ein paar Vorabentwürfe sehen.«

»Werden Sie, Sir, verlassen Sie sich darauf.«

»Gut zu hören.« Der Kanzler verabschiedete sich und verließ den Besprechungsraum.

»Danke nochmal«, sagte Lori nun auch zu Chance.

»Keine Ursache, jetzt gehen Sie und ruhen sich ein wenig aus. Wir treffen uns gleich morgen früh wieder, gegen acht Uhr.«

Lori trat auf den Flur. Dort herrschte immer noch der übliche Betrieb, ein stetes Kommen und Gehen von Personal. Ein schwaches Lächeln umspielte ihre Züge; sie war einigermaßen zufrieden mit dem Ergebnis dieses Gesprächs. Um David und Eric herholen zu können, durfte sie nicht aufgeben. Sie würde alles dafür tun.

Lovington, Illinois

»Raus aus den Federn – aufstehen, Schlafmütze«, sagte Tess und tippte Devin auf die Schulter.

Er wälzte sich auf den Rücken, gähnte und streckte sich. Seine Muskeln taten weh und waren steif geworfen. Er rieb seine Augen und blickte sich um. Der helle Tag war einer schummrigen Dämmerung gewichen.

»Welche Federn? Ich bin so müde, als sei ich eben erst eingeschlafen.« Er bemerkte, dass sie ihre Schutzweste angezogen sowie ihr Gewehr geschultert hatte. »Äh, wohin jetzt?«, fragte er, setzte sich und reckte seine Glieder erneut.

»Ein bisschen herumschnüffeln.«

»Sicher, dass das klug ist?«

»Nein, aber ich will wissen, was geschieht. Allzu nah brauchen wir aber nicht heran zu gehen.«

»Lass mich noch schnell für kleine Mädchen, dann bin ich gleich soweit«, feixte er, stand auf, und schlug sich ins Feld.

Als er zurückkehrte und anfing, sein Gepäck zusammenzusuchen, sagte sie: »Ich gehe allein.«

»Das kannst du nicht.«

»Bis jetzt konnte ich tun, was ich wollte, und außerdem bist du sowohl erschöpft als auch – ich sage es nicht gern – unerfahren.«

»Du bist keine Spezialagentin oder so etwas, sondern nur eine …«

»… nur eine junge Frau, die mit einem Marineoffizier liiert ist und die meisten Wochenenden mit ihm verbracht hat, während er sich mit Dingen wie diesen hier beschäftigte. Devin, ich bin besser auf diese Situation vorbereitet als du. Ich werde mich nur ein wenig umsehen, damit wir eine Vorstellung von den neuen Gästen in der Stadt haben. Es wird nicht lange dauern.«

Er gestand sich ein, dass sie Recht hatte, und da er keinen Streit wollte, den er sowieso verlieren würde, ließ er ihr ihren Willen.

»Was sagt deine Uhr genau?«, fragte sie.

Er schaute nach und gab ihr die Zeit.

»Ich bin in einer Stunde zurück. Bleib aber wach, solange ich fort bin.«

»Werde ich, pass auf dich auf.«

Sie verließ das Maisfeld mit Brando an ihrer Seite und ging über die Wiese auf die Stadt zu.

Als es richtig dunkel war, konnte Devin unmöglich alles ins Auge fassen. In der Ferne erkannte er ein paar flackernde Lichter in der Nähe des Ortskerns. Gelegentlich echote das Johlen, Heulen und Pfeifen von Soldaten über die Felder.

Als er den Lichtknopf an seiner Sportuhr drückte und sah, wie spät es war, machte er sich allmählich Sorgen um Tess und Brando.

»Wo steckst du, Mädchen?«, fragte er laut.

Da sie schon 20 Minuten zu spät war, begann er, sich einen alternativen Plan zu überlegen. Gerne hätte er sich sofort auf die Suche nach ihr begeben, doch was würde passieren, wenn sie nur länger brauchte, sodass sie einander verpassten? Nach mehreren Minuten Grübelei beschloss er, noch zu warten, ehe er mit der Suche begann.

Nach etwa zehn Minuten machte er sich auf den Weg in die gleiche Richtung wie Tess zuvor. Wegen der Finsternis und seiner offensichtlichen Hörschwäche ging er jeweils mehrere Schritte und blieb dann stehen, um zu lauschen. Beim dritten

Mal hörte er etwas, das seine Alarmglocken läuten ließ. Er ging in die Hocke und lauschte. Zunächst konnte er es nicht einordnen, doch dann kam es näher, was auch immer es war. Schließlich machte er ein Keuchen und Schnaufen aus, gefolgt von einer bekannten Stimme: Tess.

»Psst, psst!«, zischte Devin.

»Was treibst du hier draußen? Ich sagte doch, du sollst dich auf die Lauer legen«, flüsterte Tess, während sie auf ihn zukam.

»Ich, äh … Du bist spät dran«, erwiderte er. Dann fiel ihm auf, dass sie nicht allein war. »Wer ist da bei dir?«

»Gehen wir zurück ins Feld.«

Devin folgte ihr und dem Unbekannten in die Maispflanzen.

»Du hast über eine halbe Stunde länger gebraucht, also wollte ich nach Brando und dir suchen. Übrigens, wo ist er?«

Wie auf Kommando sprang der Hund in ihr Versteck und rieb seine Schnauze an Devin.

Devin erwiderte Brandos liebevolle Geste, indem er seinen Kopf kraulte.

»Äh, wer ist unser Gast?«, versuchte er wieder.

»Devin, darf ich vorstellen? Brianna. Brianna, das ist Devin«, sagte Tess.

»Hi«, grüßte das Mädchen verhalten.

»Hi, Brianna, freut mich, dich kennenzulernen«, entgegnete Devin, bevor er sich Tess zukehrte und fragte: »Was ist passiert?«

»Das ist schnell erklärt: Diese Soldaten … Sagen wir einfach, sie gehören nicht zu den guten Jungs. Es handelt sich um eine Miliz, die wohl zufällig zu einer Menge Kampfmittel gekommen ist. Wie es aussieht, ziehen sie von Stadt zu Stadt, um zu vergewaltigen und zu stehlen.«

»Ach, wenn's weiter nichts ist«, winkte Devin ab.

»Brianna hier versteckte sich hinter ihrem Haus. Brando fand sie zuerst. Sie hat die Seuche überlebt, und nun wäre sie beinahe Gefahr gelaufen, von diesen Schweinen missbraucht und umgebracht zu werden.«

»Mir ist nichts passiert. Ich reagierte schnell, als ich erkannte, dass sie nicht freundlich sind«, sagte Brianna.

»Wie alt bist du?«

Devin war neugierig.

»17.«

»Und jetzt?«, fragte er Tess.

»Wir verschwinden von hier.«

»Gut.«

»Der Rand des Maisfeldes verläuft ungefähr von Nord nach Süd. Wir folgen ihm und versuchen, möglichst weit zu kommen, solange es dunkel ist, und schlafen morgen am Tag.«

»Das klingt nach einem schlüssigen Plan«, fand Devin und zog seinen Rucksack an.

»Danke, dass ihr mir helft«, sagte Brianna.

»Warst du allein?«, wollte Devin wissen.

»Ja, meine Eltern sind vor sechs Monaten gestorben. Seitdem schlage ich mich auf eigene Faust durch. Wir waren eine kleine Gruppe Überlebender.«

»Sprechen wir unterwegs weiter. Ich möchte so weit wie möglich von der Stadt und diesen Typen wegkommen«, warf Tess ein. Sie nahm Leuchtstäbe aus ihrem Rucksack, knickte sie um und schüttelte. Dann drückte sie einen in Devins Hand und befestigte den nächsten an Brandos Halsband. Als sie zu Brianna ging, um ihr den letzten zu geben, sah sie deren Gesicht endlich genau.

Das Mädchen hatte sein naturblondes Haar zu einem Pferdeschwanz zusammengebunden. Der Blick ihrer tiefblauen Augen zeugte von Dankbarkeit; sie streckte eine Hand aus und berührte Tess' Arm.

»Dankeschön, du hast mir das Leben gerettet.«
»Nicht der Rede wert. Ich bin froh, dagewesen zu sein.«
»Sag, ist es sicher dort, wo wir hingehen?«
»Liebes, ich glaube nicht, dass es noch sichere Orte gibt.«

Tag 187

6. April 2021
Drei Meilen nördlich von Reed, Illinois

Die Blätter der Bäume rauschten im leichten, warmen Wind, der von Südwesten her wehte. Es war früher Nachmittag, die Sonne stand hoch am Himmel und schien hell vor tiefblauem Hintergrund.

Brianna strahlte, während sie das langsame Spiel der Äste im Wind beobachtete. Nie zuvor in ihrem Leben hatte sie Notiz von der rauen Schönheit der Natur genommen. Es war etwas, das ihr die Seuche wiedergegeben hatte – eine Verbindung zur Wirklichkeit und Natur. Außerdem war sie seit dem Tod ihrer Eltern dazu gekommen, darüber nachzudenken, welche Bedeutung alledem innewohnen mochte. Zunächst hatte sie wie so viele andere auch das *Warum* ergründen wollen, ehe sie zum *Wie – Wie überleben?* – übergegangen war, denn der Tod – also das Virus – hatte nur den Beginn des Elends markiert. Bald war den Überlebenden klar geworden, dass alles folgende Übel von Mitmenschen losgetreten werden sollte. Brianna hatte sich schnell angepasst und festgestellt, dass sie eine innere Stärke besaß, die ihr bis dahin nicht bewusst gewesen war.

Tess' unruhiger Schlaf holte das Mädchen ins Hier und Jetzt zurück. Es warf einen Blick auf die Ältere und machte eine dünne Schweißschicht aus, die auf ihrer Stirn glänzte. Da Brianna sich um ihren Zustand sorgte, ging sie zu Devin und weckte ihn.

»He, psst. Devin, wach auf.«

Er öffnete die Augen und fuhr ruckartig hoch. »Ist alles in Ordnung?«

»Ja und nein.«

»Worum geht es?«, fragte er, rieb sich den Schlaf aus den Augen und stand schnell auf.

»Es ist wegen Tess; sie sieht nicht gut aus. Ich mache mir Sorgen um sie.«

Als Devin zu Tess hinüberschaute, bemerkte er die nasse Stirn und ihre bebende Unterlippe ebenfalls. Auch Brando wusste wohl, dass etwas nicht stimmte, denn er lag neben ihr und stieß ab und zu mit seiner Schnauze gegen ihr Bein.

Devin ging zu Tess, kniete sich hin und legte eine Hand auf ihre Stirn. »Oh mein Gott, sie kocht ja regelrecht.«

»Glaubst du, es ist der Tod?« Brianna fürchtete um Tess und sich selbst.

»Unmöglich, sie ist immun wie wir beide.«

»Vielleicht ist das Virus mutiert«, meinte das Mädchen.

Devin wollte ihr widersprechen, aber so abwegig war der Gedanke nicht. Warum sollte sich der Erreger nicht verändern können?

»In ihrem Rucksack ist ein Handtuch; holst du es mir bitte?«

Brianna tat es, während er eine Flasche Wasser aufschraubte. Nachdem er das Handtuch befeuchtet hatte, rieb er Tess die Arme, den Hals und das Gesicht damit ab.

Sie schlug die Augen auf und murmelte etwas, doch es war nicht zu verstehen.

»Tess, was fehlt dir? Kannst du es uns sagen?«, bat Devin.

Sie langte mit zittriger Hand nach unten und zog ihr nasses T-Shirt hoch, um ihnen die mittlerweile schmutzige, blutgetränkte Bandage zu zeigen.

»Sie ist verletzt«, bemerkte Brianna entsetzt.

»Ja, sie wurde vor knapp einer Woche angeschossen.«

»Angeschossen?«

»Genau, aber die Wunde wurde seitdem mindestens zweimal versorgt. Offensichtlich hat sie sich entzündet.«

Er zog das Klebeband ab und klappte den Verband auf. Dann griff er zum Wasserstoffperoxid und goss etwas auf den Mull, um ihn gegen die Wunde zu drücken, woraufhin gelbbrauner Eiter herausquoll.

»Tatsächlich entzündet. Äh, Tess, du hast nicht zufällig Antibiotika in der Tasche?«

Sie brachte ein schwaches »Nein« hervor.

»Scheiße«, fluchte er.

»Ein paar Meilen von hier gibt es noch eine Stadt«, gab Brianna an.

»Und mir ist keine Viertelmeile von hier ein Bauernhaus aufgefallen. Das wäre wohl ein guter erster Versuch, um Medikamente zu finden.«

»Was sollen wir tun?«

Tess packte Devins Arm und drückte ihn leicht. Er blickte in ihre blutunterlaufenen, sehnsüchtigen Augen. Sie brauchte nicht auszusprechen, was sie wollte, denn er wusste es auch so: Er musste Entschlossenheit zeigen, wie Tess es tun würde.

»Wir gehen zu diesem Haus. Dort ist sehr wahrscheinlich niemand. In der Stadt könnten sich andere Gefahren auftun. Hilf mir, sie aufzurichten.«

Gemeinsam zogen sie Tess auf die Beine und machten sich auf den Weg zu dem Bauernhaus.

Internationaler Flughafen von Denver

Lori sah sich in der lauten, vollen Cafeteria um. Dies wurde zu einem morgendlichen Ritual, das sie zusehends frustrierte, weil es schwierig war, einen Platz zu finden. Langsam drängelte sie sich durch die Menge schnatternder Menschen, doch ein freier Stuhl ließ sich nicht finden.

»Hier wäre noch Platz«, meinte eine Stimme von einem Tisch hinter ihr.

Sie drehte sich um und sah einen Mann in Militäruniform, der ihren Blick erwiderte. Er winkte und wiederholte seine Bemerkung, ehe er sich an seinen Nachbarn wandte. »Rutsch rüber«, verlangte er, »und lass die Lady Platz nehmen.«

Sie antwortete mit einem unangenehmen Gefühl im Bauch. »Äh, das sieht eng aus. Danke, ich finde schon was.«

»Nein, ich bestehe darauf«, erwiderte der Mann, während der andere wegrückte, woraufhin eine Lücke zwischen den beiden entstand.

Lori schaute sich nach einem anderen Platz um, an dem sie nicht unter jungen Militärs sitzen würde, doch offensichtlich blieb die angebotene Bank ihre einzige Option.

»Besten Dank«, sagte sie, stellte ihr Tablett ab und setzte sich. Als sie ihr Haar nervös hinter die Ohren schob, sah sie den attraktiven Offizier an, der ihr das Angebot gemacht hatte.

»Hi, ich bin Captain Travis Priddy, US Marinekorps«, stellte er sich grinsend vor.

Lori erwiderte seinen Blick mit einem Lächeln. »Hallo, Captain, mein Name ist Lori.« Er war ihr durchaus sympathisch, was auch ein Grund dafür gewesen sein mochte, dass sie sich zunächst nicht hatte setzen wollen. Seit je verhielt sie sich unsagbar schüchtern, wenn sie jemanden anziehend fand, dem sie begegnete. Obwohl sie wieder eine glückliche Ehe mit David führte, konnte sie nicht anders reagieren, wenn sie auf einen Mann traf, der ihrem Typ entsprach – so wie Captain Priddy. Er war groß – knapp zwei Meter – und schlank, glattrasiert mit hellbraunem, geschorenem Haar und leuchtenden Augen. Sie schätzte ihn auf Ende 20, womit er gut zehn Jahre jünger wäre als sie selbst.

»Einen Platz zum Frühstücken zu finden, ist die Hölle, nicht wahr?«

»Ja, ist definitiv nicht leicht. Die sollten in Erwägung ziehen, eine zweite Cafeteria zu eröffnen.«

»Das wird bald nicht mehr nötig sein. Viele von uns rücken ab.«

»Oh, wohin denn?«, fragte sie interessiert.

Er bemerkte, dass er sich verplappert hatte. Immerhin kannte er sie nicht, also wich er aus. »Zurück ins Feld zu dieser und jener Mission drüben im Westen.«

»Welche genau?«

Er stellte fest, dass er sich eine dicke Suppe eingebrockt hatte. »Tut mir leid, aber wenn ich Ihnen das erzähle, muss ich Sie töten.«

Sie kicherte und entgegnete: »Hier ist alles eine einzige Geheimniskrämerei.«

»Kann man so sagen.«

»Na gut, worin besteht denn Ihre Aufgabe, abgesehen von Feldeinsätzen und verdeckten Missionen, falls Sie mir das sagen dürfen?«

»Ich bin Kompanieführer der Infanterie – oder für Nichtfachleute: Ich kommandiere einen Haufen Fußtruppen herum.«

»Nun, die Tatsache, dass Sie Befehlshaber sind, lässt darauf schließen, dass Sie etwas im Kopf haben. Auf welchem College waren Sie?«

»Auf keinem, von dem Sie je gehört haben. Was ist mit Ihnen? Was treiben Sie auf dem DIA?«

»Wie war das noch gleich vorhin, von wegen erzählen und töten müssen?«, witzelte sie.

»Der Punkt geht an Sie.«

»Ich kann Ihnen nicht erzählen, an welchem Projekt ich arbeite, aber ich bin Architektin.«

»Bingo!«

»Hm?«

»Ich weiß, was Sie hier tun.«

»Ach ja?«

»Sie entwerfen Pläne für Arcadia. Das passt genau, denn ich hörte, dass man ein neues Team zusammengestellt hat … also nach der Sache mit dem letzten.«

Lori blickte verwundert drein und legte ihre Gabel nieder.

»Was für eine Sache meinen Sie?«

»Darüber wurden Sie nicht informiert?«

»Tun Sie's.«

»Das sind wirklich abenteuerliche Zustände hier. Die da oben lassen den Rest immerzu im Dunkeln tappen, egal worum es geht. Kein Wunder, dass so viele Gerüchte im Umlauf sind.«

»Moment mal, warten Sie: Was ist mit dem ersten Team passiert? Sie meinen, bevor ich hier ankam, waren schon andere Personen mit der Planung von Arcadia beschäftigt gewesen?«

»Richtig, Sie sind nicht die Erste.«

Zweifel begannen wieder an Lori zu nagen. Sie wollte unbedingt wissen, was mit jener Belegschaft geschehen war und wieso man ihr das verschwiegen hatte. »Sagen Sie schon, was war da los?«

»Sie kamen vor nicht ganz zwei Wochen während einer Untersuchung im Tal ums Leben. Übrigens habe ich mitbekommen, dass neulich auch Ihr Team dort angegriffen wurde.«

»Ja, das stimmt.«

Travis neigte sich zur Seite und flüsterte: »Sagen Sie es niemandem weiter, aber aus dem Grund rücken wir in etwa drei Wochen von hier ab. Wir werden eine andere Marinekompanie dort draußen ablösen. Unser Auftrag ist eigentlich nicht streng geheim; wir sollen die Einheiten unterstützen, die permanent dort stationiert sind, und die Scraps auskundschaften, um sie dann zu zerschlagen.«

Lori schüttelte ungläubig den Kopf. »Entschuldigen Sie bitte, ich muss los. Mir ist auf einmal der Appetit vergangen«, sagte sie und stand schnell auf.

»Sorry, ich wollte Sie nicht vertreiben.«

Lori erkannte, dass sie ein wenig unhöflich war. »Danke für den Platz und die Informationen. Leider sieht es so aus, als seien mir letztere wichtiger als ersterer.«

»Kein Problem.«

Sie drehte sich um und ging einen Schritt, da rief er: »Lori, eine Sache noch.« Sie kehrte sich ihm wieder zu.

Er winkte sie näher. »Wenn Sie mich fragen, ist hier etwas nicht ganz koscher. Achten Sie einfach auf sich, und seien Sie auf der Hut, okay?«

»Danke, Captain, genau das werde ich tun.« Lori nickte, wandte sich wieder ab und ging zu einem Telefon für interne Anrufe an der hinteren Wand der Cafeteria. Sie hob den Hörer ab, nahm den Zettel heraus, den ihr der Kanzler gegeben hatte, und wählte die obere Nummer. Es läutete dreimal, dann meldete er sich unvermittelt: »Horton hier?«

»Kanzler, ich bin es, Lori Roberts. Verzeihen Sie die Störung, doch Sie meinten, ich dürfte Sie jederzeit kontaktieren, falls ich weitere Fragen habe, und na ja … die habe ich.«

»Treffen wir uns oben in meinem Büro?«

»Danke, ich bin sofort da.«

»Dann bis gleich.«

Lori legte auf und verließ zügig den Saal. Erneut schwirrten Fragezeichen durch ihren Kopf, doch die sollten jetzt endgültig aus der Welt geschafft werden.

Drei Meilen nördlich von Reed, Illinois

Das Bauernhaus wirkte verlassen, doch das traf in diesen Zeiten auf jedes Haus zu. Devin war nervös. Ihm fiel auf, dass er sich ganz selbstverständlich auf Tess als Führungsperson verlassen hatte, seit sie gemeinsam unterwegs waren, musste aber jetzt selbst derjenige sein, der Entscheidungen traf.

»Brianna, du bleibst hier bei Brando und Tess«, wies er sie an, während er die Verwundete behutsam auf den Boden legte. »Ich sehe mich mal um.«

Das Mädchen nickte.

»Versteckt euch hier«, fuhr er fort, »und lasst euch nicht blicken, bis ich rufe.« Er ließ sie in einem Dickicht aus alten Eichen und Sträuchern zurück, das dreißig Fuß abseits der Einfahrt zum Bauernhof lag.

Während er dem Weg zum Haus folgte, ließ er seinen Blick unruhig umherschweifen, um jedwede mögliche Bedrohung aufzuspüren. Als er den Vorbau ungehindert erreicht hatte, sah er sich noch einmal gründlich um. Nichts gab Anlass zur Besorgnis, also stieg er die paar Stufen zur Veranda hinauf. Bis zur Haustür waren es nur fünf Fuß, und er hielt es für eine gute Idee, erst einmal anzuklopfen. Als er gerade seine Hand hob, hörte er ein Geräusch, von dem er sofort ein flaues Gefühl im Magen und Gänsehaut bekam: Das Klicken eines Repetiergewehrs, das durchgeladen wurde.

»Ich heiße Devin und brauche Hilfe«, sagte er. »Meine Freundin ist verletzt. Sie benötigt Antibiotika, bitte helfen Sie mir. Ich führe nichts Unlauteres im Schilde.« Er hielt die Hände hoch, um zu zeigen, dass er unbewaffnet war.

»Verschwinden Sie, wir wollen Sie hier nicht haben«, gab eine grantige Männerstimme zurück.

»Bitte, wir brauchen ein Antibiotikum. Sie können es mir zuwerfen, falls Sie etwas da haben, ja?«

Der Mann wurde laut. »Hauen Sie verflucht nochmal ab, wir sind nicht die Wohlfahrt!«

»Bitte.«

»Weg von hier, oder ich knall Sie ab.«

Devin gab nach. »Nicht schießen, ich gehe.«

Er hatte den Mann noch nicht gesehen, wusste aber, dass er irgendwo in der rechten Ecke des Vorbaus stand. Eine starke

Verzweiflung überwältigte ihn, sodass er sich zu der Seite drehte, von der die Stimme kam. »Sir, bitte, falls Sie etwas abgeben könnten, wäre das sehr nett von Ihnen. Ich bin nicht hier, um Ärger zu machen.« Sein Blick fiel auf den Mann und den Lauf des Gewehrs. Gleich hinter ihm machte er einen kleinen Jungen aus, der kaum älter als sechs sein mochte. Der Mann war stämmig und trug einen braunroten Vollbart. Sein Haar hing unter einer alten Mütze herunter, wie sie LKW-Fahrer trugen.

»Sir, ich bin mit einer Frau und einem Mädchen unterwegs. Die Frau, Tess, wurde angeschossen, und die Wunde hat sich entzündet. Ich brauche nichts weiter als Antibiotika«, legte Devin noch einmal dar.

»Ach, Daryl, das reicht jetzt, der Bursche scheint ehrlich zu sein. Gib ihm einfach eine Packung Zithromax oder so«, warf die Stimme einer Frau hinter einem Fenster aus dem Haus her ein.

»Mary, halt du dich raus«, rief Daryl.

»Um Himmels willen, er macht nicht den Eindruck, als könne er jemandem ein Haar krümmen«, hielt Mary dagegen.

»Daryl, mein Name lautet Devin Chase. Ich bin immun und nicht hier, um Ihnen oder Ihrer Familie etwas zu tun.«

»Wie kann ich mir da sicher sein, hä? Woher weiß ich, dass Ihre Räuberbande nicht hinter der Ecke lauert?«

»Wenn das so wäre, würde ich nicht hier stehen. Wir hätten Ihr Haus angegriffen, ohne zu fragen. Wir hätten einfach das Feuer eröffnet, und glauben Sie mir, solche Typen sind mir schon über den Weg gelaufen, aber ich bin keiner von ihnen.«

»Schaffen Sie die Frau her, ich will sie selbst sehen«, räumte Daryl ein und klang weniger grob als zuvor.

»Vielen Dank, warten Sie, bitte«, entgegnete Devin und gab seine Erleichterung mit einem Lächeln preis. Ohne weiter zu warten, drehte er sich um, sprang von der Veranda und lief die Einfahrt hinunter auf das Versteck seiner beiden Begleiterinnen zu. Als er sie erreichte, war Tess zwar immer noch apathisch, aber immerhin so weit zu Kräften gekommen, dass sie aufrecht sitzen konnte.

»Ich habe jemanden gefunden, der uns hilft, doch ich soll dich zuerst vorzeigen, um zu beweisen, dass ich nicht lüge.«

Tess erwiderte nichts, sondern hob nur einen Arm zum Zeichen dafür, dass sie zustimmte. Er half ihr aufzustehen. Sie drückte seinen Arm und flüsterte: »Lass Bri und Brando mitkommen. Gib ihr meine Pistole.«

»Ich sagte dem Mann …«

»Du kannst nicht wissen, worauf wir uns einlassen.«

Devin drehte sich um und gab Brianna entsprechende Anweisungen. Gemeinsam begaben sie sich auf den Weg. »Bald bist du wieder gesund«, beteuerte er.

Am Treppenabsatz erkannte Devin eine Frau, die wohl Mary sein musste. »Bringen Sie sie herauf«, sagte Mary und trat zurück, um das Fliegengitter vor der Tür aufzuziehen.

Devin schaute sich nach Daryl um, doch der war unauffindbar. Sie betraten das Haus.

Mary folgte ihnen und erklärte: »Gehen Sie rechtsherum und dann ins erste Zimmer auf der rechten Seite. Dort können Sie sie aufs Bett legen.« Devin hielt sich daran.

Mary trat neben das Bett und fragte: »Wo wurden Sie verletzt?« Tess hob langsam ihr Shirt hoch.

»Tatsächlich, das ist eine Entzündung. Warten Sie hier, ich bin gleich wieder da«, sagte Mary und verließ den Raum.

Kurze Zeit später kehrte die Hausherrin mit einem Arzneimittelkasten, einer kleinen Schüssel Wasser und einem vollen Trinkglas zurück. Dann begann sie, sich um Tess' Wunde zu kümmern. Daryl erschien in der Tür und sagte zu Devin gewandt: »Ich möchte mich mit Ihnen unterhalten.«

»Selbstverständlich.«

Die beiden Männer gingen nach draußen, und Daryl wies Devin darauf hin, wie es unter seinem Dach ablaufen sollte. Am Ende warnte er ihn davor, irgendwelche Tricks zu versuchen. Devin stimmte allen seinen Forderungen zu.

»Woher kommen Sie?«, fragte Daryl dann.

»New York City.«

»Sie haben den weiten Weg von dort bis hierher zurückgelegt?«

»Nein, nicht ganz. Ich wohnte in New York und landete vor sechs Monaten in Decatur. Dort versteckte ich mich auf einer Farm wie dieser. Seit ein paar Tagen bin ich nun mit Tess und dem Mädchen unterwegs – Brianna, die wir in Lovington vor Gesindel gerettet haben.«

»Sie waren in Lovington?«

»Ja, vor drei Tagen.«

»Sind Sie zufällig Turners Raiders begegnet?«

»Ich weiß nicht, wer das ist, aber wir flohen vor einer kleinen Armee von Männern mit Militärausrüstung.«

»Das waren sie. Die Dreckskerle ziehen durchs Land, um Frauen zu vergewaltigen und Häuser zu plündern.«

»Ich habe keine Ahnung, wer sie sind und was sie im Schilde führen, würde Ihnen aber beipflichten, was die Einschätzung „Dreckskerle" angeht.«

»Erzählen Sie mir mehr: Wann haben Sie sie gesehen? Waren sie da gerade erst angekommen? Wohin, glauben Sie, fahren sie als nächstes? Wie viele sind es?«, drängte Daryl.

»Wie gesagt, das war vor drei Tagen, und sie hatten die Stadt gerade erst erreicht, stürzten sich aber schon auf die Überlebenden dort. Wohin sie unterwegs sind, weiß ich nicht, doch gezählt habe ich zwei Dutzend Fahrzeuge – Panzer – und ungefähr 200 bewaffnete Männer.«

Devin erkannte an Daryls bärtigen Zügen, dass er es mit der Angst zu tun bekam.

»Ich will Ihnen ein Geschäft vorschlagen. Dafür, dass wir Ihre Freundin pflegen, müssen Sie mit mir kommen.«

»Wohin?«

»In unsere Stadt. Wir werden den Bürgermeister warnen; man muss Vorkehrungen treffen.«

Internationaler Flughafen von Denver

Kanzler Horton schickte seinen Stab fort und verschob Termine, um sich Zeit für Lori zu nehmen. Während er darauf wartete, dass sie im Büro eintraf, wusch er sich, putzte seine Zähne und kämmte sein dichtes Haar.

Es klopfte. »Ist offen«, rief er. »Kommen Sie herein.«

Die schwere Metalltür ging auf, und Lori betrat den Raum. Als er sie anschaute, bemerkte er, dass sie wieder ziemlich aufgewühlt war. Er fand sie äußerst interessant, nicht zuletzt deshalb, weil die meisten Menschen die Umstände, unter denen sie jetzt hier leben durfte, als ideal empfunden und nichts hinterfragt hätten.

Sie stellte sich vor seinen Schreibtisch und wartete darauf, dass er sie bat, Platz zu nehmen.

Während er einen kleinen Kühlschrank in der Ecke des Büros öffnete, fragte er: »Darf ich Ihnen etwas zu trinken anbieten? Ich habe Limonade, Saft, Bier, Wasser, was Sie wollen.«

»Ich will Antworten, nicht mehr und nicht weniger«, erwiderte sie gereizt.

»Mrs. Roberts – oder darf ich Sie Lori nennen?«

»Stimmt es, dass ein erstes Team, das mit diesem Projekt betraut wurde, bei einem Anschlag ums Leben kam?«

Er nahm ein Bier heraus, zog den Kronkorken ab und begann, die bernsteinfarbene Flüssigkeit in ein Pint-Glas zu füllen.

»Hören Sie mir zu?«

Das tat er – aufmerksam und gut unterhalten von ihrer Angriffslustigkeit, obwohl er wusste, dass er die Kontrolle über diese Auseinandersetzung übernehmen musste, und zwar schnell. Wenn er eines im Leben gelernt hatte, dann war es, in jeder Situation die Oberhand zu behalten.

»Mrs. Roberts, bitte setzen und beruhigen Sie sich«, entgegnete er leise, und zeigte auf den Ledersessel vor seinem Tisch.

»Ich beruhige mich nicht, solange Sie mir keinen reinen Wein einschenken.«

Nun sollte sie erfahren, dass auch er ein Machtwort sprechen konnte und sich nicht herumschubsen lassen wollte. »Mrs. Roberts, setzen Sie sich dorthin und halten Sie den Mund. Andernfalls können Sie zusammenpacken und in das schmutzige, kleine Lager zurückkehren, aus dem Sie gekommen sind, und werden nie wieder eine Chance erhalten, es zu verlassen. Habe ich mich klar ausgedrückt?«

Lori riss ihre Augen auf, da seine rigorose Art sie verwirrte.

»Habe ich mich klar ausgedrückt? Die Antwort ist einfach, ja oder nein. Falls Sie mir keine geben können, verschwinden Sie. Ich werde Sie dann mit dem ersten Transporter zurück ins Lager bringen lassen.«

»Ja«, sagte sie endlich und ließ sich nieder.

»Gut, das freut mich zu hören. Mrs. Roberts, wir haben Sie dazu erwählt, einen wesentlichen Teil zum Gelingen dieses Projekts beizutragen, aber glauben Sie nicht, hier gehe es zu wie in Ihrem alten Unternehmen. Ihnen gehört hier nichts, Sie bestimmen nichts – gar nichts tun Sie, es sei denn, wir halten Sie dazu an. Etwas zu verlangen, steht Ihnen auch nicht zu. Dies ist unser Projekt, und Ihr Fachwissen wurde hinlänglich dokumentiert, doch täuschen Sie sich nicht: Wir werden jemand anderen finden, falls es mit Ihnen nicht klappt, und ich darf bemerken, offiziell zur Kenntnis genommen zu haben, dass ebendieser Eindruck gerade besteht.«

Langsam bereute Lori ihr Verhalten und bekam Angst, sich dadurch in Bedrängnis gebracht zu haben. Sie war es gewohnt, der Boss zu sein und Befehle zu erteilen, statt sie entgegenzunehmen.

»Kanzler Horton, ich bitte um Verzeihung. Wirklich, ich würde gerne hierbleiben und an diesem Projekt arbeiten. Um ehrlich zu sein, bin ich nur … beunruhigt. Ich mag Ungewissheit nicht und hasse es, nicht über alles Bescheid zu wissen.«

»Mrs. Roberts, gewöhnen Sie sich daran. Dort draußen gibt es Tausende Menschen in Lagern von Kanada bis Mexiko, die Ihre Aufgabe sofort und ohne Fragen übernehmen würden. Darunter befinden sich auch Architekten wie Sie, gleichwohl weniger bewandert, aber auch mit diesen Personen ließe sich arbeiten. Mit Talent kommt man nur bis zu einem bestimmten Punkt; Sie müssen in der Lage sein, mit anderen an einem Strang zu ziehen. Können Sie das nicht, lösen Sie keine Probleme, sondern werden selbst zu einem. Wir haben schon genug um die Ohren, was uns Kummer bereitet, und brauchen bestimmt kein pflegeaufwändiges Personal, das ständig irgendetwas verlangt oder hinterfragt.«

Lori war nun wirklich in Sorge, sie könnte sich den Weg verbaut haben, um ihren Mann und ihren Sohn ins Camp Sierra zu holen. »Kanzler, bitte, es tut mir aufrichtig leid …«

Er liebte dieses Kriecherische, Flehentliche. Sein Plan war aufgegangen: Er saß am längeren Hebel und übte jetzt Druck aus, um zu bekommen, was auch immer er wollte – sogar sie selbst, sollte ihm danach sein.

»Mrs. Roberts, ich bin froh, dass Sie das anscheinend begreifen. Nun gut, da Sie sich nun gefasst haben: Womit kann ich Ihnen dienen?« Er setzte sich ihr gegenüber und trank von seinem Bier.

Lori überlegte. Er behielt Recht; sie befand sich in keinerlei Position, um Ansprüche geltend zu machen, auch und gerade weil man sie hier nicht weniger als gut behandelte. »Vergessen Sie's, ich weiß, Sie sind beschäftigt, und um die Wahrheit zu sagen, möchte ich Sie nicht wieder verärgern.«

»Das ist jetzt vergessen, und ich glaube, Sie verstehen, dass ein lauter Ton und Forderungen bei mir ins Leere laufen. Mit mir lässt sich besser reden, wenn es geruhsam und respektvoll zugeht.«

»Gab es bereits ein Team vor uns, das an dem Projekt gearbeitet hat?«

»Ja, es wurde bei einem Angriff der Scraps ermordet, wie Sie ihn kürzlich in ähnlicher Weise erlebten. Aus dem Grund nahm Chance diesmal einen bewaffneten Osprey und entschied sich, Maggie zurückzulassen, statt die gesamte Besatzung in Gefahr zu bringen.«

»Seine Entscheidung ergibt nun Sinn, da ich den Zusammenhang kenne.«

»Sonst noch etwas?«

»Nein, das war alles.«

»Sind Sie sicher, dass ich Ihnen nichts zu trinken anbieten darf, irgendetwas? Vielleicht entspannen Sie sich ja bei einem Bier.«

»Nein, Sir, danke. Entschuldigen Sie die Störung und meinen unreifen Ausfall. Das war nicht richtig und hatte nichts mit Professionalität zu tun. Ich hoffe, Sie sehen es mir nach.«

»Alles verziehen, machen Sie sich darüber keine Gedanken.«

Nachdem sie aufgestanden war, ging sie zur Tür, doch er hielt sie zurück. »Mrs. Roberts?«

Sie drehte sich noch einmal um. »Ja?«

»Werden Sie mit mir zu Abend essen, vielleicht morgen? Womöglich ergeben sich weitere Fragen, und ich verspreche, sie alle zu beantworten.«

Lori wusste nicht, wie sie das nun aufnehmen sollte, glaubte jedoch, nachdem er sie gerade bedroht hatte, keine andere Wahl zu haben. »Das werde ich gerne. Wann genau?«

»Sagen wir 19:30 Uhr, in meinem Quartier.«

Alles in ihr sträubte sich, jedoch vermochte sie es nicht auszuschlagen. »Das ist wunderbar, danke sehr. Bis morgen.«

»Angenehmen Tag noch, Mrs. Roberts.«

Lori verabschiedete sich noch einmal und ging. Sie konnte sich seiner Gegenwart nicht schnell genug entziehen. Allmählich nahm sie einen merkwürdigen Druck wahr, der von ihrem Brustkorb ausging, und atmete zusehends flacher. Eine Panik-Attacke. Sie setzte sich auf den erstbesten Stuhl, den sie finden konnte. Minuten vergingen, bis der Schmerz nachließ.

Als sie sich etwas besser fühlte, verspürte sie das starke Bedürfnis, sich zu verkriechen. Sie stürzte aus den Büroräumen, um zu ihrem Quartier zurückzukehren.

Reed, Illinois

Reed erschien wie eine durchschnittliche Kleinstadt im Mittleren Westen und versprühte auch das entsprechende Flair. Darüber hinaus handelte es sich um den Amtssitz des County, also wurde von hier aus auch Lokalpolitik betrieben.

Devin war bereit, mit jedem darüber zu sprechen, was er wusste, besonders wenn er dadurch Tess und andere retten konnte.

Daryl hatte ihn in einen Ford F-150 Pickup ohne Umwege zum zentralen Regierungsgebäude gebracht, dem Sitz von Bürgermeister Thomas Rivers.

Viele Städte waren nach dem Todesvirus zu Tummelplätzen von Chaos und Ausschreitungen geworden. Reed hatte dieses Schicksal nicht erlitten. Bürgermeister Rivers war rasch bewusst geworden, dass er, um die verbliebene Bevölkerung davon abzuhalten, sich gegenseitig umzubringen, wie ein Diktator regieren musste. Seine Handlungsweise hatte zunächst Kontroversen ausgelöst, doch viele waren mit ihm übereingekommen. Daryl hielt sich schon seit Monaten von der Stadt fern, und zwar aus zwei Gründen: Er wollte rein gar nichts mit Rivers' tyrannischem Machtspiel zu tun haben, und ausserdem mochte man ihn hier nicht gerade gerne.

Nachdem er mit einer Gruppe von Einwohnern diskutiert hatte, die den Bürgermeister jetzt beschützten, gelang es Daryl, zu ihm gebracht zu werden. Als sie in sein Büro kamen, trat er ohne zu zögern zum Schreibtisch vor und sagte: »Mr. Rivers, wir haben ein Problem!«

»Daryl Jenks, wie komme ich zu der Ehre dieses Besuchs?«, fragte der Bürgermeister hinter dem breiten Mahagonimöbel. Er war ein kleiner Mann, keine eins-siebzig groß, doch hörte man seine dröhnende Stimme, hätte man glatt noch einen halben Meter hinzugerechnet. Was diese hutzelige Statur noch auffälliger machte, war die Tatsache, dass er beinahe all seine Haare verloren und den Rest abrasiert hatte.

»Bürgermeister, dieser Mann war vor drei Tagen in Lovington. Er und seine beiden Mitreisenden flohen von dort, weil Turners Raiders aufkreuzten und begannen, die Stadt zu terrorisieren.«

»Ist das wahr?«, fragte Rivers Devin.

»Absolut.«

»Was sollen wir tun?«, fragte Daryl.

»Wissen wir denn, ob sie hierher kommen?«, wollte der Bürgermeister wissen.

»Ich weiß nicht, wohin sie wollen. Wie gesagt, ich war in Lovington; sie fielen mit einer kleinen Armee in der Stadt ein und fingen an, sich auszutoben. Meine Begleiterinnen und ich verschwanden wenige Stunden nach ihrer Ankunft.«

»Tom, eben weil wir es nicht genau wissen, müssen Sie die Stadt zur Verteidigung wappnen«, betonte Daryl.

Rivers lehnte sich zurück und drehte seinen Sessel, während er sich in Gedanken vertiefte.

»Ich habe vor, mein Anwesen zu schützen, hielt es aber für meine Pflicht, Sie vorzuwarnen«, fuhr Jenks fort.

»Daryl, Sie bringen mich zum Lachen«, erwiderte der Bürgermeister, ehe er sich Devin zukehrte. »Sehen Sie sich den Kerl an; er ist der Vorbereiter-Schrägstrich-Überlebenskünstler schlechthin in dieser Gegend. Nach dem Ausbruch des Virus hier wendeten sich einige Bürger aus der Stadt hilfesuchend an ihn – aber was tat er? Er empfing sie mit seiner Flinte statt mit offenen Armen.«

»Die hab ich auch schon kennengelernt«, bemerkte Devin salopp.

»Was hätte ich tun sollen? Wieso stand ich in der Verantwortung, mich um diejenigen zu kümmern, die sich nicht vorbereitet und mich im Vorfeld sogar verspottet hatten? Ich wusste schon immer, dass etwas passieren würde, also traf ich Vorkehrungen. Ich habe mein eigenes, sauer verdientes Geld dafür verwendet, mich auf meinem Grundstück selbst versorgen und Vorräte anhäufen zu können. Falls Sie alte Wunden aufreißen wollen, drauf geschissen – und auf Sie auch.«

»Da, so kenne ich ihn, den griesgrämigen, alten Jenks. Sie tun es schon wieder – kommen in die Stadt und wollen uns weismachen, dass wir nach Ihren Vorschlägen handeln müssen. Hören Sie, wir waren noch nie wehrhafter als jetzt, denn ich habe mittlerweile meine eigene kleine Armee. Falls sich Turner und seine Raiders im Umkreis blickenlassen, werde ich es erfahren, und dann überlegen wir, wie wir vorgehen. Zwischen uns und Lovington liegt eine Menge Land …«

»Selbstgefällig wie eh und je«, höhnte Daryl.

»Was Sie selbstgefällig nennen, ist für mich das Wissen, woher der Hase läuft.«

»Für mich sind Sie nur ein Idiot.«

Devin verfolgte fasziniert das Streitgespräch.

»Wenn Sie fertig mit Ihren Schmähungen sind, können Sie Ihren rüpelhaften Kadaver aus meinem Büro schieben. Gehen Sie Ihren kleinen Bunker verteidigen, und hoffen Sie darauf, dass Turners Männer nur ja nicht anklopfen, denn die Stadt Reed wird Ihnen keine Schützenhilfe leisten.«

»Ich dachte …«

»Sie dachten was?«

»Ich dachte, wir könnten uns endlich einig werden, um einander unter die Arme zu greifen!«, bemerkte Daryl.

»Das ist es nicht, Jenks, Sie haben endlich eingesehen, dass der einsame Wolf nicht überlebensfähig ist, und sind hergekommen, damit ich Ihnen unter die Arme greife. Tja, das kommt nicht in Frage, und jetzt geleiten Sie sich selbst hinaus.« Rivers zeigte auf die breite Holztür.

Daryl grunzte und stürmte hinaus, Devin folgte ihm. So verließen beide das Büro des Bürgermeisters mit sprichwörtlich leeren Händen.

»Darf ich Ihnen eine persönliche Frage stellen?«, fragte Devin.

»Sicher.« Sie saßen wieder im Führerhaus des Pickups vor dem Rathaus.

»Die Sache hat offensichtlich eine Vorgeschichte, also was geschah zwischen Ihnen und den Städtern, nachdem der Tod hier grassierte?«

»Die Frage lautet: Was ist *nicht* geschehen? Mein Gott, Menschen sind ein ungeheuer interessanter Haufen, die ständig irgendeinem Unsinn aufsitzen und sich selbst belügen, um ihren Alltag zu bestehen. Zumindest war es früher so. Bevor das alles passierte, gab man mir in der Stadt den Spitznamen „Endzeitjünger“, weil ich mich aufs Schlimmste vorbereitete und den Behörden nahelegte, das Gleiche zu tun. Ich besuchte Gemeindeversammlungen und bekniete Bürgermeister, Stadt- und Landrat, gemeinsame Sache zu machen, um den Ort für etwas Unvorhersehbares zu wappnen. Ich bat sie, Vorräte von Nahrungsmitteln, Wasser und Medikamenten anzulegen. Müßig zu erwähnen, dass ich ausgelacht wurde; die Einwohner fanden es wichtiger, für jede Saison und Ferienzeit hübsche Spruchbänder zu kaufen, um die Stadt „aufzuhübschen“, nicht zu vergessen Grünpflanzen und Blumenkästen für die Straßenränder. Verstehen Sie mich nicht falsch, ich habe nichts gegen das Herausputzen, aber es geht darum, Prioritäten zu setzen. Das haben sie nicht getan, weil sie glaubten, nichts würde je passieren, und falls doch, so gingen sie davon aus, die Regierung würde schon zur Rettung eilen. Wissen Sie, ein paar Idioten sind sogar in eines dieser Katastrophenschutzlager gezogen. Wir haben nie wieder von ihnen gehört.«

Devin blieb still sitzen und hörte Daryl zu. Er erkannte, dass diese kurze Rede bestens einstudiert war. Aus zweierlei Gründen verkniff er sich jeglichen Kommentar: Erstens zählte er selbst zu den Tölpeln, die sich nicht vorbereitet hatten, und zweitens wäre seine Meinung nicht von Belang gewesen. Ihn beschlich das Gefühl, der Mann wünschte sich einfach nur jemanden, der ihm zuhörte, und war eigentlich gar nicht auf eine richtige Lösung oder einen Kompromiss aus.

Daryl hielt das Lenkrad fest mit beiden Händen umschlossen, während er in Gedanken die früheren Ereignisse Revue passieren ließ, welche zu seiner Entfremdung von der Stadt geführt hatten.

»Also, was war nun los? Der Bürgermeister stellte es so dar, als sei etwas vorgefallen«, drängte Devin schließlich.

»Ach, einige Überlebende, die bemerkten, dass niemand aus meiner Familie starb, kamen und schnüffelten herum, weil sie dachten, ich hätte irgendein Heilmittel. Natürlich war das

Quatsch; gegen dieses Elend ist einfach kein Kraut gewachsen. Wenn der Präsident der Vereinigten Staaten daran erkranken und sterben konnte, glaube ich nicht, dass es einen Weg gibt, um zu verhindern, dass man sich diesen Dreck einfängt.« Jenks stockte, als er sich an jenen Moment erinnerte. »Sie beharrten aber darauf, dass ich ihnen das Heilmittel herausrückte. Nun, sagen wir mal so: Die Situation geriet aus den Fugen und artete in Gewalt aus. Einer von ihnen brach bei uns ein. Ich schoss auf ihn und brachte ihn um. Ich hatte keine andere Wahl, verstehen Sie? Ich wollte niemandem etwas tun, doch sie bedrohten meine Familie. Was hätten Sie getan?«

Devin brauchte nicht über seine Antwort nachzudenken. Hätte ihn jemand sieben Monate zuvor gefragt, hätte er sich lang und ausführlich darüber ergangen, aber jetzt nicht mehr. »Ich hätte genauso gehandelt – sie abgeknallt, fertig.«

Daryl schaute ihn an und lächelte.

Nun hatte Devin erfahren, was er wissen wollte: Jenks war vorbereitet gewesen, und diejenigen, auf die das nicht zutraf, wollten Hilfe von ihm, die er ihnen nicht gewähren konnte, und zack – Streit. Typisch menschliches Verhalten. Es gab aber noch etwas, das Devin interessierte. »Wer sind diese Raiders?«

Daryl rutschte herum, starrte ihn an und entgegnete: »Sehr, sehr böse Menschen.«

»Das kann ich mir denken, aber wer genau? Wer ist Turner?«

»Matt Turner ist der Anführer der Raiders, steht aber auch hinter der Republik Ozark. Die Raiders sind seine Armee. Sie ziehen von Stadt zu Stadt und nehmen sich, was sie wollen. Turner gibt vor, Überlebende zu retten, und hat es sogar auf Katastrophenschutzlager abgesehen. In den Ohren einiger klang das, was er trieb, zunächst gut, da er etwas Handfestes in diese unsicheren Zeiten brachte, doch das hat sich geändert.«

»Verzeihung … aber die Republik Ozark, was ist das nun wieder?«, hakte Devin nach.

»Matt Turners Land.«

»Land?«

Devin klang spöttisch.

»He, ich lege nur Fakten dar, so wie ich sie kenne. Irgendein Kerl namens Matt Turner steigt aus der Asche dieses Chaos empor, verhilft sich zu einem Gefolge, das zur Armee wird, und behauptet, das Gebiet, das er sich unter den Nagel gerissen hat, sei sein Land.«

»Und wo verlaufen die Grenzen dieser Republik Ozark?«

»Das weiß ich ehrlich gesagt nicht, aber dem Hörensagen nach zählen Missouri sowie Teile von Kansas, Arkansas und Illinois dazu. Seltsamerweise behaupten manche Menschen sogar, Turner sei tot, und seine rechte Hand habe seinen Namen angenommen, daher die veränderte Stoßrichtung.«

»Meine Güte, das ist verrückt. Ich hatte keine Ahnung, was in der Welt vor sich geht.«

»Hier in der Gegend wechseln die Theorien ständig, teilweise auch völlig übergeschnappter Verschwörungskram.«

»Lassen Sie mich raten: Dabei geht es um die Herkunft des Virus?«, meinte Devin.

»Genau. Jeder hat da so seine eigenen Vorstellungen. Ich für meinen Teil mache mir keine Gedanken darüber. Es ist mir egal. Ich wusste von Anfang an, dass alles vor die Hunde gehen würde, und jetzt ist es passiert. Kaum etwas lebt mehr auf der Welt, während wir hier sitzen – zwei einander wildfremde Personen, die über Irre wie Matt Turner sprechen und sich Sorgen machen, eine verbrecherische Rotte falle in der Stadt ein. Stellen Sie sich die Blicke der Menschen vor, wenn ich ihnen gesagt hätte, das würde geschehen.«

Devin kicherte angesichts der Ironie, doch es stimmte: Hätte sich jemand mit ihm zusammengesetzt und ihm die Ereignisse genau so dargelegt, wie sie passiert waren, hätte er ihn für verrückt erklärt.

»Haben Sie von anderen solchen Zusammenschlüssen gehört?«

»Jawohl, Gerüchten zufolge, hat sich der Nordwesten abgespalten, und gewisse Gruppen drüben im Osten stiften Ärger. Doch was dabei auffällt, ist die Teilnahmslosigkeit der Bundesregierung bei alledem.«

»Ich wollte gerade fragen … Wo sind die Army und die Marines, abgesehen von den Lagern der Katastrophenschutzbehörde?«

»Einige sagen, auch dort seien alle gestorben, sodass sich einfach alles aufgelöst hat, doch ein anderes Gerücht besagt, dass sie oben in Colorado sind, in den Bergen, um die Elite zu schützen.«

Erschöpft von all diesen Theorien lehnte sich Devin im Sitz zurück. In gewisser Hinsicht spielte es keine Rolle, wo sie alle im Augenblick waren, denn wenn sie bis jetzt nicht geholfen hatten, würden sie es auch in Zukunft nicht tun, obwohl es wegen Turners Raiders dringend vonnöten gewesen wäre.

»Was haben Sie nun vor?«, fragte Jenks.

»Nun, wenn meine Freundin wieder zusammengeflickt ist, ziehen wir weiter und lassen Sie in Ruhe.«

»Ich hoffe, Sie begreifen, dass ich es nicht persönlich meinte, als ich Sie mit der Waffe bedrohte. Ich mag es eben nicht, wenn Fremde an meine Tür kommen.«

»Sie müssen sich nicht entschuldigen, ich verstehe das. Schließlich tat ich das Gleiche, als Tess bei mir aufkreuzte.«

»Wirklich? Jetzt habe ich kein schlechtes Gewissen mehr. Lassen Sie uns zurückfahren und nachsehen, wie es ihr geht.«

»Sehr gerne.«

Daryl startete den Pickup, und sie verließen die Stadt.

Als sie vor einem Geschäft vorbeifuhren, erblickte Devin

mehrere Bürger. Deren Blicke sagten ihm alles; für Daryl hatte man hier wenig übrig. Devin verfügte über die angeborene Gabe, sich in beide Seiten eines Konflikts hineinversetzen zu können. Bislang hatte sich das für ihn ausgezahlt, doch dies waren nun andere Zeiten. Dass Daryl sich vorbereitet hatte, die anderen jedoch nicht, fiel ins Auge, und sich in dieser Welt auf die Seite derjenigen zu schlagen, die über notwendige Mittel verfügten, lag auf der Hand, zumindest wenn man darauf aus war zu überleben.

Devin brauchte etwas Zeit allein und zog sich deshalb auf die Terrasse hinter Jenks' Haus zurück. Während die Sonne unterging und ein kühler Wind wehte, versuchte er, seine Gedanken zu ordnen, um seinen nächsten Schritt ins Auge zu fassen. Er betrachtete das Gelände ringsum. Es einen Hof zu nennen, wäre übertrieben gewesen; eher handelte es sich um einen Garten mit kleinen Schuppen und einem Gewächshaus am hinteren Ende. Neben diesem stand ein Hühnerstall, der recht gut bestückt sein musste, wie die Geräusche aus seinem Inneren bezeugten.

Devin fiel etwas auf; ein Friedhof, ähnlich jenem, den er mit Tess für die Familie seines Cousins in Decatur angelegt hatte. Dieser Anblick versetzte ihn zurück in die Zeit, die er dort mit Cassidy verbracht hatte. *Von wegen, die Zeit heilt alle Wunden*, dachte er, da er noch immer unter ihrem Tod und der Tatsache litt, sie nicht noch einmal gesehen zu haben. Wieder versetzten ihm die Bilder einen Stich, die über alle Mattscheiben geflimmert waren.

Als die Fliegengittertür knarrend aufging, verflüchtigten sich Devins triste Gedanken. Er blickte auf und sah Daryl, der mit einer Flasche und zwei Gläsern herausgekommen war.

»Trinken Sie Alkohol?«

»Ist der Papst katholisch?«

Daryl kam mit müden Schritten näher und ließ sich in dem zweiten Schaukelstuhl nieder. Nachdem er den Stopfen von der Whiskey-Flasche gezogen hatte, füllte er die beiden Gläser.

»Hier«, sagte er schließlich, indem er Devin eins reichte.

»Danke, was ist das?«

»Templeton Rye Whiskey, was Besseres gibt es nicht«, antwortete Daryl und hielt sein Glas hoch.

»Prost«, sagte Devin und stieß mit ihm an.

Dann lehnte sich Daryl zurück, nahm einen kräftigen Schluck und raunte wohlgefällig ins Glas.

Devin tat es ihm gleich und nippte an seinem Whiskey. Der Alkohol wärmte seine Lippen und dann die Zunge, eher er seine Kehle hinunterrann. Er hatte nie viel für dieses Getränk übrig gehabt, wollte jetzt aber ganz bestimmt nicht wählerisch sein.

»Sie haben bestimmt kistenweise von diesem Zeug, richtig?«

»Um – wie Sie gerade – mit einer Gegenfrage zu antworten: Scheißt ein Bär in den Wald?«

»Nun, es schmeckt gut, lassen Sie sich das gesagt sein.«

»Aber sicher, das ist guter Stoff.«

Die beiden Männer machten es sich auf ihren Schaukelstühlen bequem und genossen den Whiskey, ohne weitere Worte zu wechseln.

Devin fand Daryls Verhalten sonderbar, wenn er darauf zurückblickte, welchen Empfang er ihm bereitet hatte. Vielleicht gefiel dem Mann seine Gesellschaft, weil ihn in der Stadt niemand leiden konnte.

»Wie lange wohnen Sie schon hier?«, fragte Devin.

»Ungefähr 40 Jahre. Ich bin in der Gegend geboren und aufgewachsen.«

»All die Jahre in diesem Haus?«

»Nein, meine Jugend verbrachte ich etwa drei Meilen von hier entfernt.«

»Leben Ihre Eltern noch?«

»Sie liegen dort drüben, gemeinsam mit meiner Ältesten. Haben es nicht geschafft.«

Jenks zeigte auf die Gräber.

Devin bedauerte es, gefragt zu haben.

»Ihrer Freundin geht es schon viel besser«, bemerkte Daryl. »Meine Frau und sie schwatzen miteinander, als würden sie sich seit Ewigkeiten kennen.«

»Tess ist wach?«

»Ja, seit einer Stunde. Sie kam zu sich, kurz nachdem Sie nach draußen gingen.«

»Ich sollte nach ihr schauen«, erwiderte Devin und beugte sich im Sitz nach vorne.

»Bleiben Sie noch ein bisschen, die beiden unterhalten sich bestens. Es ist lange her, dass Mary mit einer anderen Frau reden konnte. Die Arme sitzt eben auch seit sechs Monaten hier fest.«

»Ich kann Ihnen nicht genug dafür danken, dass Sie uns geholfen haben. Das war sicherlich schwierig für Sie, wenn man bedenkt, wie kaputt die Welt dort draußen ist.«

»War mir ein Vergnügen. Verzeihung noch einmal dafür, dass ich mich wie ein Arschloch benommen habe, aber ich kann nicht einfach jeden hier aufnehmen.«

»Zugegeben, nach allem, was ich heute über die Städter erfahren habe, wundert es mich, dass Sie über Ihren Schatten gesprungen sind.«

»Eigentlich sollten Sie Mary dafür danken; hätte sie sich nicht für Sie eingesetzt, säßen Sie jetzt nicht hier.«

Daryl ließ sich wieder gegen die Rückenlehne sacken und entgegnete: »Dann Hut ab vor Mary.«

»Ihr Hund ist wirklich klug. Wie heißt er?«

»Brando, und ja, er ist klug – wie ein Mensch oder sogar klüger.«

»Und kinderlieb; mein Sohn hat einen Narren an ihm gefressen.«

»Entschuldigen Sie, aber ich habe den Namen des Jungen vergessen.«

»Hudson.«

»Ach ja, richtig.«

»Er ist ein braves Kerlchen, hängt aber noch zu sehr am Rockzipfel seiner Mutter. Seit er seine große Schwester verloren hat, ist er nicht mehr derselbe.«

»Tut mir leid, dass sie gestorben ist.«

»Muss es nicht, Sie hatten nichts damit zu tun. Diese beschissene Krankheit ist Schuld, wo auch immer sie herkam. Ich weiß nicht, ob wir das Wie und Woher je herausbekommen werden, aber daran sind mein Mädchen und meine Eltern verreckt, genauso wie 90 Prozent der Weltbevölkerung, sagt man.«

»Daryl, nur damit Sie es wissen, sobald sich Tess wieder rühren kann, verschwinden wir von hier.«

Jenks nippte noch einmal an seinem Glas und erwiderte:

»Machen Sie sich darüber jetzt keinen Kopf. Sie dürfen bleiben, solange Sie möchten.«

»Kommt nicht infrage, wir müssen sobald wie möglich aufbrechen.«

»Wohin denn?«

»Nach North Carolina.«

»Was verschlägt Sie denn ausgerechnet dorthin?«

Devin schaute noch einmal tief ins Glas, ehe er es abstellte. »Hoffentlich finden wir dort eine Antwort auf die Frage, warum das alles passiert ist.«

Tag 188

7. April 2021
Internationaler Flughafen von Denver

Lori musste wieder einmal verbissen nach einem Platz in der Cafeteria suchen. Sie schaute sich in dem übervollen Saal um, doch anscheinend war nichts mehr frei. Gerade als sie losging, um sich zwischen den Tischen hindurchzuzwängen, hörte sie ihren Namen. »Lori, hier drüben!«

Als sie sich umdrehte, entdeckte sie den attraktiven Marine-Captain vom Vortag. Er winkte sie zu sich. Sie zögerte zunächst, wusste aber, dass es dauern würde, bis sie einen anderen Platz fand.

»Guten Morgen, Captain«, grüßte sie.

»Guten Morgen.«

Sie ließ sich ihm gegenüber nieder und fing an, auf ihrem Teller herumzustochern.

»Sagen Sie, was war denn gestern los? Sie sind so eilig davongelaufen, und übrigens: Ihre Nasenlöcher flattern, wenn Sie sich aufregen«, sagte er.

Sie sah ihn an und erwiderte: »Ach ja?«

»Wirklich. Hat Sie noch niemand darauf hingewiesen?«

Da sie spürte, dass er mit ihr flirtete, kam sie rasch auf etwas Anderes zu sprechen. »Ich wollte mich bei Ihnen entschuldigen, weil ich so unhöflich war. Was Sie mir erzählten, brachte mich etwas aus der Fassung. Ich habe diesen unsäglichen Drang, alles wissen zu müssen.«

»Schon gut. Wissen Sie denn jetzt wenigstens alles, was Sie in Erfahrung bringen wollten?«

»Mehr als das«, antwortete sie, während sie ihre Gabel packte und die Pelle zweier Würstchen durchtrennte.

Er schaute auf ihre linke Hand und bemerkte den Ring. »Wo ist Ihr Ehemann?«

Ohne den Kopf zu heben – auch sie betrachtete den Ring – gab sie an: »Er ist mit meinem Sohn in einem Lager. Keine 50 Meilen von hier.«

Er bemerkte, dass ihr dieses Thema nicht behagte, und schwenkte auf ein weniger verfängliches um. »Schauen Sie sich gerne Filme an?«

»Äh, na ja, ich schätze, so gerne wie jeder andere auch.«

»Haben Sie gehört, dass man hier jede Woche im Terminal C Filmabende veranstaltet?«

»Nein, ist mir neu. So etwas gibt es hier?«

»Ja, man muss auch mal runterkommen und sich berieseln lassen. Selbst nachdem die Welt untergegangen ist.«

»Das stimmt wohl. Ich finde es aber schwierig, mir einen Film aus der Zeit davor anzuschauen, ohne daran zu denken, was uns alles verlorenging.«

»Verstehe, was Sie meinen. Dort gibt es auch eine Bar, falls Sie mal Lust haben, meinen Kollegen und mir Gesellschaft zu leisten.«

Lori hörte auf, sich mit ihrem Frühstück zu beschäftigen, und sah ihn wieder an.

»Captain Priddy, Sie scheinen wirklich ein netter Mensch zu sein, aber falls Sie auf mehr aus sind als zwanglose Gespräche, sollten Sie sich lieber anderswo danach umschauen.«

Die offene Ansage verblüffte Travis; er lehnte sich zurück, machte große Augen und lächelte.

Sie erkannte, dass diese Worte ihre Wirkung nicht verfehlt hatten, und das war ihr recht. Nach dem, was sich am vorangegangenen Tag im Büro des Kanzlers abgespielt hatte, und in Anbetracht des bevorstehenden Abendessens, das sie über sich ergehen lassen musste, konnte sie darauf verzichten, von einem weiteren Mann hofiert zu werden.

»Oha, Sie fackeln nicht lange, was? Ich dachte nur, Sie seien einsam hier, und ...«

»Ganz ehrlich, ich bin hier, um eine Aufgabe zu erledigen, nämlich fertige Pläne und architektonische Entwürfe für Arcadia einzureichen. Je schneller ich vorankomme, desto eher sehe ich meine Familie wieder.«

»Tut mir leid, ich wollte nicht ...«

Sie fiel ihm wieder ins Wort: »Ich bin nicht auf den Kopf gefallen, Captain. Mit Ihnen hier zu sitzen und manchmal gemeinsam zu essen, bereitet mir keine Probleme, bloß sollten die Fronten geklärt sein.«

»Das sind sie jetzt.«

»Gut, dann steht unserer Freundschaft nichts im Weg.«

Sie hatte ein wenig lauter gesprochen, was den anderen Marines am Tisch nicht entging. Nachdem sie fertig war, starrten alle die beiden an und warteten gespannt, ob das Gespräch nicht vielleicht zu einer dramatischen Szene ausartete.

Travis bemerkte das, wandte sich den rangniederen Offizieren zu und rief: »Haben Sie nicht genug mit sich selbst zu tun?«

Lori hatte nicht beabsichtigt, ihn zu verärgern, sondern nur sichergehen wollen, dass er genau wusste, wer sie war und wo sie stand, insbesondere hinsichtlich ihrer Ehe.

»Captain Priddy, woher kommen Sie?«

»Aus Kalifornien – San Diego, um genau zu sein.«

»Ich liebe San Diego, dort konnte man so viel unternehmen, und das Wetter war fast immer perfekt.«

»Stimmt, meine Männer und ich hatten das Glück, dort stationiert zu werden, doch ich hielt es für besser, anderswohin zu ziehen. Dabei wusste ich leider nicht, dass Camp Lejeune so ...« Er hielt inne und überlegte. »... anders sein würde als Südkalifornien; das drückt es wohl am höflichsten aus. Ich mag es, aber diese elende Feuchtigkeit nervt einfach.«

»Da haben Sie Recht. Genau deshalb könnte ich niemals im Osten leben, vor allem nicht im Südosten.«

»Captain Priddy, vergessen Sie nicht, dass wir uns in zehn Minuten zum Appell treffen«, warf einer seiner Marines am Tisch ein, während er mit den anderen aufstand.

Travis schaute auf seine Uhr. »Oh, Mist«, fluchte er. »Lori, es war mal wieder schön mit Ihnen, aber jetzt wird es Zeit für unsere Spritzen.« Auch er erhob sich, nahm sein Tablett und sah Lori an.

»Bis zur nächsten Mahlzeit dann?«

»Ja, natürlich, oder vielleicht sehen wir uns ja irgendwann mal im Cockpit.«

»Im Cockpit?«

»Das ist die Bar im Terminal C.«

»Ach so.«

Die anderen Marines gingen bereits zur Tür.

Er schaute ihnen hinterher, konnte sich aber nicht losmachen, bevor er noch eine letzte Sache geklärt hatte: »Lori, bitte halten Sie mich nicht für …«

»Kein weiteres Wort mehr, Sie müssen sich nicht rechtfertigen. Ich wollte mich nur vergewissern, damit kein Missverständnis zwischen uns aufkommt.«

Er nickte und war froh darüber, dass ihr bissiger Ton von vorhin verklungen war. »Tja, bis später dann und einen schönen Tag noch.«

»Captain, was meinten Sie gerade mit Spritzen?«

»Wir bekommen pünktlich jeden Monat eine Injektion.«

»Womit denn?«

Er schaute erneut auf seine Uhr und dann wieder auf sie.

»Könnte ich Ihnen erzählen, wenn Sie sich mal im Cockpit blicken lassen.« Damit wandte er sich ab und eilte davon.

»Lori, Lori, Lori, denk erst gar nicht daran«, sagte sie zu sich selbst, um nicht in Versuchung zu geraten, in der Bar aufzuschlagen. Allerdings war sie neugierig wegen der Injektionen. Sie bekam keine und wusste auch von niemand anderem, dem man etwas verabreichte. Ihr kam der Gedanke, die Regierung verfüge eventuell über so etwas wie einen Impfstoff und gebe ihn zuerst den Truppen, quasi versuchsweise. Völlig abwegig kam ihr das nicht vor, doch andererseits: Warum hätte man einer wichtigen Gruppe wie den Streitkräften etwas potenziell Schädliches spritzen sollen? *Nein, das ergibt keinen Sinn*, dachte sie. Abermals brummte ihr Kopf vor Ideen und Theorien. Sie blendete alles rasch aus, weil sie sich auf ihre gegenwärtige Aufgabe konzentrieren musste, die darin bestand, mit ihren Entwürfen für Arcadia fertigzuwerden. Da sie jetzt außerstande war, noch einen Bissen zu sich zu nehmen, stand sie vom Tisch auf und verließ den Saal, um sich für die eine Sache ins Zeug zu legen, die den Fortbestand ihrer Familie gewährleisten würde – die neue Stadt.

Jenks' Grundstück, Reed, Illinois

Da Devin das Gefühl hatte, sich Daryl und seiner Familie gegenüber für ihr Zuvorkommen erkenntlich zeigen zu müssen, bot er an, bei der Arbeit zu helfen. Mary nahm ihm sogleich beim Wort und führte ihn in den Garten, wo er Unkraut jäten und die Pflanzen gießen sollte.

Während Devin damit beschäftigt war, stieg ihm der Duft von frischem Kaffee in die Nase, was ihn verblüffte. Woher hatten sie denn Kaffee?

In diesem Moment rief Tess bereits aus dem Haus: »Wer will eine Tasse Kaffee?«

Mary blickte auf. »Klingt großartig, aber ich würde zuerst ein großes Glas Wasser vorziehen.«

»Ich bin dabei«, bemerkte Devin.

Gemeinsam verließen sie den Garten.

Die Schweißflecken auf Devins T-Shirt zeugten von der körperlichen Anstrengung, die er gerade hinter sich hatte. Er zog seine Handschuhe aus, warf sie auf einen kleinen Tisch neben der Terrasse und ging die Treppe hinauf.

Dort begrüßte ihn Tess. »Guten Morgen.«

»Hi, guten Morgen.«

»Nimm schon mal Platz, ich hole das Wasser und bringe dir deinen Kaffee«, sagte Tess und kehrte nach drinnen zurück.

»Solltest du nicht etwas vorsichtiger mit dir sein?«, fragte Devin.

Mary neben ihm sagte: »Sie ist ein Heißsporn, diese Frau. Ich sage Ihnen, sie steckt einiges weg.«

»Sie mag hart im Nehmen sein«, entgegnete Devin. »Aber sie muss sich unbedingt noch ausruhen.« Er setzte sich auf den gleichen Schaukelstuhl wie am Abend zuvor.

Tess kam mit einer Karaffe Wasser und einer Kanne Kaffee in den Händen heraus. Nachdem sie beides abgestellt hatte, drehte sie sich wieder um und wollte nach drinnen.

»Machen Sie langsam«, mahnte Mary. »Devin hat Recht, Sie sollten sich noch ausruhen.«

»Mir geht's gut. Ich fühle mich ausgeruht, und das Antibiotikum wirkt.«

»Das kann gar nicht sein, dazu ist es zu früh. Sie müssen sich schonen«, beharrte Mary streng. »Ich meine es ernst.«

Sie war Mitte 30 und groß, hatte schulterlanges, braunes Haar und dunkle Haut im Gesicht und an den Armen, die von vielen Tagen ohne Sonnenschutz im Freien zeugte. Wegen der Krähenfüße rings um ihre Augen sah sie zehn Jahre älter aus, als sie in Wirklichkeit war. Ihre jugendliche, umgängliche Art stand in Kontrast zu ihren wettergegerbten Zügen.

Tess streckte scherzhaft ihre Zunge heraus und ging erneut in die Wohnung.

»Wo ist Daryl?«, fragte Devin.

»Er ist in der Scheune«, gab Mary an.

Devin stand auf. »Braucht er Hilfe?«

»Nein, er kommt klar. Die Scheune ist sein eigenes Reich, sozusagen sein Männerspielplatz.«

Devin schaute zu dem besagten Gebäude hinüber, einer stattlichen Metallkonstruktion in einem abgelegenen Winkel des Geländes, die von toten Maispflanzen umgeben war.

»Wirklich?«

»Ja, jetzt setzen Sie sich wieder und entspannen sich.« Mary verdrehte die Augen. »Mein Gott, Sie beide haben wirklich Hummeln im Hintern.«

Als Tess zurückkehrte, diesmal mit Gläsern und zwei Kaffeetassen, grinste sie breit.

Devin fiel ein, dass er die Jüngeren und den Hund schon länger nicht mehr gesehen hatte. »Wo steckt Brianna?«, fragte er.

»Weiß nicht. Ich war drinnen.«

Er schaute Mary an, die aber nur ihre Schultern hochzog.

Tess drehte sich um und rief ins Haus: »Brianna, Brando!«

Keine Reaktion.

»Brando, komm her, Junge!«, versuchte sie es wieder.

Nichts.

Sie wurde unruhig.

»Sind Sie sicher, dass Daryl sie nicht mit in die Scheune genommen hat?«, hakte Devin nach.

»Ich glaube nicht, aber …«, begann Mary.

Auf einmal brach Gebell vorm Haus los. Die drei stürzten nach drinnen, um dem Lärm auf den Grund zu gehen. Tess schnappte sich unterwegs ihre Pistole aus dem Zimmer.

Devin eilte mit Mary durch die Wohnung und rannte durch die Eingangstür auf die Vorterrasse. Dort kauerte Brando, während Hudson und Brianna auf der Landstraße standen, wenige Fuß vor drei Männern in Uniformen und deren Geländewagen. Als die Tür aufging, richteten sie ihre Gewehre auf die zwei anderen Erwachsenen.

»Bleiben Sie dort stehen!«, rief einer der Männer, der einen dichten, abstehenden Bart trug.

Devin und Mary hoben ihre Arme, um zu zeigen, dass sie nicht bewaffnet waren.

»Geh und sieh sie dir an«, befahl der eine den anderen beiden.

Diese gingen auf Devin und Mary zu, blieben aber wieder stehen, als Brando erneut bellte und tief knurrte.

Der Anführer warf einen Blick auf ihn und rief: »Sie sehen besser zu, dass der Köter Ruhe gibt, oder ich knall ihn ab!«

»Brando, mein Junge, komm her. Ist ja schon gut!«, beschwichtigte Devin.

Der Hund wollte jedoch nicht gehorchen; er starrte den einen Mann gebannt an.

»Ich mach den Flohbeutel kalt, ich schwör's!«, drohte der Mann.

»Bitte erschießen Sie meinen Hund nicht«, flehte Devin.

Tess kam nicht heraus, sondern war im Eingang stehengeblieben. Die Pistole zu holen hatte lange genug gedauert, um sie auf den Wortwechsel vorm Haus aufmerksam zu machen. Jetzt ging sie in der Wohnung in Stellung, und zwar mit ihrem Gewehr. Sie nahm den Kopf des Anführers ins Visier und legte den Finger an den Abzug, bereit zum Feuern.

Brando bellte und knurrte wieder, diesmal wegen der beiden Kerle, die nun weiter auf Devin und Mary zukamen. Der eine senkte sein Gewehr und zog eine Pistole aus dem Halfter.

»Bitte zielen Sie nicht auf den Hund. Wenn Sie das tun, wird er Sie angreifen«, ließ Devin ihn wissen. »Ich sag's Ihnen, er ist darauf abgerichtet.«

Der Angesprochene grinste nur. »Unsinn!«

Brianna, die ahnte, dass Brando auf ihn losgehen würde, stellte sich tapfer zwischen ihn und den Mann.

»He, Leute, wir haben eine kleine Heldin hier!«, höhnte der Anführer.

»Erschießen Sie Brando nicht«, bat Brianna.

Als die beiden Männer Devin und Mary erreichten, begannen sie sofort, die beiden nach Waffen abzuklopfen.

»Was wollen Sie?«, fragte Mary.

»Wir sind hier, um Sie zu befreien.«

»Befreien? Von wem?«, erwiderte sie.

»Wir sind ein Erkundungsteam von Turners Raiders. Wir schauen uns in der Gegend nach Hilfsbedürftigen um.«

»Dann können Sie wieder verschwinden«, blaffte Mary. »Uns fehlt nichts.«

»Oh, nicht so kratzbürstig.« Der Mann lachte. »He, Chris, hier ist noch eine, der wir eine Lektion erteilen müssen!« Er kniff ihr grob in die Brust.

Mary war in der Tat kratzbürstig – und trat ihm ohne zu überlegen in den Schritt. Er beugte sich vornüber und brüllte auf. Sie setzte mit dem Knie nach und brach ihm die Nase.

Der Mann, von dem Devin untersucht wurde, hielt ihr sein Gewehr an die Schläfe und schrie: »Sofort aufhören, Schlampe!«

Im Haus war Tess kurz davor, den Abzug zu betätigen, als er Mary den Lauf an den Kopf drückte. Ihr Herz raste, während sie verschiedene Szenarien durchging, wie sie die Typen ausschalten konnte beziehungsweise wen sie sich am besten zuerst vornahm.

Der Anführer lachte über Marys Angriff und näherte sich Brianna, während er sexuelle Andeutungen machte. »Was krieg ich von dir, wenn ich den Köter verschone?«

»Was wollen Sie?«, erwiderte sie, obwohl sie genau wusste, was er meinte.

»Wie wäre es, wenn wir zwei in den Humvee steigen und Hoppereiter spielen?«, schlug er vor, indem er ihr zartes Gesicht mit der linken Hand streichelte.

Plötzlich ging die Beifahrertür des Wagens auf. Ein vierter Mann stieg aus, von Kopf bis Fuß in eine Waldtarnuniform gekleidet. Er baute sich vor dem Anführer auf und rief: »Was soll das, Chris?« Dann nahm er die dicke, kurze Zigarre aus seinem Mund, die er rauchte, und blies seinem Gegenüber Qualm ins Gesicht.

»Sir, Sie haben diese Fotzen doch gehört!«

»Oh ja, das habe ich. Aber du weißt, dass alles, was wir finden, zuerst an mich geht, und dazu zählen eben auch Fotzen. Jetzt nimm die Flossen von dem Mädchen.«

Chris trat zähneknirschend von Brianna zurück und grinste seinen Vorgesetzten argwöhnisch an.

Tess in der Wohnung wurde nervöser, als sie diesen vierten Kerl sah. Eine weitere Person machte ihr Vorhaben umso schwieriger.

Der andere, dem Mary in die Hoden getreten hatte, langte in ihr Gesicht und stieß sie gegen die Hausfront. Er hatte ein Messer gezückt und hielt es ihr nun an den Hals.

»Tun Sie ihr nichts!«, verlangte Devin.

»Du hältst die Fresse, Wichser!«, rief der dritte Kerl und rammte ihm den Lauf seines Gewehrs unters Kinn.

Der neu Hinzugekommene auf der Straße stellte sich vor Brianna, beglotzte ihren schlanken, jungen Körper und fragte: »Wie heißt du, Mädchen?«

»Brianna«, antwortete sie zitternd.

»Mein Name ist Brian Liddell. Ich bin der Befehlshaber dieser Patrouille und ein guter Freund von Präsident Turner. Worauf ich hinaus will, ist Folgendes: Wenn ihr mir helft, helfe ich euch.«

Brianna zitterte vor Angst.

Brando kam zu ihr, schmiegte seinen Kopf gegen ihr Bein und knurrte Liddell an.

»Nettes Schoßhündchen«, lachte er.

»Stellt endlich jemand die verdammte Töle ruhig?«, brüllte der Kerl namens Chris und richtete seine Pistole auf Brando.

Mehr musste nicht geschehen. Tess war nicht darauf gefasst, doch der Hund reagierte, und sie ebenfalls. Sie übte gleichmäßigen Druck auf den Abzug aus, bis das AR-15 einmal knallte. Die Kugel vom Kaliber .223 traf Chris von der Seite in den Kopf. Daraufhin explodierte sein Schädelknochen, und der Kopf wackelte noch kurz, bevor der Körper mit einem dumpfen Knall zu Boden sackte.

Tess zielte auf Brian, doch der packte Brianna und benutzte sie als Schutzschild. Brando ging auf ihn los, doch der Mann war schneller und schoss. Der Hund fiel mit verwunderter Vorderpfote vornüber.

Hudson hatte die ganze Zeit über hinter dem Tier gestanden und vor Furcht gelähmt zugesehen. Als die Schüsse fielen, hielt er sich die Ohren zu und begann zu schreien.

Devin griff nach dem Lauf des Gewehrs unter seinem Kinn, und begann mit dem Mann zu ringen, der ihn bedrohte. Die beiden stürzten die Stufen hinunter auf die geschotterte Einfahrt.

Tess stürzte mit ihrer Waffe im Anschlag vor die Tür. Sie konnte Mary nicht sehen, seit sie gegen die Mauer gestoßen worden war, und wollte deshalb zuallererst ihr helfen. Sie drehte sich nach rechts um, doch zu spät: Ihr Peiniger hatte die scharfe Klinge seines Messers über Marys Kehle gezogen und sie weit aufgeschlitzt.

Mary riss die Augen weit auf, panisch und im Wissen darum, dass sie nun sterben würde. Blut sprudelte aus der klaffenden Wunde, floss in Strömen über ihre Kleider und auf die Terrasse.

Tess zögerte nicht; sie tötete den Mann mit drei Schüssen.

Mary rutschte langsam an der Hauswand hinunter und blieb auf den Bohlen liegen.

Tess wollte zu ihr laufen, wusste aber, dass sie ihr nicht mehr helfen konnte, und außerdem war Brianna noch in Gefahr. Entschlossen sprang sie die Treppe hinunter und beendete Devins Ringkampf, indem sie seinem Gegner in den Hinterkopf schoss.

Nachdem ihr Freund den Toten von sich gewälzt hatte, sprang er auf, dessen Gewehr in der Hand.

Tess und er richteten ihre Aufmerksamkeit auf Liddell.

»Knarren runter, oder ich bring die kleine Schlampe um!«, drohte er.

Hudson, der noch auf der Straße stand, schrie weiter.

»Nichts da«, entgegnete Tess wütend.

»Ich mach sie kalt, verstanden? Wisst ihr, wer ich bin? Brian Liddell, Kommandant und Freund von Matt Turner. Ich gehöre zur Armee der Republik Ozark, und ihr steckt sowieso schon in der Scheiße, weil ihr meine Männer umgebracht habt. Jetzt nehmt eure Waffen runter, dann vergesse ich, dass das hier passiert ist!«

»Nein!«, beharrte Devin. Er sah rot, nachdem er mitangesehen hatte, was Mary passiert war.

»Ich bin Befehlshaber in der Armee der Republik Ozark!«, rief Brian erneut.

»Lassen Sie sie frei!«, rief Tess.

Sie behielt Brian im Visier, so gut sie konnte, während er sich ruckartig hin und her bewegte.

»Wenn ihr mich gehen lasst, werde ich den anderen nicht erzählen, was hier geschah, doch die kleine Schlampe hier nehme ich sicherheitshalber mit!«, entgegnete Liddell.

»Mit ihr gehen Sie nirgendwohin«, gab ihm Tess zu verstehen.

»Du sagst mir nicht, was ich zu tun habe, Drecksweib. Ich habe was zu sagen bei Turners Raiders, klar?«

Ein Schuss fiel.

Tess und Devin zuckten zusammen, als Brians Schädel nach hinten abknickte. Er war genau ins Gesicht getroffen worden. Sein Hinterkopf platzte, und sein Körper erschlaffte, bevor er wie ein nasser Sack umfiel.

»Mir ist scheißegal, wer du bist!«, raunte Daryl und trat aus seiner Deckung neben dem Haus hervor. Dann rannte er unter den Vorbau und fiel vor Marys Leichnam auf die Knie.

Tess stürzte zu Hudson hinüber, schlang ihre Arme fest um ihn und zog ihn von der Straße. Da sie nicht wollte, dass er seine tote Mutter sah, brachte sie ihn zur rückwärtigen Seite des Hauses, fort von der Eingangstür.

Devin blieb einfach nur stehen. Er befand sich noch im Adrenalinrausch, das Blut raste durch seine Adern. Er spürte den Puls gegen seine Schläfen pochen, während er das Gewehr senkte und das Blutbad vor sich betrachtete. Einen solchen Kampf hatte er noch nie erlebt, nicht zu vergessen die Tatsache, dass er nicht geflohen war. Woher seine plötzliche Tapferkeit kam, wusste er nicht. Noch vor sechs Monaten hätte er sich nie am Lauf eines Gewehrs vergriffen, geschweige denn so erbittert gerungen. Schließlich hängte er sich die Waffe über seine Schulter und ging zu Brianna, die neben Brando kniete.

»Bringen wir ihn hinein«, sagte er.

»Okay.«

»Auf drei … eins, zwei drei«, zählte Devin.

Brando heulte auf, als sie ihn behutsam hochhoben. Die beiden gingen so sachte wie nur möglich vor, um dem Tier nicht wehzutun, während sie es ins Haus trugen.

Als sie an Daryl vorbeikamen, sah Devin ihn schluchzend Marys leblose Hand halten.

Drinnen legten sie Brando auf den Esszimmertisch. Tess kam hinzu und ergriff die Initiative. »Brianna, geh ins erste Zimmer rechts, dort liegt ein Ersthilfekissen.«

Das Mädchen eilte los.

»Wo ist Hudson?«, fragte Devin.

»Oben. Ich glaube, er steht unter Schock«, antwortete Tess, während sie ein Geschirrtuch auf Brandos Verletzung drückte, um die Blutung zu stoppen. Während sie dies tat, neigte der Hund den Kopf zur Seite und leckte ihr mehrmals zärtlich die Hand.

»Das wird schon wieder, Junge, hörst du?«, sprach sie ihm zu. »Mama Tess macht dich im Nu wieder gesund.«

»Ich kümmere mich um Daryl«, sagte Devin, da er das Gefühl hatte, hier nicht gebraucht zu werden, und sich große Sorgen um den Mann machte.

Als er auf die Vorterrasse zurückkehrte, kauerte Daryl noch immer weinend neben Marys Leichnam.

Devin kniete sich neben ihn, suchte seinen Blick und fragte leise: »Was kann ich tun? Wie kann ich Ihnen helfen?«

Daryl schaute auf. Seine Augen waren rot und aufgequollen.

»Lassen Sie mich einfach noch ein wenig allein mit ihr.«

»Sicher, kein Problem. Es tut mir so leid …«, stammelte Devin im Flüsterton.

»Sie war ein guter Mensch, eine fürsorgliche Frau und Mutter.«

»Geben Sie mir Bescheid, wenn ich Ihnen helfen kann«, sagte Devin und stand wieder auf. Als er das Blutbad erneut ins Auge fasste, sagte er laut: »Was sollen wir jetzt bloß machen?«

Daryl antwortete mit zorniger Stimme: »Wir werden sie töten, sie alle!«

Internationaler Flughafen von Denver

Lori war nervös wegen ihrer Verabredung mit Kanzler Horton – nicht wegen seiner Stellung hier, sondern weil sie ahnte, was er von ihr wollte. Dass sich die Männer in ihrer genetischen Anlage nicht verändert hatten, stellte wohl keine Überraschung dar, doch sie hatte geglaubt, das starke Geschlecht werde in Anbetracht des Endes der Welt aufhören, sich einseitig auf Sex zu versteifen. Ihr Erfolg hier hing von so vielen Faktoren ab, dass sie nicht genau voraussehen konnte, was heute Abend geschehen würde. Aber sie wusste, was nicht geschehen durfte, und wollte ihr Möglichstes tun, um sicherzugehen, dass es nicht geschah.

Nachdem sie mehrere Sicherheitsinstanzen passiert hatte, kam sie vor Hortons Quartier an. So wie es auf dem Flur aussah, handelte es sich hierbei um nichts anderes als ausgediente Büros auf der Hauptebene des Flughafens, die zu Wohnquartieren umgestaltet worden waren.

Lori atmete tief durch, strich sich die Haare hinter die Ohren und klopfte an.

Es dauerte einen kurzen Moment, dann ging die Tür ruckartig auf. Der Kanzler stand grinsend vor ihr. Er trug lockere Kleidung, eine Jeans und ein schwarzes Knopfhemd, das er nicht eingesteckt hatte, mit hochgekrempelten Ärmeln.

»Lori, pünktlich auf die Minute, bitte treten Sie ein«, begrüßte er sie und zog die Tür ganz auf.

»Danke«, erwiderte sie beklommen, während sie hineinging.

Ein kurzer Blick ins Wohnzimmer genügte ihr, um zu erkennen, dass er sich ausrechnete, der Abend könnte romantisch werden: Die Beleuchtung war gedämpft, er hatte Duftkerzen angezündet und seichte Musik aufgelegt. Ein appetitlicher Geruch stieg ihr in die Nase. Sie drehte sich zur Küche um, in der ein Mann damit beschäftigt war, Essen zuzubereiten. Es beruhigte sie ein wenig, den fremden Koch zu sehen.

»Darf ich Ihnen ein Glas Wein oder vielleicht Champagner anbieten?«, fragte Horton.

»Ich nehme Rotwein, falls Sie welchen haben«, entgegnete Lori. Sie wollte eigentlich nichts trinken, hielt es aber für strategisch klug, so aufzutreten, als wollte sie es unbeschwert angehen lassen und keinen Ärger verursachen.

»Fein, ich bin gleich wieder da. Bitte nehmen Sie im Wohnzimmer Platz, und fühlen Sie sich wie zu Hause.«

An einer Wand stand ein Regal mit gerahmten Fotos. Als sie es sah, war ihr erster Gedanke: Wie seltsam. Ihr fiel es schwer zu begreifen, dass sein neues Domizil jetzt der internationale Flughafen von Denver war. Wäre dem nicht so, hätte sie dem Glauben aufsitzen können, es sei ein Luxusapartment.

Beim Betrachten der Bilder kam ihr nichts ungewöhnlich vor; alle sahen wie typische Fotos von Verwandten, Freunden und Kollegen aus. Erst die Personen auf einem größeren Foto schaute sie sich genauer an. Sie kannte sie alle. Horton stand in der Mitte, Chance Montgomery zu seiner Rechten, und linkerhand der Mann, der gestern sein Büro verlassen hatte, als sie gekommen war, sowie vier Männer, die ihr schon beim Mittagessen in der Cafeteria aufgefallen waren. Nun fand sie das gemeinsame Bild von ihnen allen nicht sonderbar, sondern vielmehr die Umgebung, in der man es fotografiert hatte, nämlich im Freien vor einem Denkmal, das sie nicht zuordnen konnte.

Alle Männer strahlten, und einer zeigte auf die Schrifttafel des großen Steins. Nun wurde sie neugierig und wollte wissen, was darauf stand, also nahm sie den Rahmen in die Hand und entzifferte die Schrift, allerdings nur drei Zeilen:

4. Herrscht mit Leidenschaft – Glauben – Tradition – und allem, was maßvollem Verstand entspricht.

5. Schützt die Nation mit gerechten Gesetzen und integren Gerichten.

6. Gewährt allen Völkern innenpolitische Freiheit und schlichtet außenpolitische Dispute vor einem Weltgericht.

»Bitteschön.«

Horton hatte sich hinter sie gestellt.

Lori zuckte zusammen. Sie stellte das Bild hastig zurück und drehte sich um. »Oh je, haben Sie mich erschreckt. Verzeihung, ich sah mir Ihre Fotos an.«

»Schon gut, dazu sind sie ja da – damit ich mich daran erfreuen kann, genauso wie jeder andere auch, und außerdem als Erinnerung daran, woher ich komme, wer ich bin und wohin ich gehen möchte.«

»Stehen Sie Ihren Angehörigen noch sehr nahe?«

»Ja, und darüber bin ich froh.«

»Familie ist wichtig. Mir jedenfalls bedeutet sie alles, und aus diesem Grund bin ich hier«, erklärte Lori und trat von ihm weg.

»Ach, kommen Sie, hegen Sie nicht insgeheim das Bedürfnis, an etwas teilzuhaben, das größer ist als Sie selbst – dem Aufbau unseres neuen Landes beispielsweise?«

»Was meinen Sie damit: Neues Land?«

»Leuchtet Ihnen das noch nicht ein? Unsere früheren Lebensgewohnheiten sind Geschichte. Sie wurden hinfällig, als das Virus alles und jeden auslöschte. Es machte reinen Tisch, damit die Menschheit neu beginnen kann. Das muss Ihnen doch wenigstens ein bisschen spannend vorkommen«, schilderte Horton hingebungsvoll.

Nachdem sie ihn gestern in Fahrt erlebt hatte, beschloss sie, ihre Meinung für sich zu behalten und ihre Fragen sorgfältig zu formulieren.

»Ich müsste lügen, würde ich behaupten, mich nicht geehrt zu fühlen. Hätte ich nicht schöpferisch tätig sein und Schönes zu Werke bringen wollen, das mich überdauert, wäre ich nicht Architektin geworden. Auf diese Weise werde ich ein …«

»… Vermächtnis hinterlassen.«

»Genau, ein Vermächtnis.«

»Ich wusste es. Ich wusste, in Ihnen schwelt das gleiche Feuer wie in mir und den anderen im Beirat. Würde ich glauben, uns beide eine nicht das gleiche brennende Verlangen, etwas Gewaltiges, Prachtvolles zu schaffen, hätte ich Sie nicht herbestellt.«

Ein Dutzend Fragen schwirrten ihr durch den Kopf, doch sie hütete ihre Zunge. Sie musste nichts weiter tun, als das Dinner überstehen, um ungehindert in ihr Quartier zurückkehren zu können. Ihr Plan sah vor, Übelkeit vorzutäuschen, allerdings erst, nachdem sie sich durchs Essen gequält haben würde.

»Schmeckt Ihnen der Wein?«, fragte er.

»Er ist gut, ja.«

»Gut? Ich finde ihn überragend. Es ist ein 2015er Opus. Ich ließ Kisten davon einfliegen und lagern. Auf diese Weise kann ich etwas von der Schönheit und Kreativität der Vergangenheit bewahren.« Er hielt sein Kristallglas gegen das Licht und schwenkte es.

Lori ging wieder zu den Fotos und zeigte auf das eine, von dem ihr Interesse geweckt worden war. »Wo ist dieses Bild entstanden?«

»Oh, das? Elbert County in Georgia.«

»Wo ist das genau?«

»Muss man nicht unbedingt wissen, im Nordosten des Staates.«

»Wie lange ist es her?«

Er ging zum Regal und nahm das Foto in die Hand. Als er es betrachtete, musste er lächeln, stellte es aber gleich wieder hin. »Das war ein schöner Tag.«

»Sie alle sehen glücklich aus.«

»Sind wir auch gewesen. So hat alles begonnen.«

»Was?«

Darauf antwortete er nicht.

Der Koch kam herein und kündigte an: »Das Dinner ist aufgetragen.«

»Großartig, ich sterbe vor Hunger«, sagte Horton und wandte sich Lori zu. »Nach Ihnen.«

»Aus welchem Jahr stammt das Foto?«

»Ach vergessen Sie's. Mein Koch hat uns Ossobuco zubereitet; das habe ich schon ewig nicht mehr gegessen.«

Sie wollte sich nicht so abspeisen lassen. »Was bedeutet die Inschrift an dem Denkmal?«, beharrte sie.

Er ignorierte ihre Frage, ging ins Esszimmer und stellte sich hinter einen Stuhl mit hoher Lehne und zog ihn zurück. »Bitte sehr.«

Lori setzte sich. »Danke.«

Er nahm ebenfalls Platz, gleich neben ihr am Kopfende des Tisches.

»Ich fand die Inschrift interessant; was hat es damit auf sich?«

»Das Foto geht Ihnen nicht aus dem Kopf, was?«

Mehr als diese Bemerkung brauchte sie nicht zu hören, um fortan zu schweigen. Sie wollte tunlichst vermeiden, dass es erneut zu einer Szene wie gestern kam.

Kein einziges Mal während des Essens ließ sich Lori zu weiteren Fragen hinreißen. Sie erduldete die langweilige, belanglose Unterhaltung und sehnte das Ende des Abends herbei. Ihr ging nicht aus dem Kopf, dass alle Personen auf dem Foto merkwürdigerweise noch lebten und am DIA waren. Wie wahrscheinlich konnte so etwas sein? Das Virus hatte 90 Prozent aller Infizierten dahingerafft, also standen die Chancen sehr gering, dass diese Männer *alle* durchgekommen waren. Doch hier lebten sie nun, arbeiteten allesamt am Flughafen und waren Freunde oder Kollegen des Kanzlers. Wie war es dazu gekommen: rein zufällig?

»Hallo, Lori, noch da?«, bemerkte Horton, während er mit einer Hand vor ihrem Gesicht winkte.

»Oh … äh … tut mir leid. Ich habe mich in Gedanken verloren. Das passiert mir oft, wie mein Mann meint.«

»Ich rief heute im Lager 13 an und unterhielt mich mit dem Aufseher dort. Er behält Ihren Mann und Ihren Sohn jetzt für mich im Auge, denn ich möchte, dass für die beiden gesorgt ist.«

»Vielen Dank.«

»Das ist wohl das Mindeste, was ich tun kann. Ich weiß, dass sie Ihnen keine Ruhe lassen, und dachte, wenn Sie zufrieden sind, schlägt sich das in Ihrer Arbeit nieder. Und sollte dies der Fall sein, profitiere nicht nur ich davon, sondern wir alle.«

»Entschuldigung, aber ich würde gerne etwas wissen.«

»Oh je, hier kommt sie wieder, die unverhoffte Mrs. Naseweis.« Horton feixte und lehnte sich auf seinem Stuhl zurück, um sich auf eine abwegige Frage gefasst zu machen.

»Die Männer auf jenem Foto leben alle noch und arbeiten hier, oder?«

»Sie sind nicht nur eine hübsche und talentierte Frau, sondern auch besessen.«

»Von Kleinigkeiten, ja. Das macht eine große Architektin aus«, erwiderte sie mit gefälligem Lächeln.

»Nun ja, das bleibt abzuwarten.«

»Ach wirklich?«

»Niemand hat bisher irgendetwas von Ihnen bekommen, und erst wenn es soweit ist, können wir bestimmen, ob Sie eine „große" Architektin sind.«

»Das liegt nahe. Was ist nun mit dem Foto?«

»Im Ernst, Sie wollen keine Ruhe geben?«

»Nein. Ich finde es einfach eigenartig, dass noch jeder lebt und hier arbeitet, der darauf zu sehen ist. Das stimmt doch, nicht wahr?«

»Ja, wir alle hatten Glück.«

»Riesenglück, aber ich schätze, ganz unwahrscheinlich war es nicht.«

»Möchten Sie einen Digestif, zum Beispiel einen Portwein?«, bot er an und stand auf.

Der Koch hatte zehn Minuten zuvor Feierabend gemacht. Die beiden waren nun allein.

»Für mich nichts mehr. Eigentlich fühle ich mich nicht sonderlich gut.«

»Das kaufe ich Ihnen nicht ab; diese Entschuldigung schieben Frauen zu oft vor. Nur noch ein Drink, dann lasse ich Sie gehen.«

Lori spürte tatsächlich einen Anflug von Übelkeit. Ihr Magen verkrampfte sich. »Nein, mir ist nicht wohl.«

»Ach kommen Sie, stimmt das wirklich?«

»Ich glaube … Wo ist das Bad?« Sie fuhr hoch.

Sie kam ihm blass vor, also sagte sie möglicherweise die Wahrheit.

Lori rannte in das geräumige Badezimmer. Als sie die Toilette erreichte, klappte sie den Deckel hoch und erbrach sich sofort in die Kloschüssel.

Nach einigen Minuten klopfte Horton an. »Alles in Ordnung mit Ihnen da drin?«

Sie hatte eine gefühlte Ewigkeit lang gewürgt, jetzt kam nur noch Galle. Ihr Magen war wieder leer. Sie fühlte sich schwach.

»Hallo, Lori, geht es Ihnen gut?«, fragte er erneut. Diesmal drehte er am Knauf der Tür. Sie hatte nicht abgeschlossen. Als er sie öffnete, war er überrascht, Lori auf dem Boden sitzend zu sehen. Ihr rechter Arm lag auf der Toilettenschüssel. »Soll ich einen Arzt rufen?«

»Nein, bitte nicht, es geht wieder. Muss wohl am Essen gelegen haben.«

»Warten Sie, ich helfe Ihnen.« Er trat ein und zog sie am Arm hoch.

Sie hatte weiche Knie und wusste, dass sie umkippen würde, falls er sie nicht stützte.

»Ich ziehe mich wohl besser in mein Zimmer zurück.«

»Lassen Sie mich jemanden holen, der Sie begleitet«, bat er, während er sie zur Couch führte.

»Danke sehr«, antwortete sie, indem sie die Beine hochlegte und sich an ein Kissen schmiegte.

»Ich bestelle einen Arzt her«, beharrte er. »Es ist das beste.«

»Nein, bitte, ist nicht nötig. Mir ist nur irgendetwas nicht bekommen, das ich gegessen habe.«

»Das glaube ich nicht.«

»Lassen Sie mich hier ausruhen, bis Ihre Leute kommen, um mich zurückzubringen.«

»Na gut.«

Sie schloss die Augen, um wieder zu Kräften zu kommen, schlief jedoch sofort ein.

Als man den letzten Gurt festzurrte, wachte sie auf. »Was ist hier los?«, fragte sie, als sie an sich hinunterschaute und sah, dass sie gefesselt auf einer Tragbahre lag.

»Wir gehen auf Nummer sicher, das muss sein. Ich weiß nicht genau, ob Sie krank sind, bis wir Sie untersucht haben.«

»Ich bin immun, ich kann nicht krank werden.«

»Dass Sie sich ein mutiertes Virus eingehandelt haben, ist nicht ausgeschlossen. Dies dient zu unser aller Schutz.«

Sie stemmte sich vergeblich gegen ihre Fesseln. Horton ging

neben ihr her, während sie zügig durch Flure und über Korridore gingen, bis sie die Krankenstation erreichten.

»Mir geht es wieder gut. Wenn ich es Ihnen sage, es lag nur am Essen. Bitte lassen Sie mich gehen«, sagte Lori.

Horton legte eine Hand auf ihre Schulter und entgegnete:

»Lassen Sie uns einfach eine genaue Untersuchung durchführen, dann haben wir Gewissheit.«

Fachpersonal rollte Lori in einen Raum und schloss die Tür vor Horton. Die Ärzte trugen ausnahmslos Schutzkleidung und machten sich schnell an die Untersuchung.

Lori hob ihren Kopf und blickte sich im Saal um. Er unterschied sich kein bisschen von anderen Räumlichkeiten, die sie bisher in Krankenhäusern gesehen hatte: Medizinische Geräte, Monitore und ein Bett standen darin, außerdem eine Reihe von Schränken und ein Arbeitstisch an der Wand gegenüber der Tür.

Nachdem man ihre Gurte gelöst hatte, wurde sie auf das Bett gehoben, wo man ihre Arme und Beine abermals fesselte.

»Das ist doch nicht nötig«, beschwerte sie sich.

»So wollen es die Bestimmungen«, erklärte einer der Ärzte.

Eine Frau trat vor, schob ihren Ärmel hoch und legte einen Gummischlauch um ihren Arm. »Machen Sie eine Faust.«

Sie tat es. Mehrere Adern an ihrem Arm traten hervor.

Die Schwester begann, Blut abzunehmen.

Lori legte den Kopf nieder und schloss ihre Augen. *Warum geschieht das?*, fragte sie sich.

Als die Frau fertig war, ging sie mit der Blutprobe zu dem Tisch.

Gleich darauf kam eine andere Schwester mit einem Tablet-PC. Sie schaute auf Lori hinab und fragte: »Wie fühlen Sie sich?«

Lori hob den Kopf wieder. »Gut. Ich sagte doch, es lag am Essen.«

»Irgendwelche Beschwerden?«

»Nein, nichts.«

»Übelkeit?«

»Nicht mehr.«

»Bekannte Allergien?«

»Keine.«

»Nehmen Sie regelmäßig Medikamente, beispielsweise R-59?«

»Äh, nein, aber was ist R-59?«

Die Frau, die ihr Blut abgenommen hatte, drehte sich um und sagte: »Sie hat nichts. Das Virus ist präsent, aber keine Mutation feststellbar.«

Die Schwester mit dem Tablet tippte rasend schnell auf dem Touchscreen herum.

»Da hören Sie es, ich habe nichts. Darf ich jetzt aufstehen?«

Die Frau schaute sie an und nahm zur Kenntnis, was sie gesagt hatte, ging aber nicht darauf ein, sondern fragte im Gegenzug: »Hatten Sie während der letzten sieben Tage Geschlechtsverkehr?«

»Das geht Sie nichts an.«

»Sind Sie schwanger?«

»Nein!«, brauste Lori auf. Sie war mit ihrer Geduld am Ende. Zorn trat an die Stelle ihrer Angst. Als sie einen Blick auf die kleine Scheibe in der Tür warf, sah sie Horton hereinschauen. »Kanzler, sagen Sie denen, sie sollen mich gehenlassen.«

Die Schwester mit dem Tablet ging zu einem Arzt im Saal, die andere gesellte sich zu ihnen. Sie unterhielten sich über Lori, doch sie konnte es nicht verstehen. Schließlich ging eine der Frauen zu einem schweren Gerät, an dem ein Monitor mit einer breiten Tastatur befestigt war, und rollte es hinüber.

»Ist das ein Ultraschallgerät?«

Die Schwester nickte.

Die zweite kam herbei und hob Loris Shirt hoch, während der Arzt hinter ihr stand und die Situation beobachtete.

Die Frau, die das Gerät bediente, fing zu tippen an, woraufhin der Monitor mit einem Piepen aufleuchtete und wieder ausging. Mit ihrer linken Hand griff sie zu einer Flasche Gel und spritzte etwas davon auf Loris Bauch, ehe sie den Messwertwandler auf die feuchte Stelle drückte und begann, ihn hin und her zu schieben.

»Das ist doch verrückt, ich bin nicht schwanger. Ich meine, ich glaube nicht, dass das sein kann«, echauffierte sich Lori.

Die Schwester fuhr weiter mit dem Wandler über die Haut. Auf einmal stockte sie, drückte mehrere Tasten und blickte zu dem Arzt im Saal auf. Er ging zu ihr, nickte und schaute auf Lori hinab. »Herzlichen Glückwunsch, Sie sind schwanger.«

Lori machte großen Augen. »Was? Das … das kann nicht sein, einfach unmöglich.«

Der Mann drehte den Bildschirm zu ihr um. »Ich fürchte doch, und von der Größe her würde ich sagen, seit ungefähr zehn Wochen.«

»Ich weiß nicht, was ich sagen soll«, druckste Lori.

»Möchten Sie den Fötus behalten?«, fragte er.

»Sie wollen wissen, ob ich abtreiben will?«

»Nein, ich frage, um zu erfahren, ob Sie die Konsequenzen kennen. Ist Ihnen bewusst, dass Ihr Kind nicht immun sein muss, nur weil Sie es sind? Im Augenblick wird es durch Sie und die Antikörper geschützt, die Ihr Körper gebildet hat. Von dem Moment an, da das Baby zur Welt kommt, besteht eine 90-prozentige Wahrscheinlichkeit, dass es stirbt.«

»Sie sagen also, ich habe eine Wahl?«

Ein Klopfen an der Tür unterbrach ihr Gespräch.

Lori schaute hinüber, wo Horton den Arzt zu sich winkte.

Dieser verließ den Raum, kam aber einen Augenblick später wieder zurück. »Amy, Heather, folgen Sie mir.«

Die Schwestern gingen mit ihm, woraufhin der Kanzler eintrat und die Tür schloss. »Schätze, ich sollte Ihnen gratulieren, oder?«

»Mir fehlen die Worte. Ich bin entsetzt, wirklich zutiefst. Während meinen ersten beiden Schwangerschaften musste ich mich auch ständig übergeben. Doch damit hätte ich nun nie gerechnet. Ich dachte, ich hätte nur etwas Falsches gegessen.«

»Diese lange Antwort bedeutet also ja?«

»Natürlich werde ich dieses Kind austragen.«

»Und Sie wollen bestimmt diese Fesseln loswerden.« Er lächelte.

Sie lächelte zurück. »So behandelt man keine werdende Mutter.«

Nachdem er ihr die Gurte abgenommen hatte, stellte er die obere Hälfte des Bettes schräg und schob Lori ein zweites Kissen unter den Kopf. »Freut mich zu hören, dass Sie Ihr Baby behalten möchten.« Als er sah, dass noch Gel auf ihrem Bauch klebte, zupfte er mehrere Stofftücher aus einem Spender und gab sie ihr.

Während sie ihre Haut trockenwischte, nahm er sich einen Stuhl, stellte ihn neben das Bett und setzte sich. Schließlich atmete er lange aus und sagte: »Ich möchte Ihnen helfen.«

»Das können Sie, indem Sie meinen Mann und meinen Sohn herholen, damit sie mich durch die Schwangerschaft begleiten.«

»Das geht nicht, Lori, tut mir leid. Aber ich kann Ihnen genau das geben, was das Überleben Ihres Kindes garantiert.«

»Wieso darf meine Familie nicht herkommen? Ich brauche meinen Ehemann.«

»Das ist ausgeschlossen. Allein schon die Schwangerschaft wird Sie von unserem Projekt ablenken, doch damit werden wir fertig. Ihre Familie hier zu haben, würde jedoch zusätzliche Zerstreuung bedeuten.«

»Ich bin schwanger, und das ist nicht nur mein Baby, sondern auch Davids! Wenn ich ihn und Eric nicht bei mir haben darf, werde ich zurückkehren. Bringen Sie mich wieder zu ihnen!«

Horton schwieg und dachte nach, bevor er antwortete. »Ich werde sehen, was ich bezüglich der Umsiedlung Ihrer Familie tun kann, aber gedulden Sie sich bitte, das dauert.«

»Ich dachte, Sie hätten das Sagen?«

»Habe ich auch, trotzdem muss ich politisch denken. Jede Entscheidung, die ich treffe, hat Folgen. Können wir nun über das Leben des Kindes weitersprechen?«

Lori beruhigte sich und schlug einen sanfteren Ton an: »Was können Sie tun, um sein Leben zu retten?«

Horton senkte den Kopf und seufzte. »Wir entwickeln gerade ein Heilmittel …«

»Einen Impfstoff?«

»Nennen Sie es, wie Sie wollen … Gegenmittel oder was auch immer. Unser Name dafür lautet R-59. Bisher sieht es so aus, als schlage es an, aber wir befinden uns immer noch in der Versuchsphase. Ob sich spätere chronische Leiden oder Nebenwirkungen zeigen, weiß man nicht.«

»Es wirkt also?«

»Kurz gesagt: Ja. Nicht jeder Kranke, dem wir es verabreicht haben, ist an dem Virus gestorben.«

»Wie soll das funktionieren?«

»Es wäre nicht das erste Mal, dass wir es bei Ungeborenen tun, und es wird nicht ohne Risiko sein, weil wir es dem Kind in der Gebärmutter zuführen müssen. Später zu injizieren, wäre zu gewagt, denn sollte es sich nach der Geburt mit dem Virus anstecken, gibt es keine Rettung, außer es ist immun. R-59 wirkt nicht, nachdem man sich den Erreger eingehandelt hat; deshalb muss es vor dem Kontakt gespritzt werden.«

Lori musste nicht lange nachdenken.

»Wann können wir es tun?«

»Nicht vor dem sechsten Monat, also haben wir noch Zeit, und bis dahin werden wir auch weitere Tests durchgeführt haben.«

Lori streckte einen Arm aus und umschloss Hortons Hand. Madeleine zu verlieren, hatte ihr einen schweren Schlag versetzt, doch dieses Kind gereichte ihr zu einer neuen Chance, für die sie dankbar war.

Der Kanzler drückte ihre Hand fest und fügte hinzu: »Alles wird gut; ich sorge dafür, dass Sie und Ihr Baby in beste Hände kommen.«

Tag 189

8. April 2021
Jenks' Grundstück, Reed, Illinois

Daryl hatte sich gewünscht, Hudson möge Marys Beerdigung beiwohnen, um sich verabschieden zu können, doch der Knabe war verstört und nicht bereit, sein Zimmer zu verlassen. Also beging der Vater das Zeremoniell ohne seinen Sohn, gemeinsam mit Tess und Devin. Brianna blieb unterdessen bei Hudson, um ihn zu trösten.

Daryls Grabrede war kurz und bündig. Nicht weil er ein Mann weniger Worte war, sondern weil es ihm ohnehin schwer fiel, über sie zu sprechen, ohne weinend zusammenzubrechen. Devin hatte angeboten, ihm beim Ausheben des Grabes zu helfen, aber Daryl hatte abgelehnt und das Loch mühevoll selbst ausgehoben. Auch als Devin darauf bestand, den eingewickelten Leichnam mit ihm zum Grab zu tragen, wurde er abgewiesen. Daryl wollte dies – aus welchen persönlichen Gründen auch immer – ganz alleine tun.

Devin hätte ihn so gerne unterstützt und verstanden. Obwohl er ihn noch nicht lange kannte, fühlte er sich Jenks verbunden. Größtenteils, so vermutete er, lag es daran, dass sie gemeinsam eine fürchterliche Situation erlebt hatten, doch es reichte noch weiter. Vor zwei Nächten hatten sie jeweils ihre Vergangenheit voreinander aufgerollt, wobei auch Politik und Religion zur Sprache gekommen waren. Dabei hatten sie über Meinungsverschiedenheiten gelacht, wegen derer sie sich in früheren Zeiten wohl entzweit hätten. Daryl war konservativ und fromm, Devin hingegen liberal und weltlich orientiert. Er dachte darüber nach, dass er den Mann vor der Seuche abgewiesen und sich aufgrund seiner politischen Ansichten sogar negativ über ihn geäußert hätte. Ungeachtet all der Schmerzen und des Leids, die »Der Tod« der Welt beschert hatte, waren einige Menschen dichter zusammengerückt, woraus sich nun befremdliche Schulterschlüsse ergaben.

Nachdem Daryl die letzte Schaufel Erde auf den Haufen gewuchtet hatte, klopfte er ihn fest, sammelte die benutzten Arbeitsgeräte ein und brachte sie schnell zurück in sein Heiligtum – die Scheune – ohne ein Wort zu irgendjemandem zu sagen.

»Was sollen wir tun?«, fragte Devin Tess, die neben ihm auf der Veranda hinterm Haus saß.

»Nichts, lass ihn einfach«, antwortete sie und fasste sich an die Seite.

»Wie geht es dir?«

»Besser, bald läuft es wieder.«

»Prima.«

»Ich bin noch nicht dazu gekommen, wollte dir aber mal danken.«

Devin drehte ihr den Kopf zu und lächelte. In ähnlicher Weise, wie ihm Daryl in so kurzer Zeit ans Herz gewachsen war, fühlte er sich auch Tess eng verbunden. Wie wenig die Menschen in dieser Zeit nach der Krankheit brauchten, um sich zueinander hingezogen zu fühlen.

»Wir haben nie darüber gesprochen, doch vor alledem, auf welcher politischen Seite hast du gestanden?«, fragte Devin.

Sie sah ihn an, schmunzelte und wich seinem Blick aus.

»Was sollte mir das jetzt sagen?«, bohrte er nach.

»War die Frage ernstgemeint?«

»Ja, war sie. Ich versuche, dich genauer kennenzulernen.«

»Ist dieser Quatsch denn wirklich noch wichtig?«

»In mancher Hinsicht schon. Wenn du mir sagst, ob du links oder rechts stehst, verstehe ich besser, wer du bist und woran du grundsätzlich glaubst.«

»Das hat gar nichts zu bedeuten. Ich habe mich früher geweigert, in eine Schublade gesteckt zu werden, und werde es auch weiter so halten.«

»Ach, so eine bist du also.« Devin grinste.

»Was für eine? Ich weiß nicht, wie du das meinst, aber es gibt nichts, was mich weniger interessiert als Politik. Ich hasste sie schon früher, und heute kommt sie mir einfach dämlich vor.«

»Ich meine damit, dass du denkst, du seist über jeden Zweifel erhaben. Das ist eine ziemlich selbstgerechte Sichtweise.«

»Wie kommt es, dass du heute so drauf bist?«

»Ich würde mich gerne leichter in dich hineinversetzen können. Wenn ich den weiten Weg bis nach North Carolina mit dir zurücklegen soll, möchte ich gerne ein wenig besser über meine Reisebegleiterin Bescheid wissen.«

»Weißt du was? Ich bin mir nicht sicher, ob ich jemanden wie dich unterwegs bei mir haben will.«

»Oho, warte einen Moment … im Ernst?«

»Nein, das war ein Scherz, aber durchaus mit ernstem Unterton. Politik kann mir völlig gestohlen bleiben.«

»Lass es uns spielerisch angehen; ich rate, wie wär's?«, schlug Devin vor.

»Sind wir jetzt schon so weit?«

»Ach, nun kommt, sei nicht ständig so verbissen.«

Sie warf ihm einen bösen Blick zu, ließ es dann aber geschehen. »Nur zu, aber wir sollten eigentlich etwas Sinnvolleres tun, etwa Vorkehrungen treffen, ehe diese Drecksäcke hier auftauchen.«

»Es dauert nicht lange, versprochen.«

»Dann mach mal.«

»Ich behaupte, dass du konservativ, eine bekennende Christin und Fahnenschwenker-Patriotin gewesen bist, aber nicht wählen gegangen bist, dennoch deine verstockten Ansichten geltend gemacht hast, sobald dir jemand mit eher liberalem Gedankengut kam.«

Sie zog ihre Augenbrauen hoch, als sie ihn wieder anschaute. »Oh mein Gott, du bist … kein Hellseher!«

»Irre ich mich? In welcher Hinsicht?«

»Du irrst dich einfach, belassen wir es dabei.«

»Sag es mir genau, das ist nur vernünftig.«

»Gerne, aber dann erklärst du mir zuerst, wie du dazu kommst, solche Schlüsse zu ziehen.«

»Zunächst einmal stammst du aus Dakota, wo die meisten Leute konservativ waren. Zudem hast du was mit einem Marine, und das bedeutet automatisch konservativ. Drittens weißt du, wie man mit Schusswaffen umgeht – nochmal konservativ – und pochst demnach auf den zweiten Zusatzartikel der Verfassung: wieder konservativ, wieder Fahnenschwenker.«

»Dann lass dir sagen, wie weit du danebenliegst: Erstens bin ich nicht konservativ nach landläufigem Verständnis, sondern eher freiheitsliebend. Ich mag es nicht, wenn mir jemand erzählen will, wer ich sei und was ich zu tun habe, lege also auch keinen großen Wert darauf, wenn mir ein dahergelaufener Liberaler wie du vorschreiben will, wie ich leben soll, nur weil du meinst, es sei so am besten. Im Übrigen kann ich auch darauf verzichten, dass mir jemand von rechts so kommt. Ich wollte schon immer in Ruhe gelassen werden und mein eigenes Leben, woran sich bis heute nichts geändert hat. Mit einem Marine bin ich zusammen, weil er ein guter Mensch ist, und ich beurteile niemanden anhand dessen, was er tut, sondern nach seinem Wesen. Was Waffen angeht, so habe ich ein gespaltenes Verhältnis zu ihnen. Ich achte und verstehe sie als Hilfsmittel – das mittlerweile wertvoll ist, findest du nicht auch? Jawohl, weil wir uns, wäre es nach Menschen wie dir gegangen, in dieser Welt nicht verteidigen könnten. Die Regierung, von der uns die Linke versprach, sie werde da sein, um uns zu schützen, hat im Grunde genommen nichts getan, also müssen wir uns am Ende – und das hier ist das Ende, mein Freund – selbst helfen. Hilft dir das nun vielleicht irgendwie dabei, mich besser zu durchschauen?«

Devin war verdutzt. Er hatte so was von daneben gelegen, dass es geradezu peinlich war.

»Kein Ton mehr von den billigen Plätzen?«, stichelte Tess.

»Ich werde mal nachschauen, wie es den Kindern geht«, wich er aus und stand auf.

»Hör auf, Brianna ein Kind zu nennen, das mag sie nicht sonderlich. Ich finde, nach gestern hat sie es verdient, als Erwachsene angesehen zu werden.«

Devin fühlte sich von diesem Rüffel gedemütigt. Nachdenklich ging er ins Haus und auf die Treppe zu. Stimmen drangen aus dem Flur im Obergeschoss, was die Trauerstimmung ein wenig aufhellte, und das war auch nötig. Da er die zwei nicht stören wollte, begab er sich zur Vordertür, deren Fliegengitter geschlossen war, und schaute hinaus.

Sie hatten fast die ganze Nacht lang dazu aufgewandt, Spuren zu beseitigen, die Leichen wegzuschaffen und den Geländewagen zu verstecken, sodass es vor dem Haus fast wieder normal aussah. Eines jedoch blieb als eindrückliche Erinnerung an den erbitterten Kampf zurück, der sich zugetragen hatte: der große Blutfleck auf der Terrasse.

Als Devin ihn betrachtete, drängten sich ihm sonderbare Gefühle und Gedanken auf. Er hatte eine angenehme Zeit mit Mary verbracht, und nun war sie tot. Das Blut auf dem Holz stammte aus ihrem Körper, ließ sich aber eigentlich nicht mit ihr gleichsetzen; er war in dem Moment gestorben, als ihr Herz zu schlagen aufgehört hatte. Vor dem ganzen Elend hatte Devin nie an ein höheres Wesen geglaubt – falls überhaupt, dann an die Wissenschaft, und seine Hingabe zu allem Weltlichen war einer Religion so nahe gekommen wie möglich, ohne eine solche zu sein. Jetzt aber, nachdem er so viel Leid gesehen hatte, lagen seine Empfindungen im Widerstreit. Er verfluchte jeden Gott, den es geben mochte und der zugelassen hatte, dass so etwas passiert war, wobei er sich dabei ertappte, dem Wunsch nachzuhängen, dass eine höhere Macht existierte. So knapp er dem Tod während der vergangenen paar Monate auch entronnen war, fühlte er sich zu der Annahme verleitet, danach ginge es noch weiter. Die Vorstellung von einem Jenseits spendete ihm Trost und Kraft. Er wollte nicht wahrhaben, dass Mary, diese reizende Person, Mutter und Ehefrau, ihr Leben einfach so ausgehaucht hatte, sondern malte sich aus, sie lebe irgendwo auf einer anderen Daseinsebene weiter. Fragen und Erwägungen schwirrten in seinem Kopf herum wie Atome in einem Molekül, doch nichts verschmolz zu einem linearen Gedanken.

Da das Ungewisse in dieser Welt vorherrschte, hatte Tess bis zu einem bestimmten Punkt Recht, wenn sie das Festhalten an alten politischen Maßstäben und Glaubenssystemen aus einer nunmehr überkommenen Zeit als „dämlich" bezeichnete, um es mit ihren eigenen Worten zu benennen. Seit dem Ausbruch der Pandemie hinterfragte er seine früheren Werte und ließ von denjenigen ab, die sich für ihn nicht bewährt beziehungsweise dahingehend verändert hatten, wie er seine Mitmenschen sah. War er durch seine Fragen bezüglich Tess schlauer geworden? Vielleicht, doch er wusste, dass sich niemand einfach in Kategorien einteilen oder abstempeln ließ. Charaktere waren dynamisch und besaßen die grundlegende Fähigkeit, sich anzupassen, wie auch er es getan hatte. In diesem Augenblick nun schwor er sich, ein anderer Mensch zu sein, der sich nicht aus der Vergangenheit Rat einholte, sondern in der Gegenwart lebte und zuversichtlich, optimistisch in die Zukunft blickte. Er glaubte zwar nicht an Gott, wollte aber fortan auf sein persönliches Umfeld bauen und sich wünschen, die Menschheit fände einen Weg, um die Schrecknisse dieser Zeit zu überstehen. So würde er mit einem Fuß geerdet bleiben, den anderen aber auf die Hoffnung setzen, man komme eines Tages dazu, eine bessere Welt zu schaffen.

Internationaler Flughafen von Denver

Lori stand mit freiem Oberkörper vorm Spiegel, rieb sich über den Bauch und sagte laut: »Mama wird auf dich achtgeben. Hörst du mich da drin? Oh, ich würde so gerne wissen, ob du ein Junge oder ein Mädchen bist, dann könnte ich dir einen Namen geben.«

Heute Morgen war sie nicht zum Frühstück in die Cafeteria gegangen und würde, wie es aussah, auch nicht zum Mittagessen erscheinen. Horton hatte das Personal angewiesen, ihr die Mahlzeiten direkt ins Quartier zu bringen. Das fand sie nett, auch wenn es kein Dauerzustand bleiben konnte. Ihr kam es vor, als würde sie als Schwangere behindert oder krank angesehen werden. Sie akzeptierte sein Entgegenkommen, wollte aber bald wieder vor die Tür gehen. Einen Vorteil hatte der Umstand, dass man ihr das Essen brachte: Sie bekam mehr Zeit, um sich auf ihre Pläne für das Kapitol zu konzentrieren.

Sie schmunzelte, als sie an ihr bisheriges Leben dachte, von dem sie geglaubt hatte, es ähnle einer Achterbahnfahrt. Nie wäre sie darauf gekommen, dass Dinge wie diese geschehen würden; eine Welt wie die, in der sie nun lebte, hätte allenthalben in den finstersten Geistesabgründen irgendeines verkommenen Menschen entstehen können – angefangen bei jenem Moment, da sie erstmals im Fernsehen von der Seuche gehört hatte, über deren rasante, tödliche Verbreitung und Madeleines Tod hinweg bis ins Lager 13 und hierher, wo sie für die Regierung arbeiten sollte, und jetzt das – ein neues

Kind, das unterwegs war. Sollte sie weiterhin von einer Achterbahnfahrt reden, so stellten die vergangenen acht Monate den intensivsten Ritt dar, den sie je erlebt hatte.

Sie konnte nicht aufhören, ihren Bauch zu befühlen. Sie zählte zu den Frauen, die ihre Schwangerschaft tatsächlich genossen, und hatte auch festgestellt, dass ungefähr die Hälfte der werdenden Mütter aus ihrem Umfeld von dieser Phase begeistert waren. Diejenigen, auf die das nicht zutraf, grämten sich aus gutem Grund, etwa weil ihre Schwangerschaften anstrengend waren und Komplikationen mit sich brachten. Lori verurteilte aber keine werdende Mutter, denn immerhin veränderte ein Baby im Leib sowohl diesen als auch das emotionale Befinden. Sie hatte David zweimal gewarnt, er könne sie nicht für ihr Verhalten während der Schwangerschaft verantwortlich machen, weil sie dabei nichts als ein Sack Haut voller Hormone sei. Die Zeit mit Eric und Madeleine in Umständen war ihr leichtgefallen, wobei sie die Erfahrung – unangenehme Abschnitte hin oder her – geliebt hatte. Nach dem Tod ihrer Tochter war ihr der Gedanke an ein weiteres Kind gekommen, doch sie hatte ihn als absurd abgetan. Wollte man in ihrem Alter ein Baby austragen, nahm man weitere Schwierigkeiten in Kauf, und angesichts des Todes, der an jeder Ecke lauerte, hatte ihr davor gegraut, Leben in die Welt zu setzen, nur damit es gleich wieder starb. Als Horton nun angedeutet hatte, man könne das Kind retten, war Lori Feuer und Flamme gewesen.

Lautes Klopfen an der Tür holte sie wieder ins Hier und Jetzt zurück. Nachdem sie ihr Shirt übergestreift hatte, lief sie vergnügt summend zur Tür.

Es klopfte erneut.

Nachdrücklich.

»Ich komm ja schon!«, rief sie, als sie bereits den Knauf packte, umdrehte und öffnete.

»Du brauchst aber ganz schön lange, um Gäste zu empfangen«, scherzte ihr Mann.

»David? David! Oh mein Gott, du bist es!« Lori fiel ihm um den Hals. »Wo ist Eric, hast du ihn mitgebracht?«

»Ich bin hier, Mom«, sagte der Junge. Er stand an der Wand neben der Tür.

»Komm her, du!«, jauchzte sie freudig, und zog ihn zu sich, um ihn gemeinsam mit David zu umarmen.

»He, du reißt mir den Kopf ab«, nuschelte Eric, weil sie ihn mit dem Gesicht an ihre Schulter drückte.

»Ach, das ist mir egal. Ich habe euch beide so vermisst.«

»Mom, du bist erst eine Woche hier, glaube ich«, bemerkte der Junge.

»Ganz gleich, zu lange für mich«, erwiderte Lori zwischen zahllosen Küssen, mit welchen sie die beiden bedeckte.

»Wir haben dich auch vermisst, Lori, hör nicht auf den elenden Nörgler hier«, versetzte David.

»Kommt rein, ihr zwei«, drängte sie und zog die beiden über die Schwelle.

Während der nächsten halben Stunde unterhielten sie sich über die Umstände dieser plötzlichen, überraschenden Umsiedlung an den DIA.

»Es ging einfach so, ganz schnell: Wir waren beim Morgenappell, unsere Namen wurden aufgerufen – und voilà, hier sind wir, aber ich bin wirklich froh darüber, denn ich fing an, mich ein wenig zu sorgen.«

»Oh, wirklich? Warum?«

»Ach, sie haben Personal aus dem Lager abgezogen, kurz nachdem du weg warst. Ist jetzt alles chaotischer, und man muss noch länger für Medikamente und Lebensmittel anstehen.«

»Hm, nun ja, ich weiß, ihr Hauptaugenmerk liegt auf Arcadia«, entgegnete Lori.

»Ich habe davon gehört«, sagte David.

»Wer hat es dir gesagt?«

»Ich sprach mit Kanzler Horton, bevor wir herkamen. Er empfing uns, als wir hier ankamen.«

»Ach was?«

»Ja, ist das ein Problem?«, hakte David nach, als er Loris nachdenkliche Miene bemerkte. Ihre Bedenken schmolzen aber rasch dahin, als ihr klar wurde, dass David und Eric ohne Horton überhaupt nicht bei ihr wären.

»Wie dem auch sei, genug von diesem Hin und Her. Ich möchte euch etwas mitteilen«, sagte Lori mit aufgeregter Stimme. Sie streckte sich nach Davids Händen aus und hielt sie fest.

»Ich muss dir auch etwas sagen, können wir uns zuerst hinsetzen?«

»Ja, sicher. Ihr müsst erschöpft sein nach dem Flug.« Sie zeigte auf einen kleinen, gepolsterten Stuhl neben ihrem Bett.

David ließ sich darauf nieder, während sie auf einem Sitzkissen Platz nahm, ohne seine Hände loszulassen.

Eric achtete nicht großartig auf sie, während er durchs Zimmer streifte, wobei ihn ihre Zeichnungen und Entwürfe zum neuen Regierungsgebäude interessierten.

»Wer fängt an?«, fragte sie.

»Du«, verlangte er.

Loris Anspannung nahm zu. »Nein, du zuerst. Was ich zu sagen habe, ist so großartig, dass wir vergessen werden, über deine Sache zu sprechen, sobald du es hörst.«

»He, Mom, bist du schon in Camp Sierra gewesen?«, unterbrach Eric die beiden.

»Nein, aber ich habe es aus der Luft gesehen.«

»Und? Wie ist es so?«

»Ähnlich wie Lager 13, nur viel größer. Schatz, lässt du deinen Vater und mich kurz in Ruhe miteinander sprechen, ja?«

Damit richtete sie ihre Aufmerksamkeit wieder auf David, der jetzt nervös aussah.

»Dieser Blick, den kenne ich. Was genau hast du auf dem Herzen?«, fragte sie.

»Eric und ich werden nicht lange bleiben. Wir legen hier nur einen Zwischenstopp auf dem Weg ins Camp Sierra ein.«

»Was? Das verstehe ich nicht. Ich verlangte ausdrücklich, dass ihr hierher zu mir kommen sollt«, erwiderte Lori. Die Verwirrung stand ihr ins Gesicht geschrieben.

»Wir wurden nicht aufgerufen, um hierher zu kommen; ich soll in der großen Schule von Camp Sierra aushelfen, und Eric wird mich im Unterricht unterstützen«, erklärte David.

Als der Junge seinen Namen hörte, winkte er und warf ein: »Das bin ich, Musterschüler Nummer Eins.«

»Nein, nein, so war das nicht gemeint«, erwiderte Lori. »Du und Eric, ihr solltet hierher kommen und bleiben; so lautete meine Abmachung mit Kanzler Horton!«

»Lori, beruhige dich. Das ist eine gute Gelegenheit für uns zwei. Man hat uns Verantwortung übergeben, also weiß man uns zu schätzen.«

»Ich rege mich so auf, David, weil ich ein Kind bekomme. Ich brauche meine Familie während dieser Schwangerschaft!«

David riss die Augen auf. Auch Eric drehte den Kopf ruckartig zu seiner Mutter um.

»Du bist schwanger?«

»Ja, wir bekommen ein Baby.«

»Liebling, das sind großartige Neuigkeiten, aber …«

»Aber was?«, fragte sie.

»Hast du keine Angst davor? Das Kind ist vielleicht nicht immun. Du weißt, wie hoch die Sterblichkeitsrate bei Säuglingen liegt.«

»Natürlich habe ich daran gedacht, aber der Kanzler und sein Team haben einen Impfstoff. Er wird noch getestet, scheint aber zu wirken. Horton verspricht, es dem Baby zu spritzen, sobald ich im siebten Monat bin. Verstehst du nicht? Wir erhalten eine zweite Chance, um nicht nur ein neues Leben zu beginnen, sondern auch für unsere Familie.«

David kamen die Tränen. Er umarmte Lori und drückte sie innig. »Ich liebe dich, Schatz. Wie fühlst du dich? Wann hast du es herausgefunden?«

Sie legte alles peinlich genau dar, wobei sie gewisse Einzelheiten wie das private Dinner mit dem Kanzler so drehte, als sei das gesamte Team dabei gewesen. Das Letzte, was sie wollte, war Anlass dazu geben, dass er ihre Treue infrage stellte. Speziell nach jener einen Affäre Jahre zuvor, die er ihr verziehen, aber nicht vergessen hatte. Schließlich kam sie auf ihr Abkommen mit Horton zu sprechen, demzufolge David und Eric zu ihr ziehen sollten, oder sie werde ihren Posten verlassen.

»Da siehst du's, das ist ein einziges Missverständnis«, sagte sie, »aber ich kläre das später mit dem Kanzler ab und sorge dafür, dass er uns eine geräumigere Unterkunft besorgt.«

David zögerte, ihr zu antworten. Er schaute sich in dem spärlich eingerichteten Zimmer um.

»Geht es dir gut?«, fragte sie.

»Ja, natürlich.«

»So siehst du aber nicht aus.«

»Ach, ich habe mich bloß darauf gefreut, wieder zur Arbeit zu gehen und eine Aufgabe zu haben.«

»Ich bin mir sicher, du wirst auch hier jemanden unterrichten können, und außerdem besteht deine Aufgabe darin, bei mir zu sein.«

»Dein Lakai zu sein und dir überallhin nachzulaufen, während du dir einen großen Namen machst«, bemerkte er verdrießlich.

»Was soll das denn heißen?«

»Es ist wie früher: Du hast die dicken Verträge an Land gezogen, für Prominente gearbeitet und dich zu Veranstaltungen einladen lassen, wo ich nur als dein Ehemann vorgestellt wurde, nichts weiter.«

»So denkst du also?«

Er ließ den Kopf hängen. Sie streckte sich wieder nach ihm aus und legte beide Arme um ihn. »Schatz, so denke ich nicht. Ich wäre nicht ich selbst. Ohne dich könnte ich nicht leben.«

»In 13 sagten sie mir, die Chancen stünden gut für mich, dort draußen eine leitende Position einzunehmen. Sierra expandiert, und ich könnte mit meinem Hintergrund und den Referenzen eine feste Stelle in der Verwaltung bekommen. Dadurch hätte ich die Möglichkeit, mein Potenzial auszuschöpfen. Ich hoffte, dich davon überzeugen zu können, mit uns zu kommen, aber das ist jetzt das genaue Gegenteil.«

Lori stellte den Kopf schräg. Sie konnte nicht glauben, was sie da gerade gehört hatte. »Ich soll ins Camp Sierra ziehen und was bitteschön tun?«

»Ach, ich soll mich anpassen, aber du kannst das nicht?«

Sie öffnete den Mund wieder, um etwas zu erwidern, stockte aber. Sie war drauf und dran, etwas Verletzendes zu sagen und ihr Wiedersehen zu verderben.

Die beiden vermieden es, einander anzusehen, bis Eric flapsig dazwischenfunkte und die betretene Stille brach: »Wie schmeckt das Futter hier? Ich bin am Verhungern.«

Lori schaute ihren Sohn an, der zusehends zu einem jungen Mann heranreifte. Sie wünschte sich nichts lieber, als die beiden während der nächsten Zeit bei sich zu haben. Dass dieser glückliche Moment so schnell ins Betrübliche umgeschlagen war, ärgerte sie.

Lori stand auf, umarmte Eric und sagte: »Es ist nichts Besonderes, aber besser als der Fraß, den sie uns in 13 vorsetzten.«

»Na, dann lasst uns gehen. Ich bin so hungrig, dass ich alles verputzen würde.«

»David, kommst du mit?«

Er schaute auf, während er die Neuigkeiten schon geistig verarbeitete und offensichtlich nach einer Lösung suchte. Auch ihn plagten gemischte Gefühle.

»Klar komme ich mit«, antwortete er und stand auf.

Sie hielt ihn fest, zog ihn an sich und flüsterte. »Das wird klappen, ich weiß es. Am Ende wird alles gut.«

Tag 190

9. April 2021
Jenks' Grundstück, Reed, Illinois

Devin schob seinen Teller weg und schnaubte.

»Iss, hier wird nichts weggeworfen«, sagte Tess.

»Hab keinen Hunger.«

»Jetzt iss!«

»Das Zeug verkommt nicht, versprochen«, erwiderte er und stellte den Teller auf den Boden.

Brando humpelte herbei, steckte seine Schnauze in den Haufen Pasta und schlang sie in großen Schlucken hinunter.

»Schätze, er hat sein Versprechen gehalten, was?«, bemerkte Brianna.

»Komm nicht auf dumme Gedanken und iss selbst«, befahl Tess.

Das Mädchen grinste. »Das werde ich definitiv, aber was ich damit sagen wollte: Brando gehört zu unserer Familie, und wenn er etwas zu fressen bekommt, werfen wir auch nichts weg.«

Devin lehnte sich zurück und lächelte. Sie kamen ihm tatsächlich wie eine Familie vor, obwohl sie einander noch nicht allzu lange kannten.

»Also gut, wer ist an der Reihe, etwas davon in die Scheune zu bringen?«, fragte Tess.

Devin hob eine Hand. »Ich«, sagte er.

»Ich kann auch gehen, wenn du nicht willst«, bot Brianna an.

»Nein, ist schon okay. Hoffentlich geht er diesmal auf mich ein. Wir müssen uns darüber unterhalten, was wir gegen Turners Raiders tun sollen.«

»Devin, wir können nicht einfach herumsitzen und auf ihn warten. Falls er bis heute Abend nicht reagiert, müssen wir etwas tun.«

»Abhauen? Das ist keine Lösung.«

»Du kannst es nennen, wie du willst, doch diesmal hatten wir Glück. Wenn sie wiederkommen, sind es zehnmal so viele. Wir können sie nicht schlagen.«

Devin wusste, dass Tess Recht hatte, doch Daryl aufzugeben, passte ihm nicht. »Wir dürfen ihn nicht hierlassen und seinen Sohn mitnehmen, das ist grausam«, hielt er dagegen.

»Grausam ist er, weil er sich verkrochen hat. Wir müssen aufbrechen, und er sollte mitkommen. Dass wir es hinauszögern, liegt an ihm, weil er sich in der Scheune einsperrt.«

Devin neigte sich wieder nach vorne, stützte seine Ellbogen auf den Tisch und sagte: »Lass es mich heute Abend ein letztes Mal probieren; wenn er mir keine Antwort gibt, verschwinden wir.«

Tess unterbrach sich beim Essen. »Abgemacht.«

Brianna stand auf und begann, einen Teller für Hudson zu füllen. Der Junge stand immer noch unter Schock. Er verarbeitete die Schießerei und den Tod seiner Mutter nur schwerlich.

»Ich bringe das schnell nach oben zu Huddy«, erklärte Brianna und verließ die Küche.

»Mit dem Wagen kommen wir schneller voran«, bemerkte Tess.

Das Mädchen stürzte zurück in den Raum und rief aufgeregt: »Hudson ist weg!«

»Weg? Wohin?«, fragte Devin.

»Keine Ahnung, aber in seinem Zimmer ist er nicht mehr, und in der kleinen Kammer, wo die Spielsachen liegen, habe ich ihn auch nicht gefunden. Er ist wie vom Erdboden verschluckt.«

Devin stand auf und lief aus der Küche, um in naheliegenden Verstecken nachzusehen.

Brianna hielt sich nicht auf, sondern begann selbst, fieberhaft nach dem Jungen zu suchen.

Sie schauten in Wandschränken nach, hinter allen möglichen Möbeln, unter Betten und selbst in Regalen. Er war nicht im Haus.

»Hudson! Wo bist du?«, rief Devin durch die Haustür auf den Vorplatz. »Hudson!«

Brian und Tess waren in die andere Richtung gegangen, durchsuchten die kleinen Schuppen und den Hühnerstall.

Devin ging außen herum und schloss sich ihnen an. »Bleibt nur noch die Scheune übrig. Los«, drängte er.

»Wir schauen weiter hier nach«, rief ihm Tess hinterher.

Als er die Scheune erreichte, schlug er kräftig gegen das große Metalltor. »Daryl, ist Hudson da drin? Er ist verschwunden. Wir können ihn nicht finden! Daryl, mach auf!«

Keine Antwort.

Devin fragte sich allmählich, ob der Mann tot war. Vielleicht hatte er sich umgebracht. Er ging um das große Gebäude herum, um nach einer anderen Möglichkeit zu suchen, sich Zugang zu verschaffen. Entlang der Nordseite befand sich eine Reihe von Fenstern. Er schaute hinein, konnte aber nicht viel erkennen. Hinter dem letzten Fenster gab es eine Tür. Gerümpel, alte Kisten und anderer Kleinkram lagen davor. Er begann, das Zeug wegzuräumen, als er eine vertraute Stimme hörte.

»Was machst du da?«, rief Daryl.

Als Devin aufschaute, sah er ihn an der Ecke der Scheune stehen.

»Ist Hudson bei dir?«

»Nein, aber ich glaube, ich weiß, wo er steckt.«

Als Jenks wieder am Fuß der Treppe stand, traute Devin seinen Augen nicht. Der Mann hatte sich zurechtgemacht, als ziehe er in den Krieg, was eigentlich nicht weiter verwunderlich war. »Wohin genau gehen wir?«, fragte er ihn in einem Tonfall, der sowohl Neugier als auch Skepsis ausdrückte.

»Hudson ist zum Haus seines Cousins gelaufen. Das ist keine Meile von hier entfernt«, gab Daryl an und nahm ein Gewehr aus einen Schrank.

»Ist das Haus dieses Cousins ein gefährlicher Ort?«, bemerkte Tess sarkastisch.

»Genau genommen schon«, entgegnete Daryl.

»Ich komme mit dir«, sagte Devin.

»Nicht nötig.«

»Ich bestehe darauf«, insistierte Devin mutig.

Daryl schaute zu ihm hinüber und erwiderte: »Deine Entscheidung, aber ich würde ein Schießeisen mitnehmen, wenn ich du wäre.«

»Was genau ist da los?«, wollte Tess wissen.

»Hudson ist ungefähr genauso alt wie sein Cousin Seth, und die beiden kommen bestens miteinander aus, doch ich hatte nie viel für den Ehemann meiner Schwester übrig.«

»Dass es Familienfehden gibt, weiß ich zwar, aber ist es bei euch so schlimm?«, fuhr Tess fort. Auch sie staunte über Jenks' Kampfmontur.

»Jawohl, das ist es. Ich bin mir nicht sicher, ob Devin dir davon erzählte, doch die meisten Menschen in der Stadt hassen mich aus diesem oder jenem Grund. Die Familie meines Schwagers verachtet mich aber ganz besonders.«

»Du hast doch niemanden umgebracht, oder?«, schob Tess nach.

»Um die Wahrheit zu sagen, habe ich das sehr wohl, Tess, und das Opfer war mein Schwager.« Damit ging Daryl zur Haustür.

»Du hast deinen Schwager auf dem Gewissen?«, fragte Tess und folgte ihm.

Daryl blieb unterm Vordach stehen und schaute auf das getrocknete Blut. Er ließ sich Zeit, um die rot getränkten Bohlen und Spritzer an der Mauer zu verinnerlichen. Dann setzte er seinen Weg zu der freistehenden Garage am rechten Rand des Geländes fort.

»Ist das eine gute Idee?«, merkte Tess hinter ihm auf.

Devin blieb ihnen dicht auf den Fersen. Sein Herz raste in Erwartung der zweiten Schießerei innerhalb weniger Tage.

Jenks fuhr herum und erwiderte: »Was schlägst du denn vor – ihn hierzulassen?«

»Nein, aber lass Devin und mich gehen«, meinte Tess. »Es in einen Kampf ausarten zu lassen, obwohl es sich vermeiden lässt, muss nicht sein.«

»Glaubst du im Ernst, die geben den Jungen einfach so heraus?«, hielt er dagegen.

»Vorausgesetzt, er ist überhaupt dort«, warf Devin ein.

Daryl und Tess schauten ihn daraufhin beide an.

»Du spekulierst doch nur. Was ist, wenn er sich nicht dort versteckt? Falls Tess kann, finde ich, dass sie den Wagen nehmen sollte, um in der Gegend nach ihm zu suchen«, schlug Devin vor. »Sie kann ja Brianna mitnehmen.«

»Zwei Frauen allein unterwegs?«, entgegnete Daryl.

»Ich kann gut auf mich achtgeben«, gab Tess zurück. »Das tue ich jetzt schon eine ganze Weile.«

»Daryl, ich kann ihr nur beipflichten. Sie hat einiges auf dem Kasten«, betonte Devin.

»Na gut. Trotzdem gehen wir beide. Wir nehmen den Humvee, und falls wir Diesel finden, machen wir den Tank randvoll.« Jenks legte sein Gewehr ins Führerhaus des Wagens und stieg ein. Dann schaute er zu Devin hinüber. »Was ist, kommst du jetzt, oder wie?«

Devin lief um das Fahrzeug herum und sprang auf der Beifahrerseite hinein. Als sie losfuhren, winkte er Tess und auch Brianna, die gerade aus dem Haus gekommen war.

Die Entfernung, die Daryl angegeben hatte, stimmte genau: Sie fuhren knapp eine Meile auf der Landstraße und blieben dann 50 Fuß vor der Einfahrt zum Haus seiner Schwester stehen.

Devin ließ den Blick über das endlos weite, flache Land voller toter Maispflanzen schweifen. Er sehnte sich danach, endlich nicht mehr die ewig gleiche Landschaft ertragen zu müssen.

»Komm mit mir bis zur Auffahrt und warte dort. Ich gehe weiter, während du die Augen offenhältst.«

»Worauf genau lassen wir uns hier ein?«

»Möglicherweise einen Streit.«

»Da dein Schwager tot ist: Über wen müssen wir uns Sorgen machen?«, fuhr Devin fort.

»Ach, meine Schwester hat sich keinen Monat nach Ricks Tod einen anderen unsympathischen Typen angelacht. Er ist ein blödes Arschloch, macht aber ziemlich was her – angeblich Einzelkämpfer bei der Navy, aber das bezweifeln viele, auch ich.«

»Na großartig«, stöhnte Devin, »also legen wir uns vielleicht mit einem ausgebildeten Elitesoldaten an!«

Daryl blieb stehen und erwiderte: »Falls du nicht mitkommen willst, dann lass es, aber du brauchst keinen Schiss zu haben; der Typ ist der letzte Dreck und hat nicht in der Navy gedient, nicht einmal in einer Kombüse. Ich gehörte acht Jahre zur Army und sehe den Menschen an der Nasenspitze an, wenn sie lügen.«

»Du warst bei der Army?«

»Ja.«

»Das beruhigt mich jetzt.«

»Sollte es auch.«

Devin musste lachen. Die Vermessenheit und das Selbstvertrauen dieses Mannes kamen nicht von ungefähr.

Nun ging Daryl von ihm fort bis zum Rand der geschotterten Auffahrt.

Devin folgte ihm und hielt wieder an, kurz bevor man ihn hätte entdecken können.

»Also, bis zum Haus sind es keine 50 Fuß mehr. Dahinter stehen zwei Nebengebäude, doch Simon ist sehr wahrscheinlich drinnen bei Laura und den Kindern.«

»Äh, ich traue mich ja kaum zu fragen, aber wie sieht dein Plan aus? Das kommt mir ein bisschen unbesonnen vor.«

»Ganz einfach, ich gehe zur Tür, klopfe an und frage, ob Hudson bei ihnen ist.«

»Das ist kein Plan.«

»Und ob, nur kein ausgesprochen kluger.«

»Befürchtest du nicht …«

»Nein, die werden nicht sofort auf uns schießen, aber ich gehe bewaffnet, um ihnen zu zeigen, dass ich bereit bin, wenn sie es darauf anlegen, und meine Schwester wird ehrlich zu mir sein, wenn sie mir unter die Nase reiben kann, dass mein Sohn weggelaufen ist.«

Devin nickte, ehe er noch einmal nachhakte: »Und du willst wirklich, dass ich hier stehenbleibe?«

»Wenn ich anklopfe, trittst du vor, damit die dich sehen können. Ich will, dass sie es sich zweimal überlegen, bevor sie etwas versuchen.«

»Kann ich machen.«

»Gut, ich gehe jetzt.«

Daryl betrat die Einfahrt und ging auf das Haus zu. Die Eingangstür flog auf, bevor er sie erreichte, und heraus kam ein großer, dünner Mann mit freiem Oberkörper, der ebenso wie beide Arme mit Tätowierungen übersät war.

»Was zum Henker hast du hier zu suchen?«, rief Simon.

Jenks ging weiter auf das Haus zu. Er hatte den Zeigefinger am Abzug des Gewehrs, hielt es aber gesenkt.

»Bleib sofort stehen, Daryl. Du bist hier nicht erwünscht«, zeterte Simon.

Jenks ließ sich nicht beirren; er fürchtete sich nicht vor diesem Mann.

Auf einmal zog Simon eine Pistole hervor. »Stopp jetzt, Wichser!«

Daryl legte unbeirrt die letzten Meter bis zum Fuß der Eingangstreppe zurück. Nun stand er nur wenige Schritte vor Simon. Er schaute in die Mündung der Waffe und dann in die Augen seines Gegenübers. »Wo ist mein Sohn?«

»Nicht hier?«

»Und Laura? Ich will mit ihr reden.«

Devin hörte die Auseinandersetzung mit an und hielt es für angebracht, sich jetzt zu zeigen. Er betrat die Einfahrt und versuchte dabei, möglichst imposant zu wirken. Simon bemerkte Devin. Er riss die Augen auf und trat instinktiv zurück. Einen zweiten bewaffneten Mann zu sehen, bereitete ihm Unbehagen.

»Du und dein Spießgeselle dort drüben, ihr verpisst euch jetzt von hier, und zwar sofort«, drohte er.

»Ich verpisse mich nicht, solange du mir meinen Jungen nicht gibst«, beharrte Daryl.

»Er ist nicht hier, Mann.«

Daryl hatte Simon nur einmal mit freiem Oberkörper gesehen. Dabei war er ihm nicht so nahe gewesen, doch nun fiel ihm auf, dass oben an seiner Brust ein Dreizack mit dem Schriftzug ›SEAL TEAM 2‹ prangte. Als er Simon vor Jahren zum ersten Mal begegnet war, hatte er ohne Zweifel gewusst, dass er heuchelte. Er erinnerte sich an den Tag, als sei es gestern gewesen. Simon hatte sich damit gebrüstet, im Krieg in

Syrien viele Feinde umgebracht und seinen Zug buchstäblich im Alleingang gerettet zu haben. Ein paar unaufdringliche Fragen hatten genügt, um herauszufinden, dass der Kerl log. Nachdem Daryl ein Jahr in dem Land verbracht hatte, während er mit dem 75. Ranger-Regiment dort stationiert war, wusste er, wie es dort zuging. Und alles, was Simon von sich gegeben hatte, war „völliger Bullshit" gewesen.

»Wo ist Laura?«, fragte er nun wieder.

»Sie ist nicht hier, verdammt!«, schrie Simon, der die Arme immer noch nach vorne ausstreckte und auf Daryl zielte.

»Ich sag dir was. Ich setze mich einfach hierhin und warte, bis sie zurückkommt.«

»Du verschwindest von meinem Grundstück!«

»Zuerst einmal ist das nicht dein Grundstück, denn es gehört Laura, und zweitens: Wo könnte sie schon sein? Einkaufen bestimmt nicht.«

»Sie ist nicht …«

Jenks unterbrach ihn: »Sie ist nicht hier, Mann, ich weiß, ich weiß.«

»Fick dich!«

Er bemerkte einen kleinen Bottich in der Nähe, der an die fünf Gallonen fasste, und ging hinüber. Simon behielt ihn im Auge und nahm die Pistole nicht herunter, während sich Daryl bewegte. Dieser hatte eine Idee. Er würde ihm ein weiteres Ziel vorsetzen.

Er schaute die Einfahrt hinunter und rief: »Devin, komm her!«

»Kapierst du nicht, Arschloch? Verschwinde von hier!«

Devin setzte sich in Bewegung und ging zügig auf Daryl zu.

Simons Blick irrte herum, seine Hände fingen zu zittern an. Da er nicht wusste, auf wen er die Pistole richten sollte, schwenkte er sich zwischen den beiden Männern hin und her. Devin hielt kurz inne, als auf ihn gezielt wurde, zwang sich aber zum Weitergehen, weil er darauf vertraute, dass sein Begleiter genau wusste, was er tat.

»Wir verschwinden nicht eher, bis ich mit meiner Schwester gesprochen habe«, stellte Daryl noch einmal klar und ließ sich auf dem Bottich nieder.

»Sie wird eine ganze Weile weg sein; du vergeudest deine Zeit!«

Jenks dachte darüber nach, was Simon gerade gesagt hatte. Es ergab keinen Sinn. Wo konnte sie sein? Devin blieb wenige Fuß vor ihm stehen und fragte: »Was ist los?«

»Was meinst du, Dev? Er behauptet, mein Sohn und meine Schwester seien nicht hier. Was ist mit meinem Neffen? Ich frage mich, ob er auch weg ist.«

Simon blaffte: »Niemand ist hier. Laura und Seth sind gegangen; ist schon eine Weile her.«

»Wohin?«

Simons Gesichtsausdruck zeigte nun deutlich, dass ihm bewusst war, dass seine Lügen gleich aufflogen.

»Wo sind Laura und Seth? Simon, sag es mir«, verlangte Jenks und stand wieder auf. Er nahm sein Gewehr fest in die Hand.

Simon begann nun, noch auffälliger zu zittern.

»Devin, hör mir genau zu. Geh von mir weg.«

Devin gehorchte, kehrte seinen Körper dabei aber weiterhin Simon zu. Der fing jetzt wieder an, seine Pistole zu schwenken. Etwas war mit Laura und Seth geschehen, wobei Daryl nun ahnte, dass Simon Schuld daran trug.

»Wo ist meine Schwester?«

»Mann, ich hab's dir doch gesagt!«

»Schluss mit dem Unfug, Simon, wo ist sie?«, forderte Daryl jetzt ärgerlich.

Devin machte ein paar rasche Schritte. Damit lenkte er Simons Aufmerksamkeit und auch den Lauf der Pistole auf sich.

Jenks erkannte die Gelegenheit. Er hob sein Gewehr und zielte auf Simon. Der fuhr hastig herum. Daryl gab drei Schüsse ab; alle trafen in die Brust.

Simon stürzte rückwärts gegen die Tür und sackte dann zusammen. Er war tot, bevor er auf der Fußmatte liegenblieb.

Devin hatte sich sein Gewehr gegen die Schulter gestemmt, doch das Drama war vorüber, bevor er die Waffe entsichern konnte.

Daryl ging ohne Zögern auf die schmale Vorterrasse, hob Simons Pistole auf und schob sie sich in fest den Hosenbund. Als er das Haus betrat, wehte ihm ein strenger, ekelhafter Geruch entgegen. Es war eine Mischung aus Kot, Urin und Schmutz. In der Wohnung sah es wüst aus. Wohin man sah, lagen Müll, ungewaschene Klamotten und kaputte Sachen herum. Nun wusste er, dass seine Schwester lange nicht mehr hier gewesen war.

Als Devin hinterherkam, rief er: »Mann, stinkt das!«

»Nach Abschaum«, ergänzte Daryl, während er über den kleinen Flur zu den Schlafzimmern ging. Als er eine Tür öffnete, fand er nur noch mehr Müll, aber keine Spur von irgendjemandem, auch nicht Hudson. Im Elternschlafzimmer deutete manches darauf hin, dass sich Simon mit Perversionen die Zeit vertrieben hatte: An jedem Bettpfosten waren Lederriemen befestigt, und sowohl die Laken als auch das mit Stoff bezogene Kopfbrett zeigten Flecken – vermutlich Blut. Daryl durchsuchte den Raum, um irgendetwas zu finden, das darauf hindeutete, wo Laura sein konnte. Auf einer Kommode entdeckte er ihren wertvollsten Besitz – den Ring aus ihrer Ehe mit Rick und eine Halskette, die er ihr nach ihren ersten Verabredungen geschenkt hatte. Für Jenks bedeutete dies, dass ihr etwas zugestoßen war. Laura hätte den Schmuck niemals freiwillig zurückgelassen.

»Daryl, komm schnell!«, rief Devin plötzlich aus der Küche.

Er eilte durch den Flur zurück, wobei er beinahe über einen hohen Berg Müll gefallen wäre. Daryl sah das Gräuel mit eigenen Augen. Auf der Arbeitsfläche lag ein dicker Knochen, der aufgrund seiner Länge und Form an einen menschlichen Oberschenkel erinnerte. Ein Ende war versengt, als sei er über ein offenes Feuer gehalten worden.

Obwohl Daryl nicht zimperlich war, entsetzte ihn der Anblick. Sofort drängte sich ihm die Frage auf, ob der Knochen Laura gehörte.

»Ich traue mich nicht, den Kühlschrank zu öffnen«, bemerkte Devin.

Daryl war zutiefst verstört und konnte dies auch nicht verbergen. Er fing zu zittern an, während er daran dachte, Simon könnte den Jungen verspeist haben. Er stürzte durch die Hintertür nach draußen.

Devin versuchte, gefasst zu bleiben und suchte in der Küche nach Hinweisen, ob Hudson hier war.

Draußen rief Daryl: »Hudson, bist du hier? Mein Sohn, bist du hier?«

Es raschelte in einem kleinen Verschlag am rechten Rand des Grundstücks. Er lief hinüber.

Devin kam gerade durch die Hintertür und sah, wie Daryl zu dem Schuppen eilte. Er setzte ihm nach.

Als Daryl die Tür erreichte, bemerkte er, dass sie mit einem Vorhängeschloss gesichert war. Die Geräusche drinnen wurden lauter. Zu seinem Entsetzen hörte er, dass sie von Menschen stammten. Es war ein Stöhnen und Scharren.

Daryl hob einen faustgroßen Stein auf, der an der Mauer lag, und schlug gegen das Schloss, bis es brach. Dann schob er die Tür auf. Stechend fauliger Gestank schlug ihm entgegen. Es roch nach verwesendem Fleisch.

Eine Frau, nackt und mehr tot als lebendig, fiel vor ihm auf den Boden. Ihre Knochen zeichneten sich unter der gräulichdreckigen Haut ab, ihr Haar war abgeschnitten. Entsetzt von diesem Anblick wichen Daryl und Devin einen Schritt zurück. Die Frau wälzte sich auf die Seite und hob hilfesuchend einen dürren Arm.

Daryl rechnete fest damit, dass es Laura war, doch sie war eine Fremde. Er kannte diese Frau nicht.

Weitere Unruhe im Raum ließ die beiden aufhorchen.

Daryl nahm seine Taschenlampe hervor, um den Verschlag auszuleuchten. In einer Ecke kauerte noch eine Frau, die nun ihr Gesicht vor dem Licht verbarg. Sie befand sich in ähnlicher ausgemergelter Verfassung.

»Helfen Sie mir«, wisperte die Liegende.

Devin starrte schockiert auf sie hinab. Seine innere Distanziertheit schmolz dahin. Er wandte sich ab, um zu erbrechen.

Auch Jenks war angesichts dieser furchtbaren Entdeckung bestürzt.

»Laura, bist du das?«

Sie konnte ihn nicht ansehen, das Licht seiner Lampe blendete sie.

»Laura, ich bin es, Daryl.«

»Sie ist tot«, murmelte die Liegende.

Er schaute auf sie hinab und fragte: »Sind Sie sicher?«

»Er brachte sie um und aß sie. Auch ihren Sohn.«

Diese Worte machten ihn völlig fassungslos. Sicher, der Mensch war zu Grausamkeiten fähig, doch das – das war etwas, mit dem man in Horrorgeschichten rechnete, aber nicht im wirklichen Leben.

»Bitte helfen Sie mir«, flehte die Frau erneut, während sie zu Daryl kroch.

In diesem Moment heulte der Motor ihres Wagens vor dem Haupthaus auf. Nun waren sie vor die Wahl gestellt: wegrennen oder kämpfen? Daryl wollte den Wagen nicht aufgeben, aber genauso wenig sterben.

»Devin, ich weiß nicht, wer unsere Besucher sind, tippe aber auf Freunde von Simon. Nimm die Frau mit, ich helfe der anderen.«

Devin hob die Liegende auf, die nur noch Haut und Knochen war.

»Lauf wieder zum Maisfeld. Sobald du weit genug draußen bist, bieg rechts ab, um wieder nach Norden zurückzukehren. Irgendwann wirst du die Straße erreichen.«

»Nein, du kommst mit.«

»Geh jetzt, verdammt!«, beharrte Daryl, während er zu der Frau hinüber ging.

Als er sich ihr näherte, schlug sie kraftlos um sich. Daryl schlang seine Arme um sie und flüsterte: »Ist ja gut, wir sind nicht hier, um Ihnen wehzutun. Ich werde Sie retten, bitte hören Sie auf, sich zu wehren.«

Als er sie aus dem Schuppen führte, stand Devin immer noch davor.

»Was soll der Mist? Verschwinde jetzt.«

»Wir verschwinden gemeinsam.«

»Ich will nicht, dass sich jemand an uns satt isst. Wir dürfen nicht beide ins Gras beißen, also geh jetzt!«

Endlich setzte sich Devin mit der Frau in Bewegung und lief um sein Leben – einmal mehr durch ein Feld aus toten Maispflanzen.

Nie im Leben hätte er sich vorstellen können, dass ihm ein solches Feld Unterschlupf bieten würde. In mancher Hinsicht glich das schier endlose Gewirr einem U-Bahn-Netz, das ihn sicher von A nach B brachte. Im diesem Dickicht blieb man unbemerkt.

Die Frau hielt sich an ihm fest, indem sie ihre schwachen Arme um seinen Hals schlang. Nach einer Weile legte Devin eine Verschnaufpause ein. Seine Arm-, Bein-, und Rückenmuskeln taten höllisch weh. Er wusste nicht, wie weit er gelaufen war, hatte jegliches Zeitgefühl verloren.

Nachdem er die Frau sanft auf den Boden gelegt hatte, zog er sein Flanellhemd aus und deckte sie damit zu. Sie zog ihre dünnen Beine an die Brust, während sie weinte.

Schweißperlen strömten von Devins Stirn. Er ließ sich selbst auf der Erde nieder und atmete beschwerlich durch seinen trockenen Mund aus. »Was machen wir jetzt?«, fragte er sich laut.

»Vielen Dank«, wisperte die Frau.

»Was?«

Sie hob ihren Kopf ein wenig an. »Vielen Dank.«

»Keine Ursache.«

»Wohin bringen Sie mich?«

»Das ist eine gute Frage. Ich hoffe, dass wir es bis zu Daryls Haus schaffen. Dort können Sie in Ruhe wieder zu Kräften kommen.«

Sie fing wieder an zu weinen.

»Wie heißen Sie?«, wollte er wissen.

»Deborah.«

»Hi Deborah, ich bin Devin.«

Sie hustete und legte ihren Kopf wieder auf den Boden.

In der Ferne fielen Schüsse.

Devin sprang auf und nahm Deborah wieder sachte in die Arme. »Wir sollten weitergehen«, sagte er.

Devin streckte den Kopf aus dem Feld und schaute sich nach beiden Richtungen auf der Straße um. In der Ferne machte er Daryls Haus aus. Bis dorthin war es vielleicht noch eine Viertelmeile, doch ihm würde der Weg um ein Vielfaches länger vorkommen. Devin taten die Gliedmaßen und das Kreuz weh, sein ganzer Körper geriet an seine Grenzen. Sein einziges Ziel bestand nun darin, Deborah ins Haus zu schaffen und selbst ausruhen zu können.

Seit den paar Schüssen waren keine weiteren mehr gefallen, und Devin hoffte, dass das nicht Daryls Tod bedeutete. Anhand des Sonnenstandes erkannte er, dass sie nun schon mehrere Stunden durchs Maisfeld gelaufen waren. Er schaute auf Deborah hinab. Sie lag still da, eingewickelt in sein Hemd und mit dem Kopf auf der Erde.

»Ich wünschte, ich könnte jetzt auch ein wenig schlafen«, murmelte er, ging in die Hocke, schob Deborah die Arme unter und wollte sie behutsam hochheben.

»He, aufwachen«, wisperte er und schüttelte sie leicht.

Ihr Kopf sackte schwerfällig zurück. Er versuchte es erneut. »Deborah, aufwachen.«

Immer noch keine Reaktion.

Da legte er sie wieder hin und prüfte ihren Puls, indem er zwei Finger an ihren Hals legte. Nichts zu spüren. »Verflucht«, zischte er. Ein weiterer Verlust, der ihn frustrierte.

Er ließ sich selbst auf dem Boden nieder und betrachtete Deborahs Leiche. Während der vergangenen Woche war so viel mit ihm passiert, dass er meinte, in einem Albtraum gefangen zu sein. Die Pflanzen ringsum rauschten, während eine leichte Brise aufkam, die sein Gesicht kühlte. Zu lange hatte er seine Emotionen unterdrückt. Jetzt kamen die Tränen. Er weinte um die Welt, die er verloren hatte.

Nachdem er die lockere Erde glattgestrichen hatte, unter der Deborah nun begraben lag, steckte Devin die Schaufel in den Boden. Er hatte sie zum Haus gebracht und unverzüglich beerdigt, nachdem er Tess erzählt hatte, was geschehen und weshalb er mit einer Leiche im Arm zurückgekehrt war. Um der Toten die letzte Ehre zu erweisen, sprach Tess gemeinsam mit Brianna ein paar Worte.

Sie erkannte, welchen Wandel Devin im Lauf der letzten Tage vollzogen hatte. Als sie einander begegnet waren, hatte sie ihn für einen ängstlichen Mann gehalten; jetzt sah sie jemanden, der darum kämpfte, sich seine Würde als Mensch zu bewahren. Tess war stolz auf ihn und spürte, dass er sich innerhalb dieser kurzen Zeit zu einem Gefährten gemausert hatte, dem sie vertrauen konnte.

Devin ging, ohne ein Wort zu sagen, an ihr und Brianna vorbei und setzte sich auf die Veranda.

Tess folgte ihm. »Ich sehe schon, dass dir nicht nach Reden ist, also lass mich einfach etwas loswerden. Du brauchst nicht zu antworten.«

Er blickte nicht auf. Im Moment zerfraß ihn sein Hass auf die Welt.

»Wie du weißt, konnten wir Hudson nicht finden, und jetzt ist auch Daryl verschwunden. Niemand kann sagen, was aus ihnen wurde. Ich habe mit Brianna gesprochen, und wir sind uns einig, gleich morgen früh von hier aufzubrechen.«

»Abhauen? Ihr wollt jetzt abhauen?«

»Nein, bitte lass mich ausreden. Ich meinte, wir brechen auf … wir alle drei … um die beiden zu suchen.«

»Oh.«

»Du bist also dabei?«

»Selbstverständlich. Das sind wir Daryl schuldig. Wir brechen unsere Zelte hier nicht ab, bis wir wissen, was mit ihnen geschehen ist.«

»Devin, ich habe auch darüber nachgedacht, wie anders du geworden bist. Wenn ich mich an die ängstliche Person zurückerinnere, die ich letzte Woche kennenlernte …«

»Ich würde es Anpassung nennen«, warf er in sanfterem Ton ein. »Ich bin mir der Umstände bewusst geworden und werde um unser Überleben kämpfen.«

»Dann berichtige ich mich: Du hast dich angepasst.«

»Gut«, entgegnete er und zeigte ein bitteres Lächeln.

»Hungrig?«, fragte sie.

»Ja, schon.«

»Dann komm.«

»Wie geht es Brando?«, wollte er wissen.

»Unser tierischer Patient erholt sich gut. Ihm wird es schon bald besser gehen.«

»Freut mich zu hören. Lass uns was essen. Dabei besprechen wir, wie wir Daryl und Hudson finden können.«

Tag 191

10. April 2021
Internationaler Flughafen von Denver

Lori ging unruhig im Raum auf und ab. Ihr wollte das *Warum* hinter alledem nicht einleuchten. Warum kehrte ihr David freiwillig den Rücken? Warum begleitete Eric ihn? Hatte sie etwas falsch gemacht? Ihre Beziehung jahrelang falsch eingeschätzt? Wieso wollte er immer noch diese Stelle annehmen, obwohl er nun wusste, dass sie schwanger war? Warum, warum, warum?

Das Schloss klickte. Lori hielt inne und beobachtete, wie der Knauf umgedreht wurde. Dann ging die Tür langsam auf, und in der Annahme, es sei David, holte sie bereits Luft, um ihm einen Haufen Fragen und Vorwürfe an den Kopf zu werfen.

Aber nicht ihr Mann, sondern Horton stand in der Tür.

»Kanzler, was kann ich für Sie tun?«, fragte sie überrascht.

»Hallo, Lori.«

»Moment mal. Sie kommen hier herein, ohne vorher anzuklopfen?«

»Ich habe geklopft«, behauptete er, ohne einen Fuß über die Schwelle zu setzen.

»Nein, haben Sie nicht.«

»Geht das schon wieder los?«

»Was geht los?«

Er schüttelte den Kopf in sichtlichem Unverständnis über Loris Verhalten und drehte sich um.

»Nein, warten Sie. Was ist denn los?«

»Ich bin hier, um Ihnen zu sagen, dass ich nichts mit der Anstellung Ihres Mannes in Camp Sierra zu tun habe.«

»Und das soll ich glauben?«

»Ich habe schon einmal versucht, Ihnen zu erklären, dass ich kraft meines Amtes Sonderrechte genieße und Einfluss üben kann, allerdings dem Rat nach wie vor Rechenschaft schuldig bin. Verstehen Sie mich als Vorsitzenden eines Ausschusses, der mich jederzeit absetzen kann.«

»Der Rat legt so großen Wert darauf, wer an dieser Schule unterrichtet?«

»Ja, tatsächlich. Man hat das System perfektioniert, um unsere persönlichen Daten zu analysieren – den Werdegang jedes Einzelnen, sein Temperament, seine Intelligenz und so weiter – damit sich für jede Position der bestmögliche Kandidat finden lässt. Unser neuer Staat wird auf Leistung gründen, verstehen Sie? Nur wer erwiesene Fertigkeiten an den Tag legt, darf Verantwortung übernehmen und sich Bürger nennen. Was Ihrem Gatten und Ihrem Sohn zuteil wird, ist eine Ehre, genau wie das, was man Ihnen hier bietet.«

Sie starrte ihn ausdruckslos an und entgegnete: »Ich weiß überhaupt nicht, wovon Sie sprechen.«

»Ich fasse es aufs Wesentliche zusammen: Das alte System existiert nicht mehr, da es im Zuge der Pandemie unterging. Unsere neue Gesellschaft wird anders sein – besser – und nur wenige Auserwählte erhalten exklusiven Zugang.«

»Ich weiß immer noch nicht, was Sie meinen«, erwiderte Lori. Alles, was er sagte, widersprach dem Wertesystem der Vergangenheit, so wie sie es kannte.

»Nun, außerdem kam ich vorbei, um mich zu erkundigen, ob es Ihnen und dem Baby gut geht.«

Diese Bemerkung entlockte ihr ein Lächeln. »Ja, uns geht es gut, danke«, versicherte sie. »Wenigstens einer, der sich dafür interessiert.«

»Sie hatten mich darum gebeten, Davids Anstellung zu verhindern. Ich versuchte, ihn umzustimmen, doch er besteht weiter darauf. Es ist seine freie Entscheidung.«

»Ich bin seine Ehefrau!«

Horton hob abwehrend die Hände. »Ich störe Sie besser nicht weiter, womit Sie auch immer gerade beschäftigt waren«, sagte er, und drehte sich wieder zur Tür um. Dabei fiel sein Blick auf die Skizzen auf ihrem Zeichentisch. »Ist das unser neues Kapitol?«

»Ja.«

»Darf ich es sehen?«

»Oh, sicher. Sie sind der Kanzler, der ja so viel Macht hat«, versetzte sie sarkastisch.

Er ignorierte diese unbedachte Spitze, ging zum Tisch hinüber, beugte sich über die Entwürfe und betrachtete sie eingehend. »Der Rundbau gefällt mir, besonders die gewaltigen Säulen, die rings um den Sockel verlaufen. Das gibt ein sehr starkes Bild ab.«

»Ich ließ mich von der Architektur des griechischen und römischen Altertums inspirieren, was ja auch die Schöpfer der alten Regierungsgebäude taten.«

»Diese Idee finde ich aber bestechend: Das Dach mit Solarzellen zu bestücken. Das ist großartig. Sie haben sich zu Herzen genommen, dass wir das Schöne mit dem Nützlichen verbinden möchten.«

»Ich mag manchmal den Eindruck vermitteln, nicht zuzuhören, tue es aber sehr wohl.«

Er richtete sich auf und schaute ihr in die Augen. »Das ist wunderbar – fast so wunderbar wie die Frau, die es ersonnen hat.«

Lori wurde rot und trat einen Schritt zurück.

Er nahm ihre Hand. »Bitte entziehen Sie sich mir nicht, wenn ich Ihnen ein Kompliment mache. Normalerweise fühle ich mich nicht so zu Frauen hingezogen, wie es bei Ihnen der Fall ist. Seit ich Sie zum ersten Mal sah, war ich … Nun ja, ich konnte nicht aufhören, an Sie zu denken.«

»Kanzler, ich finde nicht, dass dies der angemessene Ort für solche Bemerkungen ist. Ich wohne hier und bin …«

Er drückte ihre Hand fester und zog sie zu sich. »Lori, ich erkenne es auch in Ihren Augen; ich kann Ihnen alles schenken, was Sie sich wünschen.«

»Alles, außer dass mein Mann hierbleibt.«

»Ich kann Ihr Baby vor dem Tod bewahren, das garantiere ich Ihnen.«

»Bitte gehen Sie jetzt.«

Er zog sie noch näher zu sich und wollte sie küssen.

Da klickte die Tür wieder und ging auf. David und Eric standen davor.

Sie wich von Horton zurück, aber nicht schnell genug.

David sah das, von dem er gehofft hatte, es nie wieder sehen zu müssen: Wie Lori einen anderen Mann küsste. »Als hätte ich es geahnt«, sagte er, drehte sich um und ging davon.

Eric war alt genug, um die Geschichte seine Eltern zu kennen, und seine Bemerkung traf sie am härtesten: »Du bist eine Hure.«

»Eric, David, es ist nicht das, was ihr denkt«, jammerte sie, stieß Horton von sich und lief den beiden hinterher.

Außerhalb von Reed, Illinois

Devin, Tess und Brianna suchten das Gelände sorgfältig mit den Augen ab, auf dem er Daryl zuletzt gesehen hatte. Sie hielten sich zwischen Bäumen und Maispflanzen versteckt. Nach einer Weile kamen sie überein, dass das Grundstück verlassen war.

»Tess, gib mir Deckung, und kommt nicht nach, bis ich grünes Licht gebe«, sagte Devin.

Tess schaute ihn an. »Wir halten dir den Rücken frei, dir passiert nichts.«

Devin stand auf und ging zu dem Schuppen, in dem sie Deborah und die andere Frau gefunden hatten. Die Tür stand auf, ein weiterer Beleg dafür, dass niemand mehr zugegen war. Als er den Verschlag erreichte, steckte er den Kopf hinein und sah sich um, entdeckte aber nichts. Etwa 25 Fuß entfernt stand das zweite Nebengebäude. Nachdem er sich vergewissert hatte, dass die Luft rein war, lief er hinüber. Es handelte sich um einen kleinen Schuppen ohne Fenster. Als er die Tür aufzog, wehte ihm ein ekelerregender Gestank entgegen. Schnell schlug er sie wieder zu und schloss die Augen. Er verspürte den starken Drang, sich zu übergeben. Da er sich gut vorstellen konnte, wozu das Gebäude verwendet worden war, lag es ihm fern, das genauer zu untersuchen.

Nun wollte er im Haus nachzuschauen und lief zur Hintertür. Dabei stolperte er über etwas im hohen Gras, das den Garten überwucherte, und fiel zu Boden. Als er sich hinsetzte, um zu sehen, worüber er gestürzt war, entdeckte er die Leiche einer weiteren Frau. Ein kurzer Blick auf ihre Wunden genügte, um zu wissen, dass sie erschossen worden war. Er entsann sich der Schüsse, die er am Vortag gehört hatte, stand wieder auf und lief zur Treppe hinter dem Haus. Als er die Terrasse betrat, bemerkte er, dass die Tür aufgebrochen worden war. Er schaute dorthin, wo Tess mit Brianna wartete, und nickte, ehe er die Tür ein Stück weit öffnete, um einen Blick in die Wohnung zu werfen.

»Zähl bis drei, Dev«, flüsterte er. »Eins, zwei, drei!« Daraufhin stieß er die Tür ganz auf und ging mit dem Gewehr an der Schulter hinein. Weder in der Küche noch im Wohnzimmer fand er jemanden. Der Rest des Gebäudes war schnell durchsucht, aber keine Menschenseele anzutreffen.

Devin suchte nach Hinweisen auf Jenks' Verbleib, allerdings vergeblich. Nach einer Weile kehrte er zu Tess und Brianna zurück.

»Warum hast du uns nicht gerufen?«, fragte Tess.

»Ihr braucht das nicht zu sehen.«

»Wir hätten dir helfen können«, hielt sie dagegen.

»Dort ist nichts. Verschwinden wir.« Er machte sich auf den Weg zurück zum Geländewagen.

»Bist du sicher?«

»Jawohl. Aber ich glaube, es gibt da jemanden, der uns ein paar Fragen beantworten kann.«

»Wer soll das sein?«, erwiderte sie.

»Der Bürgermeister.«

Internationaler Flughafen von Denver

Der Wind brauste in Böen über die Rollbahn und spielte wild mit Loris Haar. Der wolkenverhangene Himmel trug zu ihrer düsteren Stimmung bei, passte aber auch zu der Szene, die sich zwischen David, Eric und ihr abspielte.

»Bitte glaub mir«, flehte sie.

»Das war's, Lori – einmal zu viel. Ich glaube, du hast eine Schwäche für Männer mit Macht.« David bezog sich auf ihr voriges Techtelmechtel mit einem Ratsmitglied aus Denver.

»Dafür habe ich mich entschuldigt. Wie oft willst du mir noch vorhalten, dass ich einen Fehler begangen habe?«

Er sah sie wütend an. »Das wird nun das letzte Mal gewesen sein.«

»Tu das nicht. Unsere Familie bedeutet mir so viel.«

»Ich war dafür, dass du hier arbeitest, so wie ich alle Schritte unterstützte, die du in deiner Karriere gemacht hast, doch diesmal ging es wirklich darum, der Familie zu helfen. Ich stellte meinen Stolz völlig hintan und sagte mir, du würdest dich einzig darauf konzentrieren, dafür zu sorgen, dass wir aus diesem Lager kämen. Doch das war ein Irrtum. Du bist hierher gekommen und konntest … konntest deine Gier nicht zügeln. Mein Gott, Lori! Du bist keine Woche weg und liebäugelst schon mit anderen Männern. Ich kann ja noch nicht einmal sicher wissen, dass das Kind von mir stammt!«

»Wie kannst du es wagen, mir so etwas zu unterstellen? Natürlich ist es dein Kind!«

»Wie soll ich das sicher wissen? Du wolltest hier etwas dafür tun, dass wir eine Chance erhalten …«

»Ich bin unschuldig. Was ihr gesehen habt, war er, nicht ich.«

»Männer legen es nicht so verbissen darauf an, wenn sie keine Gelegenheit wittern. Mir fiel schon etwas bei unserer Ankunft auf, und weißt du, was das war?«

Lori wusste nicht, worauf er hinaus wollte. Sie konnte nur dastehen, eine Verbalattacke nach der anderen über sich ergehen lassen und hoffen, dass David sich abreagieren würde.

»Keine Ahnung? Tja, du hattest deinen Ehering nicht an, wie praktisch.«

»Nein, ich zog ihn aus, weil meine Finger anschwellen. In meinem Gewebe sammelt sich Wasser und …«

»Bla, bla, bla – genug dummes Geschwätz!«, brüllte er. »Du willst dieses Leben, du willst Männer mit Macht und Einfluss, nicht zu vergessen die Anerkennung als ach so tolle Architektin. Also gut, du sollst sie haben. Doch alles gebe ich dir nicht. Du wirst nicht gewinnen, nicht diesmal.«

Die emotionale Anspannung zeichnete sich in Davids Zügen ab. Tränen glitzerten in seinen Augen. Lori streckte einen Arm nach ihm aus. Er schlug ihre Hand weg. »Rühr mich nicht an! Du wirst mich nie wieder verletzen.«

»Bitte verlass mich nicht. Ich brauche dich, das Baby braucht dich.«

»Keine Sorge, ich werde mich vergewissern, wie es dir geht. Aber sei dir gewiss, nur wegen des Kindes. Sobald es auf die Welt kommt, verlange ich einen Vaterschaftstest. Sollte es von mir stammen, werde ich mich darum kümmern. Aber zwischen uns beiden ist es aus.«

Sie begann, am ganzen Körper zu zittern, und streckte sich abermals nach David aus.

Er trat zurück und drehte sich zu Eric um, der scheinbar teilnahmslos wartete.

»Mach's gut, Lori, genieß das Leben, das du schon immer haben wolltest«, sagte David und wandte sich ab. Er ging zu Eric hinüber und berührte seine Schulter.

Der Junge hob den Kopf, nickte und schaute dann hinüber zu seiner Mutter. Nachdem er ihr einen bösen Blick zugeworfen hatte, ging er mit seinem Vater auf einen Helikopter zu.

Lori schaute ihnen hinterher. Sie weinte bittere Tränen, während ihre Familie ihr den Rücken kehrte. Sie wusste nicht, was sie tun sollte, wollte ihnen nachlaufen und betteln. Aber sie kannte David gut genug, um zu wissen, dass man ihn nicht umstimmen konnte, wenn er so wütend war. Ihr würde nichts Anderes übrigbleiben, als Zeit verstreichen und hoffentlich auch die Wunden heilen zu lassen, die sie vor Jahren aufgerissen hatte.

Die Rotorblätter des Hubschraubers drehten sich immer schneller. Die Heckklappe wurde eingefahren.

Wie sollte sie ihre Arbeit erledigen und ein Kind allein großziehen? Sie musste einen Weg finden, ihre Familie wiederzugewinnen.

Reed, Illinois

Als Devin die letzte Abzweigung nahm und das Rathaus sah, dämmerte ihm, dass es wohl keine so gute Idee gewesen war, mit dem Geländewagen in die Stadt zu fahren. Die wenigen Menschen, denen er begegnete, bedachten das Militärfahrzeug mit langen, argwöhnischen Blicken.

»Erklär mir noch einmal, warum es etwas bringen soll, diesen Bürgermeister aufzusuchen?«, bat Tess.

»Hast du einen besseren Vorschlag?«, erwiderte er.

»Es ergibt durchaus Sinn, mit ihm zu sprechen«, bemerkte Brianna, »um herauszufinden, ob er irgendwie helfen kann.«

»Ich weiß bloß nicht, womit er uns helfen könnte, geschweige denn, ob er überhaupt will. Nach dem, was du mir über Daryls Zerwürfnis mit den Bewohnern der Stadt erzählt hast, glaube ich einfach nicht, dass er sich darum scheren wird.«

»Mag sein, aber falls du eine bessere Idee hast, würde ich sie gerne hören.«

Tess stierte Devin an. Sie wunderte sich zusehends über sein Verhalten. Nein, sie hatte keine bessere Idee.

Nachdem er auf den Parkplatz eingebogen war, bremste er und schaltete den Motor ab.

»Ich möchte, dass ihr zwei hier bleibt«, sagte er und stieg aus. »Haltet die Augen offen.«

»Ich denke, wir sollten mitkommen«, hielt Tess dagegen.

»Nein, bleibt hier und haltet euch bereit. Seht euch nach Daryl und seinem Auto um, aber achtet auch auf diese Kiste; mir ist aufgefallen, dass uns ein paar Typen auf dem Weg in die Stadt böse Blicke zugeworfen haben.«

»Na gut.«

Brianna stieg ebenfalls aus und streckte sich. Sie sah sich auf den leeren Straßen um und fasste die wenigen Sehenswürdigkeiten von Reed ins Auge. Wenngleich sie schon durch den Ort gefahren war, hatte sie ihn für jemanden, der aus relativ naher Umgebung kam, selten aufgesucht.

Tess tat es ihr gleich, indem sie ihre Glieder ausgiebig dehnte. Als Devin im Rathaus verschwand, fühlte sie sich ein wenig einsam. Sie hatte sich daran gewöhnt, dass er ständig in ihrer Nähe war.

Plötzlich hallte das Brummen mehrerer Wagenmotoren von den Ziegelsteinmauern der Gebäude wider. Einige große Pick-ups kamen herangefahren und blieben nicht weit entfernt vorm Rathaus stehen. Die lauten Autos erinnerten sie sofort an die Gruppe, die sie angegriffen hatte und später auf dem Hof von Devins Cousin aufgetaucht war.

Die Motoren wurden abgestellt, und eine Schar Männer stieg aus den geräumigen Kabinen der Wagen, aber auch von den Ladeflächen. Einige schauten in ihre Richtung, begannen dann, miteinander zu reden und zeigten auf sie.

Tess zog sich ihre Baseballmütze ins Gesicht, um nicht erkannt zu werden, doch der Geländewagen ließ sich nicht verbergen. Sie ging davon aus, dass er der Gesprächsgegenstand der Typen war. Ein paar von ihnen gingen ins Gebäude, während der Großteil draußen blieb und weiter auf die beiden Frauen starrte.

Da Tess das Gefühl beschlich, mit den Augen ausgezogen zu werden, stieg sie in den Wagen. Sie schaute Brianna an und sagte: »Warum setzt du dich nicht wieder? Die Kerle dort drüben sind mir unheimlich.«

»Okay.« Brianna stieg ebenfalls ein.

Die beiden unterhielten sich über Jenks, Hudson und den Kampf einige Tage zuvor, Briannas bisheriges Leben, die Reise nach North Carolina und sogar Tess' Pläne für eine Hochzeit im Vorfeld der Seuche. Gerade als sie das Kleid beschrieb, das sie sich ausgesucht hatte, sah sie Devin zurückkommen, allerdings mit mehreren anderen Männern. Zu ihrer Überraschung erkannte sie einen davon wieder. Ein panischer Schauer lief über ihren Rücken.

Die vier Mann – Devin mitgezählt – näherten sich.

Tess wusste ohne jeden Zweifel, dass der Kerl sie auch wiedererkennen würde. Wie hätte sie das Gesicht eines Menschen vergessen können, der sie töten wollte? Der Mann, den sie erkannte, war derjenige, der im Haus von Devins Cousin in Decatur die Flucht ergriffen hatte. »Scheiße, scheiße, scheiße!«, zischte sie, während die Männer auf sie zukamen.

»Was ist los?«, fragte Brianna besorgt.

»Da kommt was Übles auf uns zu«, antwortete Tess.

»Ich verstehe nicht.«

»Einer der Männer bei Devin ist ... Na ja, sagen wir einfach, er hat probiert, uns etwas anzutun, weshalb ich seinen Freund tötete und auch ihn abknallen wollte.«

»Was?«

»Er darf mich nicht sehen. Ich weiß es, er wird sich an mich erinnern.«

Devin und die Männer erreichten den Humvee. Der Bürgermeister begutachtete den Wagen mit Bewunderung. »Woher, sagten Sie, haben Sie ihn noch gleich? Er ist ja sogar mit einem MG ausgestattet, beeindruckend.«

Devin schaute sich das montierte Gewehr an, hatte aber keine Ahnung, wie es funktionierte. »Ja, wir hatten Glück und fanden ihn auf der Straße.«

»Woher kommen Sie? Ich hab's vergessen«, bohrte Rivers nach.

Die Männer waren direkt neben dem Wagen stehengeblieben.

Tess hatte sich unterdessen geduckt und von ihnen abgewandt.

»Aus Lovington.«

»Nein, ich meinte davor. Sie sprechen mit Akzent, daher können Sie nicht aus der Gegend stammen, dessen bin ich mir sicher.«

»Ursprünglich komme ich aus New York, landete dann aber ...« Devin stockte und überdachte seine Worte. Aus unerfindlichen Gründen verspürte er jetzt den Wunsch zu lügen. »... in Indianapolis.«

»Indy?«

»Ja.«

»Hm, wie dem auch sei: Tut mir leid, dass wir Ihnen wegen Daryl nicht weiterhelfen konnten. Der Kerl ist so etwas wie ein einsamer Wolf. Keiner weiß, wo er steckt. Ich hielt ihn schon immer für eine tickende Zeitbombe. Nachdem er uns hier in der Stadt die kalte Schulter gezeigt hatte, fanden wir es am besten, ihn einfach in Ruhe zu lassen.«

Tess, die den Wortwechsel mitanhörte, bemerkte sofort, dass Devins Informationen nicht aufrichtig waren, und freute sich darüber.

»Wer begleitet Sie eigentlich?«, fuhr Rivers fort, wobei er vor die heruntergelassene Scheibe der Fahrertür trat und hineinschaute.

Tess begann, laut zu husten und zu röcheln, um wie eine Kranke zu klingen.

Devin passte die Neugierde des Bürgermeisters nicht, und seit seiner kurzen Begegnung mit ihm konnte er nachvollziehen, warum Daryl nicht viel für ihn übrig hatte.

»Die mit dem Husten heißt Tess. Ich glaube, ihr geht es nicht gut, und die auf der Rückbank ist Brianna.«

Die Angesprochene winkte und setzte ihr typisch einnehmendes Lächeln auf.

»Hallo, die Damen. Ich bin Bürgermeister Reed, willkommen in unserer großen, kleinen Stadt.«

»Hallo, Herr Bürgermeister«, entgegnete Brianna.

Tess hielt den Kopf weiter zwischen ihren Beinen und hustete.

»Oh, sie ist echt krank, die Arme«, erklärte Brianna.

»Was hat sie?«, fragte Rivers.

»Nur eine Grippe, keine Bange«, beschwichtigte Brianna. Sie beugte sich nach vorne und fing an, Tess' Rücken zu reiben.

Rivers warf einen längeren Blick auf Tess, bevor er dem Mädchen zuzwinkerte. »Bist eine Hübsche.«

Brianna strahlte bloß weiter.

»Gibt's da nette Damen zu sehen?«, warf Frank ein, indem er sich zur Seite lehnte und hinschaute.

Devin ahnte, dass Tess ungesehen bleiben wollte, und sagte deshalb: »Also, Herr Bürgermeister, vielen Dank, dass Sie mich angehört haben und uns helfen wollten.«

»War mir ein Vergnügen. Wir finden Ihre Freundinnen und Sie also in Jenks' Haus?«

»Richtig, wir werden uns dort einrichten«, bestätigte Devin. »Meine Güte, er hat sich ja eine stattliche Festung aufgebaut.« Er übertrieb in der Hoffnung, sie würden sich von dort fernhalten. Mittlerweile bereute er den Besuch bei Bürgermeister Rivers und vermutete, der Kerl habe es auf das Grundstück abgesehen, nun da sich Daryl nicht auffinden ließ.

Devin bot ihm lässig die Hand an.

Rivers nahm sie und schüttelte kräftig. »Falls ich noch etwas für Sie tun kann, lassen Sie es mich bitte wissen.«

»Werde ich. Daryl taucht bestimmt wieder auf.«

»Abwarten.«

Devin stieg in den Humvee und betätigte die Zündung. Die Männer traten zurück und schauten zu, wie der Wagen fortfuhr.

Rivers drehte sich zu Frank um. »Sagen Sie jedem, man solle auf Daryl Jenks achten. Wenn Sie ihn finden, bringen Sie ihn sofort zu mir.«

»Jawohl, Sir«, antwortete Frank und ging weg.

»Und noch etwas, lassen Sie sein Haus von ein paar Leuten bewachen. Ich will wissen, was dort vor sich geht. Er hat ein paar Spielzeuge, die mich interessieren.«

Tag 192

11. April 2021
Außerhalb von Reed, Illinois

Devin fuhr in dem breiten Sessel hoch und schaute hinunter auf seine Hand, die feucht war. Während er sie abwischte, wurde sein Blick klar, und er stellte fest, dass Brando neben ihm saß. Die Aufregung des Hundes wuchs. Er blieb auf drei Beinen stehen, winselte und schob seinen Kopf unter Devins Hand. »He, Junge, hast du was gehört, oder ist dir nur nach Streicheleinheiten zumute?«

Brando schnupperte eindringlicher, womit er zeigte, dass er Aufmerksamkeit suchte.

»Oh, verstehe, ich soll dich kraulen.«

»Hast du Hunger?«, rief Tess aus der Küche.

»Was? Äh, wie spät ist es?«, fragte Devin. Er wusste nur noch, dass er aus dem Fenster geschaut hatte.

»20 nach sechs«, entgegnete Tess.

»Bin wohl müde gewesen.«

»Bri meinte, du hättest dich nicht mehr bewegt, seitdem sie die Wache übernommen hatte.«

Devin stand auf, streckte sich und betrat die Küche. Er zog einen Stuhl hervor und setzte sich wieder. Er litt selbst zwei Tage, nachdem er Deborah getragen hatte, unter Muskelkater, sowohl im Rücken als auch in den Armen und Beinen. »Ich bin fix und fertig«, klagte er.

»Trag's mit Fassung.« Tess feixte.

»Du solltest dich mal hören, Einpeitscherin. Darf ich dich was fragen?«

»Oh nein, bitte nicht schon wieder solchen Unsinn über meine politische Auffassung.«

»Nein, nichts dergleichen, das ist vorbei. Ich wollte vielmehr wissen, was geschieht, wenn wir es bis zu dir nach Hause schaffen, dort aber keine Nachricht finden. Hast du mal darüber nachgedacht?«

»Nein, darüber mache ich mir keinen Kopf. Travis versprach, etwas für mich zu hinterlassen, und er genießt mein volles Vertrauen. Wenn die Bude nicht abgefackelt wurde, werden wir auch eine Nachricht finden.«

»Und wer garantiert dir, dass sie nicht gestohlen wurde?«

»Das kann nicht sein, weil er sie in unserem Geheimversteck hinterlegt. Sie wird da sein.« Tess schaute Devin an.

»Gut, dann hoffen wir, dass die Nachricht ein paar Antworten für uns bereithält.«

»Wird sie – zwar nicht alle, doch wir werden mehr erfahren, als wir wissen wollen.«

»Wann hattest du vor, Travis zu heiraten?«

»Der 3. Juni ist unser Hochzeitstag. Hoffentlich schaffen wir es noch irgendwie. Natürlich wird das dann keine Trauung in Weiß sein, wie ich sie mir ausgemalt habe, und die Flitterwochen fallen sicherlich aus. Doch wenn ich einen Wunsch habe, dann diesen Mann zu heiraten. Ich liebe ihn und will nichts auf dieser Welt so sehr, als ihn finden, um seine Frau zu werden.«

»Lädst du mich zur Hochzeitsparty ein?«, fragte Devin scherzhaft.

Tess drehte sich wieder zum Ofen um, stellte das Gas ab und verteilte die Eier auf drei Teller. Sie hatte einen einzigen Gedanken im Kopf, und den äußerte sie auch, als sie sich Devin erneut zukehrte: »Weißt du, Heirat bedeutet jetzt mehr als vor alledem. Ich weiß, das klingt kitschig, aber der Fortbestand der menschlichen Rasse hängt jetzt davon ab, ob wir Kinder kriegen und uns am eigenen Schopf aus dem Sumpf ziehen können.«

»Aber sagtest du nicht, Schwangerschaft sei nun etwas Heikles?«

»Ja, aber wir dürfen nicht aufgeben – ich zumindest nicht, niemals. Mr. … Wie lautet dein Nachname noch gleich? Herrje, kaum zu glauben, dass ich ihn nicht kenne.«

»Chase.«

»Mr. Chase, je besser du mich kennenlernst, desto klarer wird dir, dass ich eigentlich Optimistin bin. Lach mich nicht aus, aber wir können dieses Blatt zu einem Besseren wenden. Das wird nicht leicht, aber ich glaube daran.«

»Wo wir gerade bei Politik sind: Schon mal daran gedacht, dich für eine Wahl aufstellen zu lassen? Nette Rede.«

Sie warf ein Geschirrtuch nach ihm, ehe sie fortfuhr: »Nein, im Ernst, ich werde nicht aufgeben, und das ist der Grund dafür, dass ich – oder besser gesagt wir – weiter nach North Carolina ziehen. Wollte ich etwas Anderes, hätte ich das Haus meiner Eltern nie verlassen.«

»Tess, du bist ein bewundernswerter Mensch, wirklich.«

»Eigentlich war ich nicht auf Anerkennung aus.«

»Ich habe mich verändert, und das habe ich größtenteils dir zu verdanken.«

Tess blickte ihn an, indem sie ihren Kopf liebevoll zur Seite neigte. »Wir kennen uns noch nicht lange, aber ich würde mein Leben in deine Hand geben. Hoffentlich kann ich die Person sein, für die du genauso empfindest – auf platonische Weise, wenn du verstehst, was ich meine.«

»Ich habe das verstanden. Wir sind ein gutes Team.«

Devin strahlte, als er das sagte.

»Dev, wie lange wollen wir noch nach ihnen suchen? Sag jetzt nicht, bis wir sie finden.«

»Ich dachte, du seist Optimistin?«

»Das heißt nicht, dass ich keine realistischen Ansichten habe.«

»Die Frage ist berechtigt, aber ich fände es einfach nicht richtig, jetzt abzuhauen. Du darfst es Bauchgefühl nennen.«

»Du weißt, dass uns der Bürgermeister einen Besuch abstatten wird. Und auch Turners Bande taucht über kurz oder lang hier auf. Wir können von Glück reden, dass es bislang noch nicht passiert ist. Ich glaube einfach, wir riskieren zu viel.«

»Hör mal, falls du mit Brianna verschwinden willst, dann tu das. Ich bleibe noch ein paar Tage und hole euch dann ein.«

Tess atmete schwer aus. Seine Antwort war nicht das, was sie hören wollte. Auch sie wollte weiter nach Hudson und Daryl suchen, nur glaubte sie, dass die beiden wahrscheinlich nicht mehr lebten, und Devin Kopf und Kragen riskierte, indem er Gespenster jagte. »Ich lasse dich nicht allein zurück, aber bitte lass uns eine Frist setzen«, verlangte sie.

Devin fühlte sich Daryl gegenüber verpflichtet, weil der Mann Tess zur Hilfe gekommen war, als sie diese am dringendsten benötigt hatte. Allerdings wusste er auch, dass er die Leben von Tess und Brianna nicht aufs Spiel setzen durfte, um ewig weiter zu suchen. Sie hatte Recht.

»Noch zwei Tage; wir brechen übermorgen auf, in Ordnung?«

»Abgemacht. Aber nun lass uns herausfinden, wie man das Maschinengeschütz bedient.«

Internationaler Flughafen von Denver

Mit einem Haarwinkel in der Hand zeichnete Lori einen drei Zoll langen Strich, der den Handlauf des Geländers aus gemeißeltem Granit am Balkon des neuen Kapitols darstellte. Dann lehnte sie sich zurück und besah den fertigen Entwurf, rümpfte aber die Nase, da sie nicht zufrieden damit war. Sie nahm einen dicken Radierer und entfernte die Linie wieder, vergrößerte den Abstand zwischen beiden Enden und legte den Winkel erneut an. Diesmal jedoch setzte sie ihren Bleistift fester auf, sodass die Spitze abbrach.

»Mist!«, fluchte sie frustriert und warf ihn weg.

Sie konnte sich nicht konzentrieren. Aber wie sollte sie auch ausblenden können, dass sie ihre Familie verlor? In der vergangenen Nacht hatte sie kein Auge zugetan. Der Schlafmangel setzte ihr zu. Lori war völlig am Ende. Bei der Besprechung am Morgen mit Chance und dem Team hatte sie sich nicht von ihrer besten Seite gezeigt. Sie war ungepflegt erschienen und nicht imstande gewesen, Chance's Gelaber zu erdulden. Während einer seiner langen Predigten hatte sie ihn fünfmal unterbrochen. Am Ende des Meetings hatte er sie zu sich gerufen und davor gewarnt, noch einmal so aufzutreten. Nach ihrer halbherzigen Entschuldigung hatte sie ihre Notizen eingepackt und den Raum verlassen.

So entschlossen sie sich auch in ihre Arbeit stürzte, um sich abzulenken – es funktionierte nicht. Immer wieder sah sie vor ihrem geistigen Auge Davids bestürzte Miene, als er sie und Horton miteinander erwischt hatte, oder hörte seine letzten Worte, kurz bevor er mit Eric in den Hubschrauber gestiegen war. Das eine Wort indes, das sie verzweifelt auszublenden suchte, war »Hure«, wie ihr Sohn sie genannt hatte. Es tat weh, und sie wusste nicht, ob sie es ihm verzeihen konnte. Sie hatte geglaubt, die Kinder wüssten nichts von ihrem früheren Fehltritt, aber wie naiv war das? Kindern entging nichts, was sich in einem Haus abspielte. Sie log sich etwas vor, wenn sie annahm, dass weder Eric noch Madeleine etwas von den Streitereien zwischen David und ihr mitbekommen hätten. Es hatte ihnen nicht entgehen können, und die Vorstellung, dass ihre Tochter davon wusste, aber bis zu ihrem Tod nie mit ihr darüber gesprochen hatte, bescherte Lori einen weiteren qualvollen Gedanken. Nie würde sie die Möglichkeit bekommen, sich zu rechtfertigen oder um Vergebung zu bitten.

Die Arbeit vermochte nicht, ihren Kopf von den Sorgen zu befreien, also verließ sie ihr Quartier. Vielleicht halfen ein Spaziergang, etwas Bewegung und frische Luft. Sie ging über die Flure zum Fahrstuhl. Als sie den Rufknopf drücken wollte, klingelte die Glocke, und die Tür öffnete sich. Vor ihr stand die letzte Person, die sie im Moment sehen wollte: Kanzler Horton.

»Hallo, Lori. Freut mich, Sie zu sehen.«

»Ich nehme den nächsten Aufzug«, erwiderte sie kalt.

»Ach, seien Sie nicht so.«

Die Tür ging wieder zu, doch er hielt sie auf.

»Wollen Sie wirklich so tun, als sei nichts passiert?«

»Bitte lassen Sie mich alles erklären.«

»Lassen Sie mich einfach in Ruhe«, sagte sie. »Ich weiß nicht, was Sie denken, aber ich bin verheiratet und schwanger, also ist mir daran gelegen, meinen Mann und meinen Sohn irgendwie zurückzuholen.«

Damit ging sie zum Treppenhaus.

Er verließ den Fahrstuhl und folgte ihr.

»Kanzler Horton, lassen Sie mich in Frieden!«

»Lori, stopp«, entgegnete er entschieden und packte sie grob am Arm.

»Loslassen!«, rief sie und versuchte, ihn abzuschütteln.

Er griff noch fester zu und zog sie unsanft zu sich heran.

»Stopp und zuhören!« Dann öffnete er die Tür zum Treppenhaus und stieß sie hinein.

»Sie tun mir weh!«

Als die Tür hinter ihnen zufiel, sagte er: »Die Welt, wie du sie kanntest, ist nicht mehr und wird nie wieder sein. Das ist eine Tatsache, mit der du dich abfinden musst, Punkt. Ich will sehr offen mit dir sprechen, was bisher nicht der Fall gewesen ist. Schließlich habe ich es auf die nette Tour versucht, aber das scheint bei dir nicht zu klappen.«

Sie wehrte sich, doch je kräftiger sie zog, desto fester drückte er zu. »Sie tun mir weh, lassen Sie mich los!«

»Lori, ich werde dich bekommen, so einfach ist das. Du bist für mich bestimmt; deine DNA wurde analysiert, wir beide passen perfekt zueinander. Unsere Kinder werden vollkommen sein.«

Was er sagte, schockierte sie zutiefst. Sie wollte nur weg und versuchte, ihm ins Gesicht zu schlagen.

Er blockte ihre Schläge ab und drückte sie gegen die Wand. Dann neigte er sich zu ihr, bis sich ihre Nasen beinahe berührten. »Unsere Gene ergänzen einander. Wir werden Nachkommen für die neue Welt zeugen, die wir gerade erschaffen. Ob dir das gefällt oder nicht, so ist es nun einmal. Ich wollte es auch nicht wahrhaben, als man es mir mitteilte, doch als ich dich sah … Nun ja, sagen wir einfach, ich war sehr froh um die Auswahl, die für mich getroffen wurde. Alles passte gut zusammen. Wir brauchten einen Architekten, deine DNA passte perfekt zu meiner … Allerdings täuschte ich mich in dir. Du hattest ein paar Überraschungen parat, zum Beispiel dieses Baby.«

Er fasste ihr an den Bauch.

Sie sträubte sich gegen die Berührung.

»Lassen Sie die Finger von mir!«

»Wir kennen deine Vergangenheit, verstehst du? Sie ist bestens dokumentiert. Deine Laufbahn, deine Tätigkeit im Internet, der Verlauf deiner Recherchen, deine alten E-Mails – wir wissen längst alles über dich … Ja, über jeden, weil wir die Daten der Überlebenden schon sehr lange sammeln. Wir kennen dich, Lori Ann Roberts. Wir wissen, du hattest eine Affäre, wir haben deine E-Mails gelesen und alles erfahren.« Sie fing an zu weinen, während er damit fortfuhr, ihr seinen gemeinen Plan zu offenbaren. »Solltest du dich nicht fügen, werde ich David und Eric umbringen lassen. Auch dein

Baby. Dann klebt ihr Blut an deinen Händen. Du hast die Wahl.«

Damit war er fertig und ließ sie los.

Entsetzt von seinem Bekenntnis stieß sie ihn von sich und lief die Treppe hinauf zur Hauptebene, wo sich die Terminals befanden. Ihr Körper schlotterte, sie war völlig durcheinander von den fürchterlichen Dingen, die er ihr unterbreitet hatte. Alles um sie herum war eine einzige Lüge. Einmal nun hatte sie die Wahrheit erfahren, und die war schlimmer als der schlimmste Albtraum. Sie dachte an David, Eric und das Baby. Was sollte sie tun? Ziellos irrte sie durch das Flughafengebäude.

»Geht es Ihnen gut?«, wollte ein Mann wissen, während er auf sie zukam.

Sie streckte einen Arm vor, um ihn auf Abstand zu halten.

Weitere Fragen drängten sich ihr auf, doch sie kannte die Antworten bereits. Was der Kanzler gesagt hatte, entsprach der Wahrheit. Dies alles geschah im Sinne eines großen Vorhabens, irgendeines raffinierten »Großen Ganzen«. Gehörte das Virus dazu? Hatte man den Großteil der Menschheit ausgelöscht, um eine neue Weltordnung zu schaffen? Dieser Gedanke überforderte ihren Verstand. Ihr wurde schwindlig. Sie setzte sich mit dem Rücken an eine Wand und fing an, heftig zu weinen.

Tag 193

12. April 2021
Jenks' Grundstück, Reed, Illinois

Devin stand auf und zielte mit seinem Gewehr auf die Umrisse einer Person, die in der Einfahrt näherkam. Ohne Vollmond hätte er sie gar nicht bemerkt.

»Sofort stehenbleiben!«, befahl er.

Der Unbekannte ging weiter – langsam, aber stetig.

»Verdammt, Sie sollen stehenbleiben!«

Die Person stoppte, murmelte etwas Unverständliches und fiel in der Einfahrt vornüber.

Devin schaltete seine Taschenlampe ein und rief nach Tess und Brianna. Der Lichtkegel fiel auf den Körper, der reglos am Boden lag. Ein nackter Mann lag in der Einfahrt. Hastig verließ Devin seine Deckung unter dem Vordach und lief hinüber. Es war Daryl.

Tess und Brianna stürzten beide bewaffnet aus dem Haus.

»Hier drüben, es ist Daryl. Helft mir, ihn hineinzutragen.«

»Oh mein Gott, er sieht schlimm aus«, sagte Tess.

Als sie ihn gemeinsam hochhoben, nuschelte Jenks: »Hab schon bessere Tage erlebt.«

»Du bist jetzt sicher, Kumpel«, bemerkte Devin.

Als sie in der Wohnung waren, untersuchten sie Daryls verdreckten Körper. Überall hatte er sich Schnitte, Schrammen und Kratzer zugezogen. Sein Gesicht war angeschwollen, wahrscheinlich durch Faustschläge.

Während sie ihn behandelten, redete er vor sich hin, meistenteils undeutlich, doch ein Name stach immer wieder hervor: Rivers. Falls der mit seiner Entführung und Folterung zu tun hatte, war er auch an Simons Aktivitäten beteiligt gewesen, nicht zu vergessen jene Gruppe von Plünderern, als sie ihn mit Frank gesehen hatten.

Daryl nahm die wenige Kraft zusammen, die er noch hatte, und hielt Devin am Arm fest.

»Was ist los, mein Freund?«, fragte dieser.

Daryl zog ihn zu sich herunter und sagte: »Hud. Sie haben Hud.«

Devin riss die Augen auf. Er sah Tess an. »Sie haben Hudson; die Kannibalen halten Hudson fest.«

»Wo?«, wollte Tess wissen.

Jenks versuchte, sich hinzusetzen, war aber zu sehr geschwächt und sackte wieder zurück.

»Ruh dich aus. Sag uns, wo wir ihn finden können, und wir werden ihn holen«, versprach Devin.

Daryl schüttelte den Kopf.

»Schwerbewaffnet, zu viele.«

»Aber wir haben jetzt ein MG«, betonte Tess selbstbewusst.

»Nein«, stöhnte Daryl.

»Du musst dich ausruhen und Flüssigkeit zu dir nehmen«, bemerkte Devin.

»Kleiderschrank, Infusion, schnell«, brachte Daryl hervor.

Brianna lief los, um den Beutel und die Nadel zu bringen.

»Beeil dich«, drängte Tess. Sie nahm dem Mädchen die Infusion ab und legte sie Jenks rasch an.

»Im Schlafzimmer, Nachttisch, obere Schublade, eine Kassette, herholen«, fuhr dieser dann fort.

Brianna verschwand wieder und kehrte prompt mit einem verschlossenen Kästchen zurück, auf dessen Deckel eine Zahlenscheibe angebracht war.

»Acht, fünf, acht, drei«, gab Daryl an.

Brianna stellte die Kombination ein, woraufhin sich der Behälter öffnen ließ.

»Tüte.«

Sie reichte ihm einen Plastikbeutel, der mit einem weißlichen Pulver gefüllt war.

»Ist es wirklich das, was ich vermute?«, fragte Tess in leicht vorwurfsvollem Ton.

»Unfug«, brachte Daryl hervor, während er den Beutel öffnete, um ihn an sein Gesicht zu halten. Er steckte die Nase ins Plastik und atmete tief ein.

»Unglaublich«, empörte sich Tess.

Daryl zog die Nase hoch und musste husten. Danach verschloss er den Beutel wieder, wälzte sich auf die Seite und richtete sich beschwerlich auf. Was auch immer er inhaliert hatte, es zeigte die erwünschte Wirkung.

Er streckte sich und sagte: »Ich benutze es nur, wenn ich nachts wach bleiben und aufpassen muss. Ist schon eine Weile her, dass ich darauf gestoßen bin, und bislang habe ich keine Ahnung, worum es sich handelt, aber es bringt mich wieder auf Trab.«

»Kokain vielleicht?«, fragte Devin.

»Koks? Hier? Nein, ich glaube, es ist Methamphetamin, doch egal wie man es nennt, es wirkt. Ich darf nicht hier rumliegen, wir müssen meinen Jungen retten.« Daryl zog die Nadel aus seinem Arm, legte sich einen kurzen Verband um die Einstichstelle und stand auf. »Jetzt brauche ich Ibuprofen.«

»Warum nicht gleich Morphium?«, scherzte Tess.

Er sah sie an und verdrehte die Augen. »Junge Dame, ich bin kein Drogenabhängiger, aber auch niemand, der etwas einfach wegwirft, was er findet und vielleicht einmal gebrauchen könnte. Die Zeit drängt; mein Sohn wird von einer Gruppe verdammter Kannibalen festgehalten, und ihr werdet meine Hilfe benötigen, um ihn zu befreien. Ich nehme dieses Zeug nicht regelmäßig, sondern nur, wenn ich mich wachhalten muss. Ich war monatelang allein hier draußen und habe meine Familie beschützt.«

Tess wollte etwas entgegnen, doch Devin schnitt ihr das Wort ab. »Er hat Recht. Lasst uns überlegen, wie wir Hudson zurückholen können. Wir dürfen uns nicht noch länger aufhalten.«

Sie biss sich auf die Zunge, während sie ihn anschaute, und richtete ihren Blick dann auf Jenks. »Gut«, sagte sie.

Ein schiefes Grinsen stahl sich in Daryls Gesicht. »Ich gehe davon aus, dass ihr beide nicht wisst, wie man ein Maschinengewehr bedient. Ich werde es euch zeigen, und dann sollten wir uns auch die anderen Schätzchen ansehen, die unsere Raider-Freunde zurückgelassen haben.«

Internationaler Flughafen von Denver

Lori blieb unmittelbar vor Hortons Büro stehen, glättete ihr Shirt und vergewisserte sich, dass ihre Frisur saß. Nach einer nicht enden wollenden Nacht, in der sie sich herumgewälzt und gegrübelt hatte, stand ihr Entschluss fest. »Ich bin hier, um mit Kanzler Horton zu sprechen«, sagte sie zu einem Wachmann.

»Einen Augenblick, Ma'am«, entgegnete dieser, bevor er in sein Funkgerät sprach. »Ms. Roberts ist hier, um den Kanzler zu treffen.«

Die kurze Pause daraufhin, in der sie sich nervös auf die Unterlippe biss, kam ihr quälend lang vor.

Dann knackte es in der Leitung. »Lassen Sie sie herein.«

Der Wächter öffnete die Tür und ließ sie weitergehen.

Sie betrat einen langen Flur. An dessen Ende befand sich der eigentliche Zugang zu Hortons Arbeitszimmer, der von einem zweiten Mann bewacht wurde. Auf dem Weg über den Gang wähnte sie sich auf einer Planke, über die sie von Bord eines Schiffes springen musste. Sobald sie das Büro betrat, würde sie sich in etwas verstricken, aus dem sie keinen Ausweg sah.

Der zweite Wachmann, der einen schwarzen Kampfanzug trug, musterte Lori. Sein kalter Blick blieb völlig gefühllos. Ohne sie aus den Augen zu lassen, streckte er eine Hand nach der Tür aus und drückte sie auf.

Horton saß an seinem Schreibtisch vor der hinteren Wand.

Sie trat ein. Als die Tür wieder ins Schloss fiel, zuckte Lori zusammen.

Horton stand auf und grinste breit. »Lori, es ist mir ein Vergnügen, dich zu sehen. Darf ich sagen, dass du … reizend aussiehst?«

Sie ging weiter und blieb vor dem Schreibtisch stehen.

»Danke sehr.«

»Ich nehme an, du hast über unser gestriges Gespräch nachgedacht, oder?«

»Ja, und ich bin hier, um Ihnen zu sagen, dass …« Sie geriet ins Stocken. Ihre Gedanken rasten. »Ich bin hier, um Sie wissen zu lassen, dass ich das Notwendige tun werde.«

Er kam hinter dem Tisch hervor und legte seine Hände auf ihre Schultern. »Ich finde keinen Ausdruck dafür, wie sehr ich mich freue, das aus deinem Mund zu hören. Wäre es doch bloß anders gelaufen, aber wir sind nicht die schlechten Menschen, für die du uns hältst. Wir meinen es gut, und das wirst du bald erkennen.« Während er sprach, senkte sie ihren Blick. »Ich weiß, wie du dich fühlen musst … Füge dich einfach, und du wirst begreifen, dass diese neue Weltordnung, die wir schaffen, den rechten Weg für die menschliche Rasse vorgibt. Zum ersten Mal in unserer Geschichte werden wir alles richtig machen. Kriege, Krankheiten und Ignoranz sollen der Vergangenheit angehören; wir läuten ein neues Zeitalter ein. Wir werden die Natur respektieren, auf Nachhaltigkeit setzen, nie wieder Mutter Erde mit unserem Müll und unseren Schadstoffen schänden. Du wirst ein Teil davon sein, wirst eine Heimat haben, ein wirkliches Zuhause.«

Sie kämpfte mit den Tränen, die sich anbahnten, und konnte das Zittern nicht unterdrücken, welches von ihrem Körper Besitz ergriff. Nun wusste sie, dass sie sich in Gegenwart des Bösen befand, und auch, dass sie sich nicht herauswinden konnte.

Horton neigte sich nach vorne und gab ihr einen hingebungsvollen Kuss auf den Mund. Sie zuckte zurück, verdrängte ihre instinktive Abneigung jedoch und ließ ihn gewähren.

Als er von ihr abließ, lächelte er und sagte: »Willkommen daheim, Lori.«

Jenks' Grundstück, Reed, Illinois

»Das ist eine wahre Goldgrube. Seht euch an, was wir hier alles haben«, freute sich Daryl, bei dessen Begeisterung wohl auch das Methamphetamin eine Rolle spielte. »Was genau haben wir?«

»Gutes Zeug«, entgegnete Tess, die gerade anfing, die Waffen zu begutachten, die sie neben dem Haus auf einer Plane ausgelegt hatten. »Da hätten wir Rauchgranaten, Sprengstoff und sogar Geschosse vom Typ 203.«

»Du kennst dich gut aus. Wie kommt's G.I. Jane?«, fragte Daryl mit einem Grinsen und knuffte Devin in die Seite.

»Mein Verlobter ist Marinesoldat. Er hielt es für eine gute Idee, mich ein wenig auszubilden.«

»Genau mein Typ. Gut zu wissen, dass vor der Seuche doch nicht alle ignorant und blöd waren«, erwiderte Daryl. »Ich befürchtete nämlich so manches Mal, die meisten Kerle hätten sich eine Möse aufreißen lassen und es aufgegeben, Männer zu sein.«

Tess suchte Devins Blick. »Was guckst du so? Ich habe und hatte noch nie … was auch immer.«

»Eine Möse?« Sie lachte.

»Ach, leck mich«, gab er zurück.

»Mann, verstehst du keinen Spaß, Dev?« Tess verdrehte die Augen.

»Dies, meine Freunde, ist ein wunderbares Ding.« Daryl hielt eine olivgrüne, flach konkave Mine hoch. »Also, abgesehen von den vielen verschiedenen Sprengkörpern haben wir etwa 2.000 Patronen Kaliber .50, ein Dutzend 203er für den Granatwerfer, 3.000 Schuss zu 5.56mm, 1.500 zu 9mm, zwei H&K-Pistolen – besten Dank –, acht Claymore-Minen und das Allerbeste ... eine ganze Kiste C4.«

Zwischen den Waffen verstreut lagen noch andere nützliche Dinge: Rucksäcke, Nahrungsmittel, Wasser, Treibstoff, Karten, Funkgeräte, Batterien und die persönlichen Gegenstände der toten Männer.

»Was tun wir als nächstes?«, fragte Tess.

»Ich denke, wir sollten die auslegen, falls unsere neuen Freunde aufkreuzen.« Daryl zeigte auf die Claymore Minen.

»Und dann?«, wollte Devin wissen.

»Gehen wir meinen Jungen holen.«

Nachdem Jenks die Hauptwege auf seinem Grundstück vermint hatte, faltete er eine große Karte von Reed auf. Mit einem Textmarker kreiste er mehrere Punkte darauf ein und erklärte:

»Das hier sind wir, hier steht das Haus meiner Schwester, und dort wurde ich gefangen gehalten.« Er zeigte auf eine Stelle mitten in der Stadt.

»Was ist das?«, fragte Devin.

»Ein Lebensmittelgeschäft.«

»Ist das ein Scherz? Die verarbeiten Menschen in einem Lebensmittelladen zu Hackfleisch?«, versetzte Tess.

»Ich wünschte, es wäre ein Scherz, aber es stimmt«, raunte Daryl. »Die sind zu verdammten Tieren geworden.«

»Nein, das kommt einer Beleidigung der Tiere gleich«, erwiderte Devin.

»Im Ernst«, lenkte Daryl ein. »Die verfügen über eine kleine Armee.«

»Wie bist du entkommen?«, wollte Tess wissen.

»Das ist nicht wichtig. Mein Sohn befindet sich nicht dort. Ich habe ihn gesucht, aber er wird anderswo festgehalten.«

»Bist du sicher?«, fragte Devin.

»Einer der Kerle, sein Name lautete … verflucht, ich habe ihn vergessen. Er sagte mir, dass sie ihn haben.«

»Irgendeinen Hinweis darauf, wo er steckt«, entgegnete Tess.

»Ach ja, Frank hieß er. Er meinte, der Bürgermeister esse besonders gern „Jungfleisch". Ja, das war sein Wortlaut.«

Tess warf Devin einen Blick zu.

»Was ist los?«, fragte Daryl.

»Wir fuhren in die Stadt und zum Bürgermeister, als wir dich suchten. Dort haben wir Frank gesehen. Nun … sagen wir, er ist uns aus Decatur in Erinnerung geblieben.«

»Diese Kerle haben also ein weites Einzugsgebiet«, schlussfolgerte Jenks.

»Wie schaffen die das, wo doch Turners Bande überall im Land herumzieht?«, wunderte sich Devin.

Daryl schaute hoch, als er einen Tropfen auf seinem Arm spürte. Die dunkelgrauen Wolken hatten sich bereits den ganzen Morgen zusammengebraut.

»Scheiße, Regen«, schimpfte Tess.

»Nein, der kommt uns gelegen – je stärker, desto besser«, widersprach Daryl und streckte beide Arme aus.

Devin schaute auf die Karte, die nun von kleinen nassen Punkten besprengt wurde. Er zeigte aufs Rathaus und fragte:

»Wir wissen, wo er sein könnte, doch wie kommen wir an ihn ran?«

»Durch Ablenkung, mein Freund. Ein Ablenkungsmanöver!«, rief Daryl.

Internationaler Flughafen von Denver

Lori lag wach und starrte an die Decke, während sie geduldig darauf wartete, dass sich Hortons Atemfrequenz änderte, bis sie sicher sein konnte, dass er eingeschlafen war. Als er in regelmäßige Atemzüge verfiel, verließ sie das Bett, schlich ins Bad und schloss die Tür hinter sich. Dann drehte sie das Duschwasser auf, wartete aber nicht, bis es warm wurde, weil dies bedeutet hätte, dass die Körperflüssigkeiten des Kanzlers noch länger an und in ihr kleben blieben. Sie rieb sich von oben bis unten mit Seife ein, ehe sie ihre Haut praktisch Zoll um Zoll abschrubbte, als könnte sie sich von dem reinwaschen, was gerade passiert war. Doch egal, wie kräftig sie schrubbte – sauber würde sie sich nie wieder fühlen.

Das Wasser wurde warm, und es dauerte nicht lange, bis Dampf im Badezimmer stand. Als sie mit Duschen fertig war, trat sie vor den Waschtisch und wischte über den Spiegel. Wegen der Feuchtigkeit am Glas war ihre Reflexion verschwommen, doch genau so nahm sie sich ohnehin gerade wahr: Sie hatte sich in ein Zerrbild ihrer selbst verwandelt.

Es klopfte an der Tür. Er war also wach.

Sie griff zu einem Handtuch und schlang es fest um ihren Körper.

Das Klopfen wiederholte sich, gefolgt von einem Rütteln am Knauf.

»Lori, mach auf.«

Sie wollte allein sein; fürchtete, er wollte erneut mit ihr schlafen, und bei dieser Vorstellung wurde ihr übel.

»Öffne die Tür.«

Sie ging hin und entriegelte.

Horton trat ein. »Bist du okay?«

»Tut mir leid, ich war auf der Toilette.«

»Schon gut, sperr bitte beim nächsten Mal nicht zu«, erwiderte er, schlang seine Arme um sie und drückte sie an sich.

Lori kniff ihre Augen zusammen und betete darum, er möge sie in Ruhe lassen.

»Ich würde ja sagen, wir legen uns wieder ins Bett, aber ich muss bald zu einer wichtigen Sitzung.«

Als seien ihre Gebete erhört worden, sprach sie ein stummes »Danke, Gott«.

»Ich springe schnell unter die Dusche. Hoffentlich hast du mir etwas heißes Wasser übriggelassen«, bemerkte er. Nachdem er sie noch einmal geküsst hatte, trat er in die Nasszelle. »Ach, ich habe einigen Leuten Bescheid gesagt, dass du von jetzt an hier wohnst. Deine Sachen sind schon gepackt. Das geht doch in Ordnung, oder?«

Lori stand wieder vorm Spiegel und dachte bei sich: *Als hätte ich eine andere Wahl.*

»Heute Abend wird es spät bei mir. Ich habe meinen Koch beauftragt, dir zuzubereiten, was auch immer dein Herz begehrt.«

Ohne sich vom Spiegel abzuwenden, äffte sie Hortons Worte stimmlos nach. Eine andere Form von Aufmüpfigkeit fiel ihr nicht ein.

»Ich habe so viele Pläne für uns und kann es kaum erwarten, dir davon zu erzählen.«

Die ganze Situation kam ihr so unwirklich vor. Wenn sie ihn anschaute, sah sie nichts weiter als das Spottbild eines Mannes – ein hässliches Tier, das sich als Mensch ausgab. Sie hatte sein wahres Wesen erlebt, seine schwarze Seele hatte sich offenbart, und nun hielt er sie gefangen.

Wenn sie dieses Spiel durchstehen wollte, musste sie die Regeln genau kennen. Sie ging zur Dusche, schob sie auf und fragte: »Kann ich kommen und gehen, wann ich will? Ich gehöre doch nach wie vor zum Entwicklungsteam, richtig?«

»Natürlich. Du bist ein Riesentalent, wir brauchen dich. Und ja, du kannst innerhalb der Anlage des DIA gehen, wohin du willst.«

»Schön.«

»Allerdings wirst du deine Mahlzeiten hier zu dir nehmen; die überfüllte Cafeteria ist nichts für dich.«

»Auch schön.«

»Wirklich?«

»Ja, und ich hätte gerne einen Termin bei einem Geburtshelfer, sobald du einen machen kannst.«

»Schon geschehen, ich habe nur vergessen, es dir zu sagen.«

»Du kümmerst dich wirklich um alles«, entgegnete sie zynisch.

»Aus dem Grund bin ich der Kanzler. Würdest du bitte wieder zumachen? Es zieht.«

Sie schloss die Duschkabine und blieb einen Moment davor stehen. Abermals überkam sie ein unwirkliches Gefühl. In niemandes Fantasie – einzig jener dieses kranken, erbärmlichen Typen hinter dem Glas – konnte das alles mit ihr passieren. Sie akzeptierte den Umstand, im Moment keine andere Wahl zu haben, als sein Spiel mitzuspielen – fürs Erste.

Lori verließ das Bad, ging zum Bett und setzte sich auf die Kante. Während sie ihr nasses Haar bürstete, fragte sie sich, wie sie die Hölle überleben würde, in der sie jetzt schmorte.

Reed, Illinois

Dem Tag folgte eine finstere Nacht. Der helle Vollmond vom Vorabend verbarg sich nun hinter Gewitterwolken, die starken Regen auf die Erde prasseln ließen. Sie verließen das Haus im Schutze der Dunkelheit. Sie hatten einen Plan.

Briannas Aufgabe bestand darin, sich in der Innenstadt an der Kreuzung Missouri und Jackson Road zu verstecken und per Funk jeglichen Verkehr in die Stadt beziehungsweise hinaus zu melden. Sie wussten nicht, wie viele Männer Rivers tatsächlich hatte, und falls noch weitere eintrafen, mussten sie es erfahren.

Tess sollte ein Ablenkungsmanöver starten. Sie würde mit dem Humvee vor das Lebensmittelgeschäft fahren, Rivers Leute herauslocken und mit dem Maschinengewehr so viele von ihnen töten wie nur möglich. Während sie das tat, würden Devin und Daryl zum Rathaus fahren. Die Männer dort, so hofften sie, würden zu der Schießerei vor dem Geschäft eilen, sodass die beiden Hudson suchen konnten.

Daryl war sich nicht sicher, ob diese Strategie aufgehen würde, wusste aber auch keinen anderen Weg, um heimlich ins Gebäude zu gelangen. Nach Devins Schilderung wurde das Rathaus bestens bewacht. Weiterhin ungeklärt war die Frage, ob sich sein Sohn dort aufhielt. Die ganze Sache stand auf tönernen Füßen, doch was blieb ihnen sonst übrig? Verhandeln?

Als alle ihren Posten eingenommen hatten, begab er sich gemeinsam mit Devin durch die nassen, dunklen Straßen zum Rathaus, wo sie sich in einem verlassenen Hauseingang gegenüber verschanzten. Aufgrund der Lage des Gebäudes war es schwierig, sich Zugang zu verschaffen. Es stand mitten auf einem weitläufigen Hof, den man überqueren musste.

Rivers hatte an allen Seiten Männer postiert und ließ jeden Eingang bewachen. So saß er wie ein König in seinem Schloss, wobei Straße und Grünanlagen als sichernder Wassergraben dienten. Diese Positionierung hatte Jenks dazu veranlasst, die Kerle vom Rathaus wegzulocken.

Er nahm ein Funkgerät aus seiner Tasche und drückte die Sprechtaste. »Tess, der Spaß kann beginnen.«

»Viel Glück«, antwortete sie.

Dann bebte die Erde und mehrere laute Donnerschläge grollten durch die Innenstadt. Sekunden später hallten Schreie und Rufe durch die Straßen, verstummten aber sogleich, als das Maschinengewehr ihnen antwortete.

»Los geht's«, sagte Daryl zu Devin. Sie schlichen aus dem Hauseingang und liefen über die Straße.

Die Männer vor dem Rathaus verschwanden in Richtung des Lebensmittelladens. Anhand dessen, was die beiden hörten und sahen, musste die Zahl ihrer Gegner weit höher als geschätzt sein. »Einer von uns sollte Tess helfen«, sagte Daryl. »Diese Wichser dürfen sie nicht kalt erwischen.«

»Ich mach das«, entgegnete Devin und lief hinter den Männern her.

Im Schutz der Dunkelheit schlich Daryl weiter zum Rathaus. Er hatte einen Schalldämpfer auf sein AR-15 geschraubt. Er ging auf einen Wächter auf dem Rasen zu und feuerte nur einmal; dann hörte er, wie der Mann fiel.

»Bob, bist du das?«, fragte ein anderer Mann im Schatten neben dem Seiteneingang.

»Nein«, antwortete Daryl und drückte mehrmals ab.

Der Kerl grunzte und brach zusammen.

Daryl hatte Herzklopfen und Schmerzen am ganzen Körper. Die Wirkung des Methamphetamins ließ nach, nur ein erheblicher Adrenalinstoß spornte ihn noch an. Nachdem er über die Leiche des Wächters gestiegen war, betrat er das Gebäude.

Drinnen hörte er Schreie aus mehreren Richtungen. Auf den Schutz der Dunkelheit konnte er sich nicht mehr verlassen, alle Lichter waren eingeschaltet, sodass man ihn jederzeit entdecken konnte. Er dachte nach. *Hätte ich Gefangene, wo würde ich sie verstecken?* Die Antwort lag für ihn auf der Hand. *Im Keller.* Er suchte nach einem Weg und fand bald eine Tür, die laut Beschilderung nach unten führte.

Gerade als er zu der Tür laufen wollte, gab jemand aus dem Flur voraus eine Salve auf ihn ab. Er ging hinter einem Metallschreibtisch in Deckung. Zum Glück war er nicht getroffen worden. Daryl zückte eine Rauchbombe, machte sie scharf und warf sie in die Richtung, aus der die Schüsse gefallen waren.

Der Sprengkörper trudelte durch die Luft, bis er unvermittelt laut explodierte und zischte. Qualm breitete sich rasch auf dem Flur aus und bot Jenks den Schutz, den er benötigte. Vorsichtig musste er dennoch sein, denn der Schütze feuerte blind weiter.

Daryl kroch auf die Tür zu. Kugeln zischten über ihn hinweg, während er sich näherte. Erinnerungen an seine Zeit im Krieg drängten sich auf. Als er die Tür erreichte, setzte er sich mit dem Rücken dagegen und griff zum Knauf, doch sie war verschlossen. Kugeln schlugen über ihm ein.

»Jetzt langt's aber«, sagte er zu sich, nahm eine Handgranate heraus und zog den Ring. Dann rollte er sie durch den Flur, klemmte den Kopf zwischen seine Beine und zählte – eins, zwei, drei, vier, fünf – bis es krachte. Die Schüsse hörten auf. Daryl stand auf, zerschoss den Knauf der Tür und stieß sie auf.

Dahinter führte eine lange, alte Holztreppe in die Tiefe, die von einer einzelnen, nackten Glühbirne am unteren Absatz beleuchtet wurde. Das Gewehr im Anschlag haltend, machte er sich auf den Weg ins Untergeschoss des Rathauses.

Die Männer stürzten einer nach dem anderen aus dem Lebensmittelladen, wo Tess sie sogleich mit ihrer neuen besten Freundin begrüßte: einer Browning M2.

Sie hätte nie gedacht, dass es ihr so viel Genugtuung bereiten würde, Menschen zu erschießen, doch dies waren keine Menschen, sondern Monster.

Da sie sich so stark auf die Kerle aus dem Geschäft konzentrierte, konnte sie weder hören noch sehen, dass sich eine Rotte von hinten näherte.

Zum Glück war Devin ihnen auf den Fersen. Als er Tess erblickte, war ihm klar, dass er sofort etwas unternehmen musste. Er blieb stehen, legte an und entsicherte das Gewehr, bevor er auf den Mann anlegte, der ihr am nächsten war. Sein erster Schuss fiel – und traf sein Ziel genau in den Rücken.

Die Wucht des Aufpralls ließ den Mann bäuchlings niedergehen.

Devin legte auf einen anderen Kerl an. Auch diese Kugel traf tödlich.

Er zählte acht Mann, die Tess entgegenliefen, während sie immer noch nichts davon mitbekam.

Devin zielte abermals und fällte einen dritten und vierten Gegner. Devin staunte über sich selbst. Nachdem er erst vor einer Woche mit dem Schießen begonnen hatte, fand er seine Fertigkeiten beachtlich.

In diesem Moment drehte Tess ihren Kopf und erblickte die Männer, die sich ihr rasch näherten. Sie schwenkte die Waffe herum. Kugeln schlugen in Devins Nähe ein. Er erschrak, aber sie konnte ja nicht ahnen, dass auch er in der Nähe war. Weil er auf Löcher im Pelz verzichten konnte, lief er schnell hinter einem Ladengebäude in Deckung.

Nachdem sie drei Mann niedergestreckt hatte, verstummte das MG. Die Munition war ihr ausgegangen. Sie entfernte das leere Magazin und griff zu einem neuen, aber die Zeit lief ihr davon. Gerade als sie nachladen wollte, erreichten drei Männer das Fahrzeug. Sie glichen Raubtieren, die auf die Ladefläche sprangen.

Tess kam noch dazu, ihre Glock zu zücken, aber einer der Männer schlug ihr den Griff eines alten Gewehrs über den Kopf. Tess stürzte zu Boden.

Aus dem Laden strömten noch etwa ein Dutzend Männer. Weil er um Tess' Leben fürchtete, begann Devin im Laufen, auf die Männer zu schießen, die den Wagen bestiegen hatten. Als er den Humvee erreichte, feuerte er aus nächster Nähe auf einen Mann, dem er zuvor einen Beinschuss verpasst hatte.

Tess lag zusammengesunken auf dem Rücksitz des Wagens. Blut rann aus der Wunde an ihrem Kopf. Sie blinzelte, war kaum bei Bewusstsein. Wie aus weiter Ferne erreichte sie Devins Stimme. Er benötigte Hilfe, und sie war seine einzige Hoffnung.

Ein Kerl hielt Devin fest, doch er rammte ihm die Armstütze seines Gewehrs gegen den Schädel. Als er ausholte, um erneut zuzuschlagen und ihn unschädlich zu machen, donnerte eine Salve durch die Luft. Ein sengender Schmerz fuhr durch seinen linken Arm. *Ich wurde angeschossen.* Doch das Adrenalin verdrängte den Schmerz. Er feuerte weiter, bis der Verschluss einrastete – keine Munition mehr.

Jetzt erst realisierte Devin, was er hier eigentlich tat. Seine Hand zitterte heftig, als er ein neues Magazin aufstecken wollte und dies erst beim dritten Versuch schaffte. Die Typen aus dem Geschäft würden sich jeden Moment auf ihn stürzen, und er wusste nicht, ob die Kerle auf dem Wagen alle tot waren. Wie ein Blitz schoss es ihm durch den Kopf, dass er ganz auf sich allein gestellt war und jetzt sterben könnte.

Wie in Trance entriegelte er die Waffe, stellte auf Dauerfeuer und nahm den Erstbesten aufs Korn, den er sah. Dann hielt er ziellos drauf. Er schaffte es, noch zwei Kerle niederzuschießen, bis er sich selbst eine weitere Kugel einfing, diesmal ins Bein. Es war ein Durchschuss, der etwas Fleisch von seinem rechten Oberschenkel riss. Er spürte, wie heißes Blut in seinen Stiefel lief. Devin fing an zu zittern, zielte noch ungenauer. Zusehends verschwamm seine Sicht. Er dachte an Flucht, doch das hieße, Tess zurückzulassen. Niemals würde er das tun.

Auf einmal donnerten Schüsse hinter ihm los. Als sich Devin erschrocken umblickte, sah er Tess, die auf die Männer feuerte, die sich ihnen näherten.

In diesem Moment nahm er sie mit anderen Augen wahr. Er erkannte eine echte Schönheit in ihr; eine starke, entschlossene Frau, gewillt, bis zum bitteren Ende zu kämpfen. Sollte dies die letzte Nacht seines Lebens sein, so fühlte er sich geehrt, an ihrer Seite sterben zu dürfen. Er drehte sich wieder zu den Männern um, die jetzt gerade einmal zehn Fuß entfernt waren, hob sein Gewehr und eröffnete abermals das Feuer.

Daryl hatte im Keller des Gebäudes nichts als verstaubte Kisten voller alter Akten gefunden – keine Anzeichen, dass jemand dort festgehalten wurde. Als er nach oben zurückkehrte, fand er das Rathaus verlassen vor, keinerlei Spur von Hudson oder Rivers. Ihm kam der Gedanke, dass der Bürgermeister mit seinem Sohn geflohen war, obwohl er noch immer nicht sicher sein konnte, ob man den Jungen tatsächlich hier eingesperrt hatte. Zwar gab es Hinweise darauf, dass man Gefangene gehalten hatte, und abscheuliche Belege für den Verzehr von Menschenfleisch, aber nach wie vor nichts, was bewiesen hätte, dass Hudson je hier gewesen war.

Bevor die Verzweiflung ihn übermannen konnte, seinen Sohn nicht gefunden zu haben, beschloss er, Tess und Devin zu helfen. Der Schusswechsel aus Richtung des Lebensmittelladens klang erbittert.

Während er aus dem Rathaus eilte, knisterte sein Funkgerät. »Daryl, hier ist Brianna, kommen.«

Er drückte die Sprechtaste im Laufen. »Was ist?«

»Mehrere Autos und Lastwagen sind an mir vorbei nach Norden aus der Stadt gefahren.«

»Okay«, antwortete er. Nun hatte er Gewissheit, dass seine Vermutung stimmte, doch das musste warten. Dem Schusswechsel vor dem Lebensmittelgeschäft nach, mussten die beiden in ein Wespennest gestochen haben.

Daryl erreichte die Madison Street und bog ein letztes Mal ab. In einiger Entfernung stand der Humvee, und was Daryl sah, machte ihm Angst: Tess und Devin feuerten wild um sich, doch die Bande hatte sich ihnen bis auf wenige Schritte genähert. Er hoffte inständig, sie würden durchhalten, bis er sie erreichte.

Devin ging unsanft zu Boden, als ihn gleich drei Mann von den Füßen zogen. Dann schlugen und traten sie auf ihn ein.

Tess gelang es, mit ihrer letzten Patrone einen Angreifer niederzustrecken, der auf die Motorhaube gesprungen war. Der Verschluss rastete ein, doch sie schwang die Pistole herum und schlug damit auf den nächsten Kerl ein, der ihr nahekam. Jemand packte sie am Schopf, um sie aus dem Wagen zu ziehen. Bei jedem Hieb, der Devin ins Gesicht traf, sah er Sterne aufblitzen. Wie aus heiterem Himmel kam ihm ein Gedanke: *War es das? Muss ich so draufgehen? Werden mich diese Monster morgen verspeisen?*

Plötzlich brachen die Männer einer nach dem anderen auf ihm zusammen. Als er sich unter ihren toten Leibern herausgewunden hatte, sah er sich erstaunt um. Daryl stand wenige Fuß vor ihm und suchte die Umgebung nach weiteren Bedrohungen ab. Doch es ließ sich niemand mehr blicken.

»Du bist gerade noch rechtzeitig gekommen«, stöhnte Devin.

»Tess, geht es dir gut?«, fragte Daryl, während er auf die Ladefläche stieg, um nach ihr zu sehen.

»Das wird schon wieder. Ich glaube, Devin hat's schlimmer erwischt«, antwortete sie, während sie sich an den Kopf fasste.

»Du blutest stark«, erwiderte Daryl und zog ein Stirnband aus seiner Tasche, um es auf die Wunde zu drücken.

»Ich komme klar, kümmere dich lieber um Dev«, drängte sie.

»Wurdest du angeschossen?«, fragte Daryl ihn.

»Ah, gibt es eine Steigerung für „angeschossen"? Die haben mich nämlich zweimal getroffen«, versetzte Devin mit einem bemühten Augenzwinkern.

»Wo? Ist es schlimm?«

»Am Arm ist wohl nur eine Schramme, aber mein Bein … ich glaube, dort ging die Kugel glatt durch.«

Daryl riss den Stoff am Einschussloch in der Hose auf. Mithilfe seiner Taschenlampe untersuchte er die Wunde und sah, dass Devin Recht hatte: Die Kugel war durchs Fleisch gegangen, allerdings ohne wichtige Adern oder den Knochen zu verletzen. »Halb so wild, aber wir müssen das säubern. Laden wir dich ein, holen Brianna ab und kehren nach Hause zurück.«

Devin hielt ihn am Arm fest. »Was ist mit Hudson? Hast du ihn gefunden?«

»Nichts, keine Spur«, antwortete Daryl mit schwermütigem Gesichtsausdruck. Nachdem er Devin hochgezogen hatte, half er ihm auf die Ladefläche des Wagens.

Tess, die sich das Stirnband auf den Kopf drückte, nahm auf dem Beifahrersitz Platz.

Daryl sah sie an. »Du bist eine fähige, skrupellose Killerin, und ich bin froh, dass du auf meiner Seite stehst.«

Dann fuhr er los.

Tag 195

14. April 2021
Jenks' Grundstück, Reed, Illinois

Devin kramte seinen Spiralblock hervor, machte es sich auf der Couch bequem, und begann, seine Gedanken niederzuschreiben. Seit seinem letzten Eintrag war eine ganze Weile vergangen, also hatte er einiges aufzuholen.

Auf ihrer Suche nach Hudson hatten sie ihren Einzugskreis erweitert und zwei Teams gebildet – Tess und er eines, Daryl und Brianna das andere. So konnten sie täglich 24 Stunden lang suchen und zugleich das Anwesen überwachen.

Letzteres wurde zur Priorität, nachdem sie aus der Stadt zurückgekehrt waren und zwei Tote auf dem Vorhof gefunden hatten. Wahrscheinlich hatten einige Schergen des Bürgermeisters versucht, ins Haus einzubrechen, doch eine Claymore-Mine konnte das vereiteln.

Tess betrat das Wohnzimmer und setzte sich in einen Sessel, der vor Devin stand.

»Gut geschlafen?«, fragte er, als er von seinen Tagebucheintrag aufschaute.

»Hab ich, danke. Obwohl mein Schädel immer noch dröhnt.«

»Nichts, was sich nicht mit ein paar Schmerztabletten beheben ließe – oder vielleicht ein wenig Morphium?«, feixte Devin in Anspielung auf ihre jüngsten Drogenkommentare gegenüber Daryl.

»Wer hat denn Methamphetamin griffbereit herumliegen?«

»Daryl, wie es aussieht. Aber denk daran: Es hat ihn schnell wieder hochgebracht, oder?«

»Jetzt erzähl mir nicht, dass du auch ein Drogentyp bist.«

»Woher rührt deine harte Kritik?«

»Findest du das nicht anstößig?«

»Eigentlich nicht, nein.«

»Dann ist ja alles klar.«

»Was soll das denn heißen?«

»Ach, nichts«, wich sie aus, stand auf und ging in die Küche. Während sie ein Glas mit Wasser füllte, schaute sie hinaus zur Scheune und rief: »Was meinst du? Was hat er dort draußen?«

»Pornozeitschriften, Alkohol, Poster leicht bekleideter Damen neben ordentlich mit Autogrammen versehenen Trikots seiner Lieblingssportler.«

»Wovon zum Teufel sprichst du?«

»Ich zähle nur auf, was man typischerweise in einer Männerhöhle findet.«

»Das Ding ist ziemlich *groß* für eine Männerhöhle, findest du nicht?«

Devin kam in die Küche gehumpelt. »Warum denkt ihr Frauen, wenn es um Männer geht, immer nur an *Größe*?«

»Wir Frauen? Ich glaube, das Gegenteil ist der Fall.«

»Sollen wir hinübergehen und nachsehen?« Er schaute nun auch durchs Fenster.

»Nein. Vergiss nicht, wir sind immer noch nur Gäste hier.«

»Glaubst du, er stellt sich sein Meth da drüben selbst her?«, witzelte Devin.

»Hast du heute einen Clown verschluckt?«

»Das liegt vielleicht an den Schmerzmitteln oder dem Umstand, dass ich nicht richtig geschlafen habe.«

Motorengeräusche vor dem Haus ließen die beiden verstummen. Sie schauten sich beklommen in die Augen. Brando stand auf, hinkte zur Tür hinüber und fing an zu bellen.

»Anscheinend bekommen wir Besuch«, sagte Tess, während sie aus der Küche stürzte, nicht ohne nach ihrem Gewehr zu greifen.

Devin folgte ihr. »Tess, du bleibst drinnen und suchst dir einen günstigen Platz zum Schießen, während ich nachschaue, wer das ist.«

»Ich kann auch gehen, denk an dein Bein.«, entgegnete Tess.

»Nein, bleib drinnen und versuch, Daryl zu erreichen«, verlangte Devin. Als er die Vorterrasse betrat, sah er drei Pickups auf der Straße stehen.

Bei dem mittleren Wagen, einer schwarzen Geländelimousine, ging eine Tür auf und Bürgermeister Rivers stieg aus.

»Ich denke, Sie sollten sich schleunigst verziehen!«, rief Devin.

»Ich bin hier, um mich mit Daryl zu unterhalten.«

»Wo ist sein Sohn?«

»Aus diesem Grund bin ich hier. Ich möchte ein Abkommen vorschlagen«, erklärte Rivers, während er sich langsam über die Einfahrt näherte.

»Bleiben Sie auf der Stelle stehen!«

Rivers gehorchte und hielt wenige Zoll vor einem Stolperdraht inne, den sie über den Weg gespannt hatten.

»Eines muss man Ihnen allen lassen: Sie sind sehr einfallsreich. Hut ab. Wie kann eine kleine Gruppe in meine Stadt kommen und das fertigbringen, was Sie vorgestern Nacht getan haben? Ich meine, das war spektakulär, wirklich.«

»Was wollen Sie?«

»Das werde ich mit Daryl besprechen. Lassen Sie ihn herauskommen.«

»Wo ist Hudson?«

»Ist Daryl nicht da?«

»Versuchen Sie nicht, irgendwelche Dummheiten anzustellen«, warnte Devin.

Rivers machte einen weiteren Schritt, sodass er den Draht fast berührte. Er schaute hinunter, lächelte und bedachte sein Gegenüber wieder mit einem strengen Blick.

»Devin, richtig? Hören Sie, falls ich gekommen wäre, um mich mit Ihnen anzulegen, würde ich keine Zeit mit Schwätzchen vergeuden, sondern einfach angreifen. Hudson befindet sich in meiner Gewalt. Ich möchte einen Tausch vorschlagen.«

Devin wusste nicht genau, wie er sich weiter verhalten sollte. Rivers wollte etwas von Daryl, doch was das sein sollte, blieb schleierhaft.

»Wissen Sie was? Ich warte einfach, bis er zurückkommt«, sagte der Bürgermeister selbstgefällig.

Devin suchte nach geeigneten Worten, fand aber keine. In diesem Moment ertönte das Brummen eines Motors. Devin atmete erleichtert auf.

Tess hatte Daryl offensichtlich erreicht, und er war umgehend zur Farm zurückgekehrt. Er fuhr hinter dem letzten Wagen vor und stieg aus. Seine Körpersprache verriet, dass er zornig war.

Mehrere Männer sprangen mit vorgehaltenen Waffen aus Rivers' Fahrzeugen und bauten sich schützend um den Bürgermeister auf.

Daryl zeigte sich angesichts dieser Machtdemonstration unbeeindruckt und trat so nahe heran, wie er konnte. »Wo ist Hudson?«, schrie er.

»Mr. Jenks, freut mich unheimlich, Sie zu sehen.«

»Wo ist er, Sie Abschaum?«

»Ich darf Ihnen mit Gewissheit sagen, dass ich weiß, wo er steckt, und dass er sicher ist.«

»Geben Sie mir meinen Jungen zurück!«, brüllte Daryl.

Brianna stieg aus dem Humvee – in ihrem Hosenbund steckte eine Pistole. Sie stellte sich neben Daryl, wobei sie auf die Bewegungen der Männer achtete.

»Daryl, ich bin hier, um Ihnen einen Tausch vorzuschlagen. Ich habe etwas, das Sie wollen, und Sie haben etwas, das ich will.«

»Was wollen Sie?«

»Ich würde mich gern unter vier Augen mit Ihnen unterhalten. Wäre das möglich?«, bat Rivers.

»Natürlich.«

Die beiden gingen gemeinsam ein Stück die Straße hinunter.

»Sie und Ihre Gruppe haben meinen vollen Respekt, Daryl. Was Sie zu viert gegen meine Männer angerichtet haben, war schlichtweg atemberaubend.«

»Kommen Sie auf den Punkt.«

»Ich weiß, was Sie in Ihrer Scheune verstecken. Ich brauche es.«

Daryl zog erstaunt die Augenbrauen hoch.

»Und Sie brauche ich auch.«

»Wohin wollen Sie damit?«

»Weg von hier, und zwar bald«, antwortete Rivers, der nun ängstlich klang.

»Warum? Was ist los?«

»Unsere kleine Truppe ist nichts im Vergleich zu dem, was auf uns zukommt. Eine meiner Erkundungseinheiten ist südlich von Lovington auf den Haupttross von Turners Raiders gestoßen.«

»Das ist es also. Sie geben mir Hudson im Austausch …«

»Genau, so einfach ist das.«

»Warum jetzt?«

Rivers schaute ihn an und entgegnete: »Mein Team hat einen Bogen um sie gemacht und ist nach Lovington gefahren – oder das, was davon übrigblieb. Die Stadt wurde verwüstet, und auf dem Marktplatz lag ein Berg Leichen.«

Das zu erfahren, erstaunte Daryl nicht sonderlich, denn die Gerüchte, wie grausam Turners Raiders sein konnten, waren hinlänglich bekannt. Nachdem er selbst deren Erkundungstrupp kennengelernt hatte, wusste er, dass die Frage nicht lautete, *ob* sie Reed aufsuchten, sondern *wann* sie es tun würden. Was ihn jedoch verwunderte, war Rivers' Furcht. Wusste er mehr und enthielt es ihm vor?

»Reden Sie nicht um den heißen Brei herum. Warum wollen Sie auf einmal so eilig verschwinden?«, beharrte Daryl.

Rivers wurde laut. »Ist das von Belang? Ich habe Ihren Sohn; Sie haben, was ich benötige. Kommen wir ins Geschäft?«

Er hielt die Karten in der Hand, und falls Daryl Hudson zurückhaben wollte, musste er sich auf den Tausch einlassen.

»Ja, wir kommen ins Geschäft. Wann erhalte ich meinen Sohn wieder?«

»Heute Nachmittag, ich bringe ihn her. Sehen Sie zu, dass Sie bereit sind«, entgegnete Rivers und ging weg. Seine Männer und er fuhren in einer Staubwolke davon.

Devin schaute ihnen hinterher, ehe er seine Aufmerksamkeit auf Daryl richtete, der gerade den Weg herunterkam. »He, was läuft hier?«, fragte er.

Auch Tess kam aus dem Haus. »Was wollte er?«

Daryl blieb jedoch nicht stehen. Schweigend stapfte er an ihnen vorbei zur Scheune.

Devin lief ihm nach. »Was ist los?«

»Ich habe mich auf einen Handel eingelassen, um Hudson freizubekommen.«

»Und was wurde verhandelt?«

Daryl öffnete das Schloss des Scheunentors und schob das schwere Metalltor ganz beiseite.

»Wir haben erst vorhin über deine Männerhöhle gesprochen und was du wohl darin versteckst«, sagte Devin. Er blinzelte mehrmals, um seine Augen an die Dunkelheit zu gewöhnen.

Daryl betätigte einen Schalter. Ein Generator sprang an, und große Lampen an der Decke vertrieben die Schatten. »Das verhandle ich«, sagte er schließlich und zeigte auf ein kleines, einmotoriges Flugzeug.

»Er will diese Maschine?«

»Ja, und mich als Pilot.«

»Wohin will er damit?«

»Das ist mir scheißegal. Wenn er mir meinen Sohn bringt, fliege ich ihn überall hin.«

»Aber wie weit kommst du mit dem Ding? Es ist nur ein Sprühflugzeug.«

»Dieser Vogel ist nicht nur ein Sprühflugzeug. Es ist eine AT-802, eine ausgezeichnete Maschine. Ich habe eine ähnliche geflogen, als ich in der Army war.«

»Die Army setzt Sprühflugzeuge ein?«, wunderte sich Devin. Er ging um die grellgelbe Maschine herum und staunte darüber, wie sauber sie war.

»Keine Sprühflugzeuge. Es handelte sich um eine bewaffnete Variante zur Überwachung, die man in Südamerika einsetzte, um die Drogenschieberei zu stoppen.«

»Es ist hübsch«, befand Devin.

Daryl trat vor und fuhr mit einer Hand an der Seitenwand entlang, als streichle er es. »Da hast du absolut Recht.«

Tess trat herein. »Du hast ein Flugzeug?«

»Ja.«

»Ich wusste nicht, dass du Pilot bist«, sagte sie und schaute gebannt auf die Maschine.

»Niemand wollte es je von mir wissen.«

»Wie weit kommt man damit?«

»Ungefähr 800 Meilen«, gab er an.

Tess' Augen funkelten. »Ein Zweisitzer, richtig?«

»Genau, zwei hintereinander.«

»Was überlegst du?«, bemerkte Devin. »Ich höre geradezu, wie sich die Zahnräder in deinem Kopf drehen.«

»Du weißt genau, was ich denke«, entgegnete sie.

»Was auch immer es ist, es muss warten. Ich muss den Vogel startbereit machen.«

»Du fliegst für den Bürgermeister irgendwohin?«, schlussfolgerte Tess.

»Ich habe ein Abkommen mit ihm: Wenn ich ihn befördere, bekomme ich meinen Sohn wieder.«

»Das ist alles? Finde ich komisch, warum jetzt?«

Daryl unterbrach sich in seinen Vorbereitungen, um die beiden anzusehen. »Euch schlage ich auch ein Abkommen vor. Solange ich fort bin, passt ihr auf Hudson auf, und dafür bringe ich euch dann, wohin ihr wollt.«

»Du wirst doch nicht ...«, begann Devin.

»Ist geritzt«, platzte Tess heraus.

»Hört mal, ich brauche ein wenig Hilfe, um die Mühle startklar zu machen. Würdet ihr mir also vielleicht ...?«

»Sag uns einfach, was wir tun müssen«, erwiderte Tess begeistert.

Internationaler Flughafen von Denver

Lori stand nun ein persönlicher Koch zur Verfügung, der imstande war, alles zuzubereiten, was sie sich wünschte. Doch sie vermisste den sozialen Kontakt und die Gegenwart anderer Menschen. Deshalb beschloss sie zur Mittagszeit, das Essen in Hortons Quartier auszuschlagen und stattdessen die Cafeteria aufzusuchen.

Als sie mit einem vollen Tablett in den Händen aus der Reihe trat, schaute sie sich im Speisesaal um. Überraschenderweise war er nur halbvoll; so wenige Personen hatte sie noch nie hier gesehen.

Sie ging hinüber zum erstbesten Tisch und stellte ihr Tablett ab. Als sie einen der orangefarbenen Plastikstühle hervorzog und sich setzen wollte, fiel ihr Blick auf ein vertrautes Gesicht.

Sie nahm ihr Tablett wieder auf und ging hinüber zu Travis, der allein dasaß und verdrossen den Kopf hängenließ.

»Guten Tag, Captain«, grüßte sie.

»Hi«, erwiderte er. Seine Reaktion entsprach nicht der, die Lori erwartet hatte. Zuvor war er stets ein umgänglicher Typ gewesen.

»Habe ich einen schlechten Zeitpunkt erwischt?«, fragte sie.

»Nein, gar nicht, bitte nehmen Sie Platz«, bot er an und zeigte neben sich auf die Bank.

»Danke.«

Er senkte den Kopf wieder und stocherte auf seinem Teller herum.

»Ich will nicht aufdringlich sein, aber ist alles in Ordnung?«

Er blickte wieder auf. »Ehrlich gesagt, nein. Überhaupt nichts ist in Ordnung.«

»Möchten Sie sich aussprechen?«

»Es ist nur ein typisches Alltagsproblem eines Marinesoldaten, könnte man sagen.«

»Ist etwas passiert?«

»Wo sind Sie gewesen, hinter dem Mond?«, fragte er im Gegenzug.

»Was ist passiert?«, beharrte sie besorgt.

Travis zog sein Shirt hoch. Ein breiter, weißer Verband spannte sich straff um seinen Bauch. »Ich habe Genesungsurlaub, bis ich wieder in den Kampf ziehen kann.«

»Wurden Sie angeschossen?«

»Sie wissen wirklich nicht, was geschehen ist, oder?«

Jetzt fiel ihr wieder ein, dass er erwähnt hatte, ins Camp Sierra abberufen zu werden, doch das war nicht viel länger als eine Woche her. Andererseits fehlte ihr jeglicher Bezug zur Außenwelt, da sie abgeschieden lebte.

»Sagen Sie mir: Ist alles in Ordnung, sind wir in Gefahr?«

»Hier sind wir sicher, doch die Scraps haben großangelegte Feldzüge gegen mehrere Katastrophenschutzlager geführt.«

Diese Neuigkeit schnürte Lori die Kehle zu.

»Sind alle wohlauf?«, wollte sie wissen. Ihre Stimme war merklich schriller geworden, womit sie Blicke von den Nachbartischen auf sich zog.

»Es ist sehr merkwürdig, bei früheren Anschlägen der Scraps sind für gewöhnlich keine Zivilisten umgekommen. Ihr Augenmerk belief sich auf Regierungspersonal und uns, das Militär.«

»Warum bin ich immer die Letzte, der man etwas mitteilt? Wie ist es ausgegangen?«

»Es endete in einem Massaker. Die Scraps fielen mit einer überwältigenden Streitmacht in die Lager ein. Als wir landeten, waren die meisten Kämpfe bereits vorüber. Irgendetwas war anders.«

Lori wurde übel, die Farbe wich aus ihrem Gesicht.

»Einfach fürchterlich. Sie hatten wirklich jeden umgebracht. Ich führte einen Zug in ein Sanitätszelt, und dort habe ich mir dieses Andenken eingehandelt.« Er meinte die Wunde. »Zum Glück ein sauberer Durchschuss, nichts Lebenswichtiges getroffen.«

»Also keine Folgeschäden?«

»Nein, ich bin bald wieder auf dem Damm. Sie haben mich aus dem Verkehr gezogen, bis alles verheilt ist. Mich ärgert jetzt einfach, dass ich nicht bei meinen Männern sein kann.«

»Welche Lager waren betroffen: doch nicht Sierra, oder?«, fragte Lori.

»Nein, Sierra blieb verschont, es waren die Lager 7 und 11, beide in Region 8.«

»Das mag jetzt eine dumme Frage sein, aber wieso benutzt man nicht mehr die alten Namen dieser Orte? Die Lager befinden sich ja auch zum Beispiel nicht in Staaten, sondern in Regionen.«

»Darüber habe ich nie nachgedacht, aber so wurde das Land eben neu gegliedert. Die Karten, die ich gesehen habe, unterteilen es sogar noch genauer. In den Vereinigten Staaten unterstanden die Lager dem Katastrophenschutz, aber nun erstrecken sie sich von Alaska bis nach Panama.«

»Das ergibt doch Sinn. Jede Regierung leistet Hilfe, und Camps zu errichten, erscheint mir obligatorisch.«

»Nein, ich meinte, dass die alten Grenzen nicht mehr auf den Karten verzeichnet sind. Sie zeigen ganz Nordamerika, und der Kontinent ist vollständig in Regionen segmentiert, als unterstehe er einer einzigen Regierung.«

»Wirklich? Das würde ich gerne sehen.«

»Sicher, ich bringe bei der nächsten Gelegenheit eine mit.«

Lori sann über seine Schilderung nach, ehe sie fragte: »Gibt es darauf auch Städte oder ähnliche Beschriftungen?«

»Ja, uns hier beispielsweise unter dem Namen DIA. Darüber hinaus ist jeder Region eine Stadt als Zentralstelle zugeteilt.«

»Ist Arcadia auch eingetragen?«

»Schwer zu glauben, aber ja. Als Symbol dient ein Stern.«

»Finden Sie das nicht seltsam?«

»Was meinen Sie?«

»Das alles. Es ist, als seien wir nicht mehr Amerika. Eigentlich habe ich seit meiner Ankunft hier keine US-Flagge mehr gesehen, und in Lager 13 gab es auch nur für kurze Zeit eine, die man bald nach unserem Einzug dort herunternahm. Ich habe mich nie darüber gewundert, doch sind Sie und die anderen Soldaten hier nicht der Regierung der Vereinigten Staaten unterstellt?«

»Soweit ich mitbekommen habe, bin ich nach wie vor ein US Marine.«

Für Lori stand bereits fest, dass etwas im Argen lag. Leider hatte sie aber niemanden, mit dem sie sich austauschen konnte. Sie wusste, ihr blieben die Hände gebunden, egal welch dreckiges Komplott im Gange sein mochte. Mit einem

Mal war sie stark versucht, Travis alles preiszugeben, was sie gesehen und erfahren hatte, doch er war Marinesoldat und hielt ohne Zweifel seinen Vorgesetzten die Treue. Sie schaute auf die Uhr. »Ach, ist das schon wieder so spät?«, sagte sie. »Ich muss weitermachen. Arbeit, Arbeit, Arbeit.«

»Schön, Sie mal wieder gesehen zu haben. Sie haben sich ja in letzter Zeit rar gemacht.«

Sie stand auf, nahm ihr Tablett und schaute ihm von oben in die Augen. »Ich habe einfach viel zu tun. Sie sehen zu, dass Sie gesund werden, ja?«

»He, falls es sich für Sie ergibt, schauen Sie vorbei und trinken etwas mit mir.«

»Ich sagte Ihnen doch …«

»Ich weiß, keine Hintergedanken. Ich habe eine Verlobte, die ich sehr liebe. Sie ist noch irgendwo da draußen, und mein oberster Offizier verspricht, dass ich diesen Sommer die Möglichkeit bekommen werde, sie zu suchen, falls sie bis dahin nicht von selbst hergefunden hat.«

Lori, die nie aus ihrer neugierigen Haut konnte, interessierte sich sofort für das, was er gerade gesagt hatte. »Wie soll sie herfinden? Haben Sie ihr eine Nachricht hinterlassen oder so etwas?«

»Ganz genau.«

Sie lächelte. »Dann hoffe ich mal, dass Ihre Verlobte bald hier eintrifft.«

»Bis dahin … auf einen Drink?«

»Ich trinke keinen Alkohol, aber vielleicht schaue ich abends mal auf ein Wasser oder einen Fruchtsaft vorbei.«

»Das wäre schön. Sieben Tage die Woche ununterbrochen mit Marineinfanteristen herumzuhängen, kann zu viel werden, selbst für einen Hartgesottenen wie mich.«

Sie schaute wieder auf ihre Uhr. »Jetzt verspäte ich mich. Passen Sie auf sich auf, Sie Hartgesottener.«

»Wir sehen uns.«

Lori ging zufrieden davon. Ihrer momentanen Realität zu entfliehen – und sei es nur kurz – war erfrischend, ein passenderes Wort dafür fiel ihr nicht ein. Zudem stand heute noch ein Versuch auf dem Plan, denn sie wollte herausfinden, wie genau der Kanzler ihr Tun beobachtete.

Jenks' Grundstück, Reed, Illinois

Devin und Tess waren seit ihrem Einzug in Daryls Haus so beschäftigt gewesen, dass sie den hinteren Teil seines Anwesens – alles, was über das Maisfeld hinausging – nie aufgesucht und deshalb auch die Landebahn nicht bemerkt hatten.

Er war vor der Pandemie Inhaber und Betreiber eines Unternehmens zur Schädlingsbekämpfung mit Agrarflugzeugen gewesen. Es war ein Familienbetrieb, den er von seinem Vater geerbt und nach seinem Dienst in der Armee weitergeführt hatte.

Als dann »Der Tod« gekommen war, hatte Daryl die Maschine abgestellt und seitdem nicht mehr angerührt. Ihm war zwar der Gedanke gekommen, mit seiner Familie wegzufliegen, sich dann aber auch gefragt, warum? Hier hatten sie alles, was sie brauchten. Sich davonzumachen, war stets eine Überlegung wert, doch wenn das eigene Heim mehr Sicherheit bot als der Rest der Welt – ganz zu schweigen von üppigen Vorräten – machte es keinen Sinn, ihm den Rücken zu kehren.

Das Flugzeug war gewartet, überprüft, betankt und auf die Landebahn gefahren worden. Jetzt musste er nur noch erfahren, wohin die Reise ging. Er hoffte, dass sich Rivers' Ziel innerhalb der 800-Meilen-Reichweite der AT-802 bewegte, doch egal, wo es letztlich lag: Daryl würde einen Weg finden, dorthin zu gelangen.

»Sie sind zurück!«, rief Devin vom Haus herüber.

Daryl konnte kaum erwarten, seinen Sohn wiederzusehen, und rannte von der Scheune aus nach vorne. Die Stolperdrähte hatte er bereits vor Stunden entfernt.

Als er um die Ecke kam, sah er Rivers mit einer kleinen Reisetasche sowie einen ihm unbekannten Mann. An ihn wandte sich der Bürgermeister gerade: »Dankeschön, Robert.«

»Wir lassen Sie nur ungern ziehen«, entgegnete der Fremde.

»Ist das Flugzeug bereit?«, fragte Rivers.

»Selbstverständlich, ich habe Ihnen mein Wort gegeben.«

Rivers nickte und schaute hinüber zu Frank, der zu einem Geländewagen ging und die hintere Klappe öffnete. Ein kleiner Junge, ungefähr sechs Jahre alt, stieg aus und ging zum Bürgermeister.

Devin und Jenks waren verdutzt, als sie den Knaben sahen.

Der überraschte Ausdruck in Daryls Gesicht wandelte sich zu Wut. »Was zum Henker soll das?«

»Stimmt irgendetwas nicht? Das ist doch Ihr Sohn«, sagte Rivers, während er den Jungen vorwärts stieß.

»Das ist nicht Hudson! Wo steckt mein Sohn?«

Rivers schaute Daryl argwöhnisch an, ehe er sich Robert zukehrte. »Sie sagten doch, er sei sein Sohn.«

Auch der Mann sah verwirrt aus. »Ist er das nicht?«

»Nein«, schrie Daryl empört.

Rivers wurde ebenfalls laut. »Sie haben behauptet, es sei sein Sohn – wo ist der richtige?«

»Ich weiß es nicht. Ich bin nur von dem ausgegangen, was man mir sagte«, rechtfertigte sich Robert.

Daryl trat vor den Kleinen und ging in die Hocke, um ihm in die Augen zu schauen. »Kennst du Hudson Jenks?«

Der Junge suchte verängstigt den Blick des Bürgermeisters.

»Antworte ihm«, befahl Rivers.

»Kennst du Hudson Jenks?«, wiederholte Daryl.

Der Junge nickte.

»Wo steckt er?«

Das Kind wurde zusehends nervöser.

»Sag's ihm!«, verlangte der Bürgermeister laut.

Jenks fasste ihn an den Armen und fragte noch einmal: »Wo ist mein Sohn?«

»Sie haben ihn zusammen mit den anderen weggebracht. Ich wollte nicht mit, also habe ich … Ich hörte die Wachen sagen, dass ein Hudson Jenks nach Hause gebracht wird. Sie kamen zurück, um ihn zu holen, da habe ich ihn geschlagen …«

»Was willst du mir erzählen, was hast du getan?«, drängte Daryl.

»Ich habe ihn geschlagen, damit er nicht mehr aufsteht, und den Wachen dann gesagt, dass ich er bin, damit sie mich freilassen.«

Daryl schaute Rivers an, der kreidebleich geworden war. »Wo halten Sie die Kinder gefangen? Wo sind sie?«

Rivers blickte Robert an und trat einen Schritt zurück. Der tat es ihm gleich, indem er sich verhalten in Richtung Limousine bewegte.

Daryl stand auf. »Wo steckt mein Sohn, Sie Scheißkerl?«

»Ich wusste nichts davon. Ich hatte nichts damit zu tun, Daryl, Sie müssen mir glauben. Wir haben viele Menschen gefangengenommen, aber das mit den Kindern geht nicht auf mich zurück.«

»Da habe ich aber etwas Anderes gehört! Es heißt, Sie äßen gerne kleine Kinder. Ja, das ist mir zu Ohren gekommen. Also erzählen Sie keinen Scheiß, von wegen Sie hätten nichts damit zu schaffen.«

Robert langte nach der Pistole in seinem Schulterhalfter, doch bevor er sie ziehen konnte, traf ihn ein gezielter Schuss mitten in die Stirn. Er fiel vornüber mit dem Gesicht auf den Schotter.

Tess hatte aus dem Obergeschoss gefeuert.

Der Junge lief schreiend die Straße hinunter.

Rivers ging sichtlich entsetzt weiter rückwärts.

»Ich kann Ihren Sohn immer noch holen. Jetzt beruhigen Sie sich bitte, wir klären das«, flehte er.

Daryl zückte seine Pistole und ging auf den Bürgermeister zu, der nun vor der Motorhaube seines Wagens stand. Er hielt ihm den Lauf zwischen die Augen. »Sie schaffen meinen Jungen her, und zwar plötzlich!«

»Sicher, sicher, ich bringe ihn her. Aber denken Sie erst gar nicht daran, mich töten zu wollen«, erwiderte Rivers. »Wenn Sie das tun, werden Sie ihn nicht wiedersehen.«

Reed, Illinois

»Sie hielten sich wohl für besonders clever, was?«, knurrte Daryl, während er Rivers die Pistole an die Wange drückte.

Devin fuhr den Geländewagen auf den Parkplatz der städtischen Grundschule und blieb neben mehreren Pickups stehen. Rivers saß auf der Beifahrerseite, Daryl direkt hinter ihm. Jetzt schob er ihm die Waffe ins Genick.

»Sobald wir Ihren Sohn haben, werden Sie Wort halten und mich fliegen, wohin ich will, richtig?«

»Ja, ich habe es versprochen und halte mich daran.«

»Glauben Sie mir bitte, ich hatte keine Ahnung, dass der Junge nicht Ihr Sohn ist.«

»Eine Grundschule? Wie krank ist das denn?«, bemerkte Devin.

»Die essen Menschen«, erinnerte Daryl. »Kränker geht es nicht.«

»Wir tun, was nötig ist, um zu überleben«, entgegnete Rivers in einem schwachen Versuch, seine barbarischen Umtriebe zu verteidigen.

»Wie oft hatte ich dazu geraten, die Stadt auf so etwas vorzubereiten?«, fragte Daryl. »Aber nein, niemand hörte auf mich, und nun fällt Ihnen in Ihrer unendlichen Weisheit nichts Besseres ein, als die Menschen zusammenzupferchen und zu essen. Sie sind eine ungeheuer anständige, rechtschaffene Person.« Er stieß ihm die Mündung seiner Waffe gegen den Hinterkopf.

»Lassen Sie mich den Jungen holen.«

»Nichts da, ich begleite Sie«, stellte Daryl klar.

»Davon würde ich abraten. Nach dem, was neulich nachts hier passierte, werden Sie nicht heil wieder herauskommen.«

»Er hat Recht«, meinte Devin. »Der Kerl will wirklich, dass du ihn irgendwohin fliegst. Deshalb glaube ich, dass er deinen Sohn wirklich herbringt.«

Daryl zog mehrere Fotos hervor, die er vor ihrem Aufbruch eingesteckt hatte, und gab sie dem Bürgermeister.

»Hier, damit Sie diesmal nicht wieder den Falschen erwischen.«

Rivers betrachtete die Bilder.

»Übrigens, wohin soll ich Sie fliegen?«

»Nach Green Bay, Wisconsin.«

»Was zum Geier gibt es in Green Bay?«

»Dort leben Verwandte von mir. Ich konnte sie erreichen. Sie haben ein Boot und wollen bald verschwinden.«

»Wohin denn?«

Da drehte sich Rivers um. »Was interessiert Sie das? Ich muss schnell zu ihnen, das ist alles.« Er öffnete die Tür, stieg aus und knallte sie zu.

»Willst du das wirklich wissen?«, hakte Devin nach.

»Eigentlich nicht, es ist mir völlig egal.«

Trotzdem fragte sich Devin, was ihm durch den Kopf ging.

»Falls du irgendetwas vorhast, weihe mich bitte ein, damit ich mich darauf gefasst machen kann.«

Daryl schmunzelte bloß und blickte weiter zum Fenster hinaus.

Devin sah auf seine Uhr und dann in den Himmel, wo die Sonne dem Horizont stetig näherkam und die Wolken in orangefarbenes Licht tauchte.

»Da stimmt was nicht«, sagte er.

»Denke ich auch.«

»Also, was sollen wir tun?«

»Wir fahren nicht ohne ihn.« Daryl zog seine Pistole und prüfte, ob sie geladen war, ehe er sie wieder in den Halfter steckte.

»Verdammt!«, rief Devin.

»Glaub mir, ich würde den Laden liebend gern stürmen und aufmischen«, entgegnete Daryl.

Plötzlich ging die Tür der Schule auf, und Rivers kam heraus, aber ohne Hudson. An seinem Gesicht erkannte man, wie verzweifelt und enttäuscht er war. Daryl kochte vor Wut und verspürte den starken Drang, den Mann einfach abzuknallen.

Die Tür der Schule ging erneut auf, und drei Bewaffnete kamen heraus.

Daryl ließ die Scheibe hinunter und fragte: »Wo ist er?«

»Es gibt ein Problem.«

»Ja, vor allem für Sie, falls diese Männer nicht stehenbleiben.«

Rivers wusste, dass Daryl es ernst meinte, also winkte er seinen Handlangern, sich fern zu halten. Devin startete den Motor des Wagens.

»Ihr Sohn ist nicht hier, er wurde fortgebracht.«

»Das wird mir langsam zu bunt. Ich habe die Schnauze voll! Wo ist mein Sohn?«, schrie Daryl, zog seine Pistole und hielt sie Rivers unters Kinn.

Devin starrte wie gebannt auf die Männer, wobei ihm auffiel, dass einer von ihnen Frank war.

»T-t-tut mir leid, aber bitte nehmen Sie die Waffe herunter. Ich kann nicht sprechen, solange ich bedroht werde«, nuschelte Rivers.

»Ist er tot? Spucken Sie's einfach aus!«, donnerte Jenks.

»Nein, er lebt. Es ist so ... da ich meine Leute zurücklassen wollte ... Na ja, sie haben einen neuen Anführer und, äh, etwas mit einer Gruppe aus Arkansas vereinbart. Die Kinder wurden als Sklaven dorthin verkauft.«

»Welche Gruppe ist das?«, fragte Daryl, indem er die Waffe fester unter Rivers' Kinn drückte.

»Weiß ich nicht. Frank kann Ihnen weiterhelfen. Er hat jetzt das Sagen.«

»Frank hat das Sagen? Wer von denen ist Frank?«

»Der mit den längeren Haaren, der vorn steht«, stammelte der Bürgermeister.

Daryl öffnete die Tür und flüsterte Devin zu: »Pass gut auf. Das wird ungemütlich.« Dann stieß er Rivers aus dem Weg.

Frank und die beiden anderen Männer machten sich bereit, als sie Daryl aussteigen sahen.

»Herr Bürgermeister, wollen Sie mir erzählen, dass mein Sohn als Sklave verkauft wurde, und Sie können nichts dagegen tun?«, fragte Jenks knurrend. »Da Sie hier nichts mehr zu sagen haben, was macht das aus Ihnen? Für mich einen Nichtsnutz.«

»Ich kann schon etwas tun, Daryl ... ich kann, bitte.«

Devin ging nicht davon aus, dass dies nach ihren Vorstellungen laufen würde, und stieg deswegen schnell aus.

»Frank«, rief er. »Wo ist der Junge? Hudson?«

»Verkauft und weg«, antwortete der neue Anführer. »Ich habe es dem Bürgermeister schon erklärt. Das können wir jetzt nicht mehr beeinflussen.«

»Was bekommt man für einen solchen Jungen?«

»Frauen. Wir haben die Kinder gegen Frauen eingetauscht.«

Devin fiel nur ein einziges Wort dazu ein: abartig.

»Wie nennt sich diese Gruppe in Arkansas? Gibt es eine Möglichkeit, sich mit ihr in Verbindung zu setzen?«

»Warum sollte ich Ihnen das sagen, Mann? Das sind Handelspartner von uns. Wir gehen doch nicht hin und zerstören eine gute Beziehung.«

»Alles hat seinen Preis. Nennen Sie mir Ihren«, verlangte Devin und fürchtete sich bereits vor der Antwort.

Frank drehte sich um und sprach mit den beiden anderen. Währenddessen schauten Rivers und Daryl hinüber, ersterer beklommen, letzterer erwartungsvoll. Vor dem Hintergrund, dass der Bürgermeister seinen Einfluss verloren hatte, stellte Jenks eine Frage: »Frank, was wäre er wert?«

Der Mann lachte. »Für uns nicht viel, schließlich wollte er uns im Stich lassen.«

»Nein, Frank, das stimmt nicht«, hielt Rivers dagegen. »Wir beide haben das diskutiert.«

»Hätten Sie also etwas dagegen, wenn ich ihn töten würde?«, so Daryl weiter.

Devin fuhr mit dem Kopf herum und sagte: »Tu das nicht. Ist keine gute Idee.«

»Bitte nein, erschießen Sie mich nicht«, flehte Rivers.

Frank beobachtete das Schauspiel amüsiert. »Daryl«, rief er dann. »Ich habe viel von Ihnen gehört. Eines kann ich Ihnen sagen: Wir haben nichts gegen Sie. Das ist eine Sache zwischen ihm und Ihnen, aber von uns brauchen Sie nichts zu befürchten. Falls Sie ihn umbringen, wird sein Körper nicht verkommen, verlassen Sie sich drauf.«

»Frank, Sie Dreckschwein!«, rief Rivers. »Was habe ich alles für Sie und Ihren Haufen getan? Ich habe uns gerettet – uns alle, verdammt nochmal!«

Frank besprach sich weiter mit seinen beiden Begleitern, dann brachen sie in Gelächter aus.

»Es scheint niemanden mehr zu geben, der einen Pfifferling auf Sie setzt, Bürgermeister. Sieht so aus, als hätten Sie Ihre Wählerschaft verloren«, meinte Daryl, trat ganz dicht an ihn heran und flüsterte: »Kennen Sie den Namen der Gruppe in Arkansas?«

Rivers nickte.

»Gut, dann kommen Sie mit mir. Steigen Sie wieder ein.«

»Warte, Daryl, Moment«, rief Devin. »Frank, wie viel wollen Sie für die Information?«

»Wir brauchen nicht zu verhandeln«, bemerkte Daryl. »Ich habe doch Rivers.«

»Aber falls er lügt? Ich an seiner Stelle würde das bestimmt tun«, gab Devin zu bedenken.

»Ich hörte, Sie haben Sprengstoff«, rief Frank. »Machen wir es so: Sie geben mir eine Kiste davon, und ich stelle für Sie Kontakt zu den Menschenhändlern her, an die wir die Kinder verkauft haben.«

»Daryl, ich würde eher einem Mann trauen, der Geschäfte machen will, als einem, der um sein Leben bangt.«

»Wir sind dabei«, erwiderte Jenks. »Aber ich werde den Bürgermeister festhalten. Kommen Sie in einer Stunde zum Haus …«

»Wir werden einen Teufel tun, sondern treffen uns an einem neutralen Ort. Sagen wir, in einer Stunde an der Auffahrt Madison Road zum Highway 120. Sie bringen Sprengstoff und Zündungen, dann gebe ich Ihnen die Infos. Ich werde auch ein Funkgerät mitbringen, um den Kontakt herzustellen.«

»In Ordnung, wir sehen uns in einer Stunde.«

Frank und seine Männer kehrten in die Schule zurück.

Devin stieg wieder ein und schob den Schalthebel in Fahrstellung.

»Frank ist nicht vertrauenswürdig, er wird Sie linken«, bemerkte Rivers.

Daryl, der seine Pistole nicht eingesteckt hatte, rammte sie ihm in den Rücken und entgegnete: »Dann überlegen Sie sich besser schleunigst, wie wir verhindern können, dass er uns linkt.«

Auffahrt Madison Road zum Highway 120 vor Reed, Illinois

Devin hatte zwar den Handel mit Frank und seiner Gruppe abgeschlossen, doch die Idee, mit Rivers allein an der Auffahrt zu warten, während Jenks den Sprengstoff holte, war zweifelsfrei nicht auf seinem Mist gewachsen.

Als er Motorenlärm hörte, hoffte er, dass es Daryl wäre, doch leider kamen die Wagen aus dem Süden, also musste es Frank sein, und der war pünktlich.

»Da kommen Ihre Menschenfresser-Freunde«, sagte Devin.

Rivers ging nicht darauf ein. Er hob einen Stein auf und warf ihn gegen ein Stoppschild.

Zwei Pickups fuhren vor. Mehrere bewaffnete Männer sprangen von den Ladeflächen und stellten sich auf, während sie Devin anstarrten. Der fragte sich, ob sie ihn eher als Mahlzeit oder Bedrohung ansahen. Der Gedanke an sich war bereits verstörend.

»Wie konnten Sie das tun?«, fragte er den Bürgermeister, der nun wenige Schritte neben ihm stand.

»Was tun?«

»Menschen essen, wie haben Sie das fertiggebracht?«

»Das war nichts, was ich geplant hatte, aber da unsere Vorräte zuneige gingen, mussten wir etwas anderes finden, um uns zu ernähren. Friss oder stirb, nicht wahr?«

»Warum haben Sie sich nicht an ein Lager gewendet, um Hilfe zu erhalten?«

»Dort einziehen? Sich zum Gefangenen der Bundesregierung machen? Der Staat hat dieses Chaos zu verantworten. Die Camps des Katastrophenschutzes sind nichts weiter als verklärte Haftanstalten. Oder noch besser: Umerziehungslager.«

»Woher wissen Sie das? Sind Sie dort gewesen?« Devin hatte dieses Gerücht auch schon gehört, aber bisher noch niemanden getroffen, der in einem solchen Lager gewesen war.

»Wer sich darauf einlässt, kommt nie mehr zurück. Was sagt Ihnen das?«

»Dass sie dort glücklich sind. Warum sollte man auch wieder ausziehen, wenn man dann von verdammten Wilden wie Ihnen aufgefressen wird?«

»Glauben Sie, was Sie wollen. Sowohl ich als auch andere zogen es vor, frei zu leben, und die einzige Möglichkeit dazu bestand darin, sich von diesen Orten fernzuhalten.«

»Frei, um andere Menschen zu essen, eine echte Alternative.«

»Ficken Sie sich ins Knie.«

Als Devin an Deborah dachte, wurde er wütend. »Wo wir gerade beim Ficken sind … Sie scheinen es lustig zu finden, Ihr Essen zu misshandeln und Sex mit ihm zu haben, was?«

»Treten Sie mir aus den Augen«, schnaubte Rivers.

Frank stieg aus dem ersten Pickup und rief: »Störe ich Ihre romantische Zweisamkeit?«

»Frank, vielen Dank, dass Sie gekommen sind«, entgegnete Devin.

»Wo ist der Sprengstoff?«

»Dürfte jede Minute gebracht werden.«

Frank schaute auf seine Uhr. »Jede Minute, die verstreicht, hat zur Folge, dass sich der Junge weiter von ihm entfernt.«

Aufkommende Fahrzeuggeräusche kündigten Daryls Ankunft an. »Da ist er ja«, sagte Devin erleichtert.

Daryl parkte den Wagen ein Stück entfernt und stieg aus. Er ging zur Heckklappe, öffnete sie und entnahm eine Kiste. Diese stellte er mitten auf die Straße.

»Damit wäre mein Teil der Abmachung vollbracht. Eine volle Kiste C4 mit Zündern.«

Frank ging mit zwei weiteren Männern hinüber und überprüfte den Inhalt. »Großartig, wirklich großartig«, sagte er breit grinsend.

Einer der Männer hob den Sprengstoff auf und trug ihn fort.

»Jetzt zu den Informationen über meinen Sohn«, verlangte Daryl.

Frank näherte sich ihm, bis er direkt vor ihm stand. Nachdem er einen Zahnstocher aus seinem Flanellhemd gezogen hatte, steckte er ihn in seinen Mund.

Daryl schaute ihn widerstrebend an. »Informationen, sofort«, beharrte er.

»Wissen Sie, ich habe nachgedacht ... Sie scheinen eine Menge feiner Geräte und Spielsachen zu haben.«

»Sparen Sie sich alles weitere. Falls Sie glauben, ich gebe Ihnen mehr, irren Sie sich.« Daryl spuckte diese Worte förmlich aus.

Frank biss sich auf die Unterlippe, während er nachdachte.

»Die Zeit drängt. Ich brauche diese Informationen. Jetzt!«, zischte Daryl.

Frank war unentschlossen. Er wollte mehr, wusste aber auch, dass mit Jenks nicht zu spaßen war. »Na gut.«

Er nahm ein Amateurfunkgerät aus seiner Gesäßtasche, schaltete es ein und wählte eine Frequenz. Nach einer Weile rauschte es, und eine unbekannte Stimme meldete sich.

»Hier Frank in Reed. Ich habe eine weitere Lieferung.«

»Gerne«, erwiderte der andere.

»Wir liefern an.«

»Was soll sie kosten?«

»Das machen wir aus, wenn wir uns treffen. Ich komme zu Ihnen.«

Der Fremde blieb eine Zeitlang still, bis er antwortete: »Wir sehen uns übermorgen vor Evansville. An der Kreuzung der Interstates 64 und 69.«

»Ich werde dort sein.«

Daryl erhob einen mahnenden Zeigefinger. »Sie müssen darauf hinweisen, dass er dabei sein muss, sonst platzt der Deal.«

»Frank noch einmal.«

»Was ist?«

»Ich möchte außerdem eines der Kinder zurückhaben, einen Jungen. Sechs Jahre alt, Name Hudson.«

Wieder schwieg der andere Mann, diesmal länger.

Das Warten spannte Daryl auf die Folter.

Unvermittelt sprach dann eine andere Stimme weiter: »Frank, Marty hier. Das mit dem Jungen läuft nicht.«

Als Daryl das hörte, hätte er vor Zorn platzen können.

»Verstanden, aber wir treffen uns trotzdem zur Übergabe der anderen Lieferung, bestätigen.«

»Bestätigt. Was kann so gut sein, dass Sie es freiwillig zu uns bringen?«

Frank zögerte einen Moment, bevor er sagte: »Wir haben an dem Morgen, kurz nachdem Sie gefahren sind, eine paar Mädchen zwischen neun und zwölf entdeckt. Ich dachte, die sind nach Ihrem Geschmack, Marty.«

»Mädchen also, hm. Gut, wir treffen uns vor Evansville, aber den Jungen schlagen Sie sich aus dem Kopf.«

Daryl wollte das Funkgerät an sich reißen, doch Frank wich ihm aus und drückte noch einmal die Sprechtaste. »Bis übermorgen vor Evansville.« Danach schaltete er ab und steckte das Ding wieder ein.

»Verdammt!«, schrie Daryl auf.

»Ich habe mein Soll erfüllt, und Sie haben nun einen Treffpunkt. Ihn auf einem Silbertablett zu servieren, davon war nie die Rede.«

Daryl warf Frank einen düsteren Blick zu, ehe er wutentbrannt davonging. Als er an Rivers vorbeikam, bemerkte dieser: »Woher wissen Sie, dass er Sie nicht belügt?«

»War Marty Ihre Kontaktperson bei den Menschenhändlern?«

»Ja.«

»Was glauben Sie, hat er getan? Ihnen gesagt, dass wir kommen?«, fragte Daryl weiter.

»Exakt.«

»Und wie können Sie sich in dieser Lage abgesehen von Ihren Kommentaren nützlich machen?«

»Äh, ich …«, begann Rivers und rang nach einer passenden Antwort. Daryl wandte sich unterdessen Devin zu. »Steig ein, wir fahren zum Haus zurück.«

Auch Rivers ging zum Wagen, doch Daryl hielt ihn zurück.

»Was wollen Sie?«

»Mit Ihnen kommen?«

Franks Leute sprangen wieder auf ihre Pickups und waren binnen Sekunden in Richtung Reed verschwunden. Nun standen die beiden allein auf dem Highway.

Daryl zog seine Pistole. »Ich bin Ihnen nichts schuldig. Sie sind ein abstoßender Mensch, der weder Gnade noch Vergebung verdient.«

»Nein, bitte, lassen Sie mich einfach laufen …«

Daryl zielte auf Rivers Kopf und drückte ab.

Internationaler Flughafen von Denver

Mit heftigen Kopfschmerzen, nach stundenlangem Starren auf Entwürfe und Computermonitore, fühlte sich Lori reif für ein heißes Bad. Auf dem Weg über die leeren Flure zum Wohnbereich wurde ihr bewusst, dass Horton sie heute seltsamerweise kein einziges Mal gesprochen hatte. Sie hatte fest damit gerechnet, ihn zu sehen oder wenigstens von ihm zu hören, aber er ließ sich nicht blicken. Was sein Interesse an ihr anging, so hatte er sich unheimlich schnell vom Romantiker zum fast typischen Ehemann gemausert. Dieser Gedanke führte sie zu David und Eric. Angesichts der Anschläge auf die anderen Lager, sorgte sie sich um die beiden.

Als sie den Gang zu den Privatgemächern des Kanzlers erreichte, standen statt dem üblicherweise einem Wachmann drei vor der Tür. Sie ließen sie kommentarlos durch, aber Lori stutzte aufgrund der verstärkten Sicherheitsmaßnahmen. Vor der letzten Tür zu seinem Quartier war das Aufgebot sogar noch größer. Vier zusätzliche Männer, aber keiner machte ihr Umstände, als sie eintrat.

Lori fragte sich, ob weitere Angriffe erfolgt waren. Schwebten sie selbst am DIA in Gefahr? Im Wohnzimmer hörte sie Horton sprechen, und zwar mit jemand anderem. Wiederum vier weitere Männer saßen bei ihm und unterhielten sich laut. Lori stahl sich unbemerkt ins Schlafzimmer. Anhand der Gesprächsfetzen, die sie aufgeschnappt hatte, konnte sie darauf schließen, dass es um etwas Dringendes ging.

Sie ließ sich Badewasser ein und zog sich aus. Während sie sich für die Wanne fertigmachte, konnte sie nicht aufhören, darüber nachzudenken, was sich zugetragen haben mochte. Sie gab ihrer Neugier nach, schlich zur Tür des Wohnzimmers und schaute durch einen Spalt hinein. Die Debatte war nicht nur hitzig, offenbar entzweite sie ihre Teilnehmer auch.

»Kanzler, mit Verlaub, die Situation ist außer Kontrolle geraten«, sagte einer. »Sehen Sie mir meine Offenheit nach, aber ich glaube, Sie haben sich zu sehr von dieser hübschen Dame ablenken lassen.«

Ein Weiterer pflichtete bei: »Ich stimme zu, das ist nicht der richtige Moment, um Vater-Mutter-Kind zu spielen. Dieser Plan steht schon zu lange fest, als dass wir uns in Privatangelegenheiten verlieren dürften.«

»Ich bin weder abgelenkt«, hielt Horton dagegen, »noch spiele ich Vater-Mutter-Kind.«

»Kanzler, Sie wurden mit dieser Verantwortung betraut und müssen sich an die Richtlinien und den Ratskodex halten«, erinnerte ein dritter Mann. »Sie haben wiederholt Abläufe festgelegt und vorangetrieben, die nicht in Einklang mit anderen Kanzlerämtern stehen.«

»Ich habe doch alles unter Kontrolle. Der Termin für den Baubeginn wurde vorgezogen, weil ich möchte, dass Arcadia zur Hauptstadt aller Distrikte wird.«

Der erste Mann meinte daraufhin: »Das war so nicht abgesprochen. Sie müssen damit aufhören und sich darauf konzentrieren, die Scraps zu beseitigen, damit wir dieses Gebiet unter Kontrolle bekommen.«

»Wie gesagt, ich habe das unter Kontrolle. Und hören Sie auf, sich in meine Beziehung zu Mrs. Roberts einzumischen. Das ist meine persönliche Sache.«

»Kanzler, darf ich Sie daran erinnern, dass es in unserem Plan keinen Platz für persönliche Dinge gibt? Die Bedürfnisse des Einzelnen sind zweitrangig gegenüber denen der Gemeinschaft.«

»Ratsherr Smith hatte Recht. Diese Frau macht Sie unbesonnen und beeinflusst Ihre Entscheidungen.«

»Genug davon!«, brauste Horton auf.

»Sie haben sich das Recht herausgenommen, Mrs. Roberts herzubringen«, meinte der erste Sprecher unbeeindruckt. »Dabei gaben Sie vor, ihre DNA passe zu Ihnen. Schön und gut, doch soweit wir wissen, bekommt sie ein Kind. Wie haben Sie sich das gedacht?«

Lori lauschte nun gespannt.

»Ich werde mich darum kümmern. Das geht Sie nichts an. Dieses Kind kommt nicht zur Welt«, entgegnete Horton.

Lori zuckte zusammen. Instinktiv wollte sie davonlaufen. Aber wohin? Sie fühlte sich so allein.

»Gut, freut mich, das zu hören. Falls Mrs. Roberts' DNA die Ihre perfekt ergänzt, darf sie keine anderen Kinder bekommen. Sie wissen, so schreibt es das Gesetz vor.«

»Ich kenne das Gesetz sehr genau, schließlich habe ich an seiner Formulierung mitgearbeitet.«

»Der Bauplan für Arcadia muss auf Eis gelegt werden«, stellte der zweite Mann klar. »Hiermit erteile ich Ihnen im Namen des Rates den Befehl, mit der Säuberung des Landes fortzufahren. Die anderen Kanzler tun dies bereits seit Wochen. Sie haben die Zahlen hochgerechnet und bestimmt, wer übrigbleiben soll. Der Rest muss sterben. Es gilt jetzt, die Geißel von diesem Planeten zu tilgen, die ihn fast zerstört hätte. »Der Tod« markierte Phase Eins, und Phase Zwei ist nun ebenfalls abgeschlossen, also können wir mit Phase Drei beginnen, Kanzler. Sobald diese zu unserer Zufriedenheit durchgeführt wurde, dürfen Sie zu Phase Vier übergehen und unsere neue Hauptstadt errichten.«

»Ich schaffe das beides gleichzeitig. Sie haben mir Ihr Vertrauen geschenkt, also lassen Sie mir auch weiterhin freie Hand.«

»Ausgeschlossen, die anderen Kanzler haben entschieden. Ihre Pläne bezüglich Arcadia werden sofort eingefroren, und Sie fangen umgehend mit der Säuberung an. Die Bevölkerungszahl muss weiter reduziert werden.«

»Warum? Sie beläuft sich schon auf deutlich weniger – geschätzte 20 Millionen – als die ursprünglich vorgesehenen 72 Millionen«, betonte Horton.

»Zu den unvorhergesehenen Folgen der Pandemie zählte

das Massensterben vieler Tierspezies«, erklärte der erste Mann. »Wir hatten nicht damit gerechnet, dass sich das Virus über die Arten hinweg verbreitet und mutiert. Wir haben schlicht nicht genügend Ressourcen und werden die Bevölkerung Nordamerikas noch einmal um die Hälfte reduzieren.«

»Darüber wurde ich nicht in Kenntnis gesetzt!«, empörte sich Horton.

»Dann sei dies hiermit nachgeholt«, erwiderte der erste Mann streng. »Schlagen Sie sich Arcadia vorerst aus dem Kopf, und beginnen Sie unverzüglich mit der Säuberung.«

Diese letzten Sätze bestätigten Loris Verdacht. Alles geschah im Rahmen einer großen Verschwörung. Ein zufälliger Asteroideneinschlag hatte als perfekter Vorwand gedient, etwas freizusetzen, das als eine der größten Pandemien in der Geschichte des Planeten angesehen werden musste. Horton und diese Männer waren skrupellose Massenmörder.

Mehr brauchte Lori nicht zu hören. Sie musste von hier verschwinden, und zwar schnell. Das Leben ihres Babys war in Gefahr. Sie zog sich hastig wieder an, dachte kurz nach und schlich aus dem Schlafzimmer, traf aber auf einen der Männer, der ausgerechnet jetzt aus der Küche kam.

»Hallo, Sie müssen Lori sein«, grüßte er und bot ihr eine Hand an.

Da sie keinen Verdacht aufkommen lassen wollte, nahm Lori die Hand und schüttelte sie. »Ja, ja. Hi … und Sie sind?«

»Oh, ein Freund des Kanzlers.«

»Nett, Sie kennenzulernen«, erwiderte sie gespielt lächelnd. »Sind Sie schon länger in der Wohnung?«

»Ach nein, bin gerade gekommen, um meine Jacke zu holen. Ich wollte einen Spaziergang machen.«

»Hm, warum begleiten Sie mich nicht ins Wohnzimmer?«, schlug er vor, indem er ihr eine Hand in den Rücken legte, um sie zur Tür zu geleiten.

»Nein, schon gut. Sieht so aus, als seien Sie beschäftigt.«

»Nicht mehr, stellen Sie sich dem Rest unserer Gruppe doch vor.«

Sie widersetzte sich, also schob er sie nachdrücklicher.

»Ich fände es sehr nett, wenn Sie aufhören würden, mich zu bedrängen. Ich kann alleine gehen.«

»Das wäre natürlich einfacher.«

Er lächelte hämisch.

Lori suchte händeringend nach einem Ausweg, ergab sich aber ihrem Schicksal mit jedem weiteren Schritt, den sie machte. Dann fiel ihr ein dicker Deko-Gesteinsbrocken ins Auge, eine zehn Pfund schwere Ablagerung von violettem Quarz, der sich vielleicht als ihre Rettung erweisen würde. Sie packte ihn schnell, fuhr herum und schlug dem Mann damit kräftig gegen die Stirn.

Sofort floss Blut in Strömen aus einer klaffenden Wunde. Er verlor das Bewusstsein und brach mit einem leisen Knall am Boden zusammen.

Als er reglos dalag, horchte Lori, ob die anderen etwas mitbekommen hatten. Anscheinend nicht, wie das anhaltende Geschnatter bezeugte. Das war ihre Chance, die einzige Gelegenheit zur Flucht, und die ließ sie sich nicht entgehen.

Jenks' Grundstück, Reed, Illinois

Daryl beeilte sich, den Geländewagen für die Fahrt nach Evansville zu beladen. Er konnte es schaffen, deutlich früher als die anderen dort zu sein. Unter normalen Umständen würde die Fahrt knapp zwölf Stunden betragen, doch in diesen Tagen war die Reisezeit nicht kalkulierbar. Auf den Straßen wimmelte es vor Hindernissen und Unwägbarkeiten, also wollte er umgehend losfahren. Die Sonne ging bereits unter, und er wollte die Nacht zu seinem Vorteil nutzen, indem er die Scheinwerfer nicht einschaltete, sondern ein Nachtsichtgerät hinterm Steuer aufsetzte.

Devin, Tess und Brianna wollten ihn begleiten, doch er sagte: »Vergesst es. Ich mache mich allein auf den Weg. Das ist meine Sache.«

»Sei nicht verrückt, du brauchst uns«, beharrte Devin. »Diese Menschenhändler sind bestimmt alles andere als angenehme Zeitgenossen.«

»Nein, ihr müsst euch selbst auf den Weg machen. Schluss und Ende«, erwiderte Daryl.

»Devin hat Recht, du brauchst unsere Hilfe«, stimmte Tess zu. »Du nahmst uns hier auf. Wir sind es dir schuldig.«

»Oh nein, das lag einzig an Mary«, entgegnete Daryl. »Hätte ich mich durchgesetzt, wärt ihr jetzt bestimmt nicht hier.«

»Wir kommen mit – Schluss und Ende«, bestimmte Devin.

Schließlich gab er ihrer Sturheit nach, und sie beluden den Humvee.

»Wohin genau fahren wir?«, fragte Tess, während sie ihr persönliches Gepäck in den Wagen legte.

»Hat Devin dir das noch nicht gesagt?«, wunderte sich Daryl.

»Nein, weil ich es selbst nicht richtig verstanden habe«, erklärte Devin. »Franks Südstaatendialekt war ein einziges Genuschel.«

»Nach Indiana. Richtung Kentucky, also nicht allzu weit.«

»Ich war noch nie in Kentucky, das war früher der Bluegrass-Staat, richtig?«

»Dort unten ist es wunderschön«, bemerkte Brianna. »Zumindest war es das mal.«

»Lasst uns gleich noch das Flugzeug zurück in die Scheune ziehen«, bat Daryl. »Wer weiß, wie lange wir wegbleiben.«

Nachdem sie mit dem Beladen fertig waren, folgten sie ihm auf die Landebahn. Eine halbe Stunde später stand die

Maschine wieder hinter verschlossenem Tor. Abschließend legte Daryl vor dem Eingang noch eine Claymore aus, um mögliche Eindringlinge abzuwehren.

Internationaler Flughafen von Denver

An den Wachen vor der Tür vorbeizukommen, wurde zum Nervenkrieg für Lori. Sie musste sich sehr zusammenreißen, um Ruhe auszustrahlen.

Sobald sie die Männer hinter sich gelassen hatte, lief sie zur Treppe. Ihr Ziel war die Cockpit-Bar. Dort hoffte sie, in Sicherheit zu sein und Travis anzutreffen.

Sie stieß die Tür zum Treppenhaus so kraftvoll auf, dass sie gegen die Betonsteinmauer schlug und beinahe Chance Montgomery traf, der ihr zufällig entgegenkam. »Meine Güte, Lori, das hätte ins Auge gehen können!«, rief er erschrocken.

Sie keuchte atemlos, ihr Gesicht war schweißgebadet. Mit einem betretenen Lächeln entschuldigte sie sich bei ihm.

»Wohin wollen Sie denn so eilig?«

In Gedanken spielte sie mehrere Möglichkeiten durch. Sie wusste nicht, wie sie sich entscheiden sollte. Hier stand ihr unmittelbarer Vorgesetzter und Freund des Kanzlers. Er war ganz sicher über ihre Schwangerschaft und ihr persönliches Verhältnis zu Horton informiert worden. Ihr kam es so vor, als ob er sie anstarrte und sich insgeheim fragte, was genau sie im Schilde führte.

Da sie keine Zeit hatte, eine glaubhafte Ausrede zu finden, handelte sie pragmatisch. Sie versetzte Chance eine Ohrfeige. Nach dem unerwarteten Schlag taumelte er rückwärts wieder ins Treppenhaus und stürzte gegen das Geländer.

Lori setzte rigoros nach und schlug immerzu auf ihn ein. Dies war ihr Kampf ums nackte Überleben, auch für ihr Baby.

Chance kam nicht dazu, sich gegen die unaufhörlichen

Hiebe zu wehren. Einer nach dem anderen traf sein Gesicht. Seine Nase, die Lippen und die rechte Wange bluteten.

»Lori, bitte!«, schrie er auf, als er auf dem harten Boden niederging.

Lori ließ ihrem reinen, animalischen Zorn freien Lauf und sprang auf Chance. Sie packte seinen Kopf und stieß ihn wiederholt auf den Beton, bis sie es laut knirschen hörte.

Erst als eine zähe dunkelrote Flüssigkeit aus seinem Hinterkopf floss und seine Pupillen nach innen verdreht waren, ließ sie von ihm ab. Sie betrachtete ihre zierlichen Hände, die blutverschmiert waren. Angeekelt wischte sie es an ihrer Jeans ab.

Nun da Chance vermutlich tot war – der Mann in der Wohnung ebenfalls, zumindest aber schwerverletzt – gab es für sie keinen Weg zurück. Sie musste hier heraus kommen und hoffte, dass Travis ihr helfen würde.

Jenks' Grundstück, Reed, Illinois

Nachdem die Autos beladen und das Flugzeug wieder sicher in der Scheune verwahrt war, lud Jenks die anderen vor der Abfahrt noch überraschend zu einem Abendessen ein, das natürlich keiner von ihnen ausschlug.

Devin schmunzelte verschmitzt, als er sich bewusst machte, wie verbunden er sich Tess, Brian, Brando und nun auch Daryl fühlte. Dabei bedauerte er, dass erst eine Apokalypse über sie hereinbrechen musste, um solche Freunde zu finden.

»Wer möchte Nachtisch?«, fragte Daryl.

Alle waren neugierig, welche unverhoffte Süßigkeit er auftischen würde. Daryl ging in die Küche. Nach einer Weile hörten sie, wie der Geländewagen ansprang, und da dämmerte ihnen, dass das Abendessen nichts weiter als eine Finte war, um sie abzulenken und zu verbergen, dass er trotz allem vorhatte, ohne sie loszufahren.

Als sie die Vorterrasse erreichten, war Daryl schon links auf die Madison Road abgebogen und entfernte sich.

»Was tut er da?«, fragte Tess in heller Aufregung.

»Kommt, wir folgen ihm«, sagte Devin und rannte zum Humvee.

»Ich hole Brando, wartet auf mich!«, rief Brianna.

Tess lief, um ihr Gewehr aus der Küche zu holen, als sie eine Nachricht auf dem Tisch entdeckte.

Devin hupte und schrie: »Beeilung!«

Er wusste, Daryl einzuholen, wurde ihnen mit jeder weiteren Sekunde schwieriger, wenn er erst einmal in der Dunkelheit verschwunden war. Er drückte erneut auf die Hupe.

Tess kam heraus und sagte: »Stopp, stell den Motor ab.«

»Nein, wir müssen ihn einholen, er schafft das nicht alleine!«

»Bis wir eingeladen haben und unterwegs sind, wird er mehrere Meilen Vorsprung haben. Er fährt ohne Licht und auf Umwegen, damit wir ihn verlieren. Das steht so auf dem Zettel, den er für uns hinterlegt hat.« Tess hielt ein weißes Stück Papier hoch.

Devin schlug mehrmals fest aufs Lenkrad ein und brüllte: »Nein, nein, nein!«

»Sprit sparen, stell das Ding ab!«, mahnte Tess.

Er gehorchte und zog den Schlüssel. Dann stieg er aus, ging zu ihr hinüber und riss ihr die Nachricht aus den Händen.

Brianna kam herausgestürzt, und Brando humpelte hinterher.

»War's das? Wir lassen ihn einfach so ziehen?«

»Wir werden ihn nie einholen«, sagte Tess.

»Wir sollten es aber versuchen«, hielt das Mädchen dagegen.

»Ich sage es ungern, aber Tess hat Recht. Er ist uns meilenweit voraus, und keiner von uns weiß genau, wohin er fährt.«

»Doch, das wissen wir«, behauptete das Mädchen im überzeugten Ton.

»Nein, wir wissen es nicht.«

»Sicher, er fährt nach ...« Brianna stockte.

»Eben, wir wissen es nicht. Er hat es uns nie wirklich gesagt, und zwar aus gutem Grund.«

»Wir dürfen das nicht zulassen«, sagte Brianna, nunmehr wütend.

»Er schreibt, er will nicht, dass wir uns ihm anschließen«, gab Devin zurück, während er las. »Nicht wir haben ihn verlassen, Bri, sondern er uns.«

»Das liegt daran, dass er ein stolzer Mann ist. Doch er braucht uns.«

»Genug, wir fahren, und zwar sofort!«, ging Tess dazwischen.

»Wirklich?«, fragte Devin verdutzt.

»Jawohl!«

Internationaler Flughafen von Denver

Der Schweiß lief Lori von der Stirn, während sie durch die Flughafenhalle hetzte. Ein großes Schild vor ihr verwies auf Terminal C.

Alle Menschen, an denen sie vorbeilief, schauten ihr verwundert oder besorgt hinterher. Lori wusste, dass sie unerwünschte Aufmerksamkeit auf sich zog, doch Eile war nun oberstes Gebot.

Sobald sie Terminal C erreichte, bog sie hart rechts ab und erblickte die dämmrige Beleuchtung der Cockpit-Bar. Keine 50 Fuß mehr – doch würde Travis auch dort sein?

»Stopp!«, rief jemand hinter ihr.

Als sie über ihre Schulter blickte, machte sie zwei Flughafenaufseher in Uniformen aus, die sie verfolgten. Diese Kerle trugen schwarze Kleidung, um sie von den gewöhnlichen Militärs unterscheiden zu können.

»Travis!«, schrie Lori.

Nachdem die Wachen ihr befohlen hatten, stehenzubleiben, und weil sie selbst laut schrie, wurde sie nun von allen Seiten angeglotzt.

»Travis, wo sind Sie?«

»Lori?« Travis kam aus der Bar.

Als sie ihn sah, rannte sie los und stürzte sich in seine Arme. »Helfen Sie mir, bitte!«

Es erschreckte ihn, sie so aufgelöst zu sehen. »Was ist denn los?«

»Festhalten, lassen Sie sie nicht los!«, befahl einer der Wachleute. Die beiden näherten sich rasch.

»Lori, was ist los?«

»Zu kompliziert, aber ich brauche Ihre Hilfe. Die versuchen, mich und mein Baby umzubringen.«

»Baby?«

»Ich bin schwanger, bitte helfen Sie mir!«

Ohne weiter nachzufragen, nahm er sie an der Hand, um von den Männern fort und weiter in die Halle zu laufen.

»Stopp!«, riefen die Wachleute erneut.

Als Travis sich umdrehte, erblickte er noch zwei weitere Wachen. Ihm fiel der Eingang zu einem Treppenhaus ins Auge.

»Da entlang«, sagte er. Sie stürzten durch die Tür.

»Wohin gehen wir?«, wollte Lori wissen.

»Gute Frage, in was genau haben Sie mich da hineingezogen?«

Sie eilten zwei Treppenläufe hinunter und auf eine Rollbahn, die hell erleuchtet war.

»Sagen Sie mir, was passiert ist, dann fällt mir vielleicht ein, was wir tun können und wohin wir gehen sollten«, drängte er.

»Ich bin schwanger, und der Kanzler will mein Kind töten. Er hat mich gefangengenommen und strebt die Weltherrschaft an.«

»Das klingt abstrus!«

Hastig erklärte Lori ihm alles, so gut sie vermochte, doch glauben konnte er nichts davon.

Travis sah einen alten Allradtransporter und stürmte darauf zu. Als er das Vinylverdeck aufklappte, fand er die Ladefläche leer vor.

»Springen Sie rein.«

Er half ihr hoch und kroch hinterher.

»Wir verstecken uns kurz hier. Ich muss meine Gedanken sammeln, und Sie schildern mir bitte genau, was in Gottes Namen vor sich geht.«

»Travis, Sie müssen mir glauben, wenn ich Ihnen sage, dass alles – und ich meine wirklich alles – was gerade geschieht, von langer Hand geplant war.«

»Geplant wozu?«

»Okay, von Anfang an. Das Virus, es stammt nicht von Pandora. Der Asteroid war nur ein Vorwand. Kanzler Horton und andere wie er, sie haben es freigesetzt, sie ...« Lori stockte, um zu Atem zu kommen. »Sie haben es getan, um die Weltbevölkerung zu verringern. Sie wollen ein eigenes Großreich erschaffen und haben dafür fast die gesamte Menschheit umgebracht.«

»Was reden Sie da?«

»Es gab kein außerirdisches Virus oder so etwas in der Art. ›Der Tod‹ wurde von Menschen entwickelt. Es ist ein biotechnisch hergestellter Erreger, der die Menschheit dezimieren sollte!«, schluchzte sie.

Travis saß da, ohne sich zu bewegen. Er war sprachlos.

»Der Kanzler ... er ... ich wurde zum DIA gebracht, weil meine DNA perfekt zu seiner passt. Er hat mit mir ...« Wieder machte sie eine Pause. »Er hat mit mir geschlafen, als ob ich ihm gehörte. Ich wurde vergewaltigt. Meinen Mann und meinen Sohn hat er fortgeschickt, jetzt will er mein Baby umbringen.«

»Was?«

»Bitte glauben Sie mir!«

»Wenn ich ehrlich bin, klingt Ihre Geschichte verrückt, und ich würde glauben, Sie hätten den Verstand verloren, gäbe es da nicht auch Verdachte meinerseits. Irgendetwas stinkt hier. Hinter den Kulissen ist was im Gange. In letzter Zeit sind mir eigenartige Logos auf Fahrzeugen aufgefallen und so weiter.«

»Wie sehen die aus?«

»Ich habe sie noch nie zuvor gesehen: ein Kreis und darin ein Dreieck mit einem weiteren Kreis in der Mitte.«

Travis hielt kurz inne, bevor er anfing, ihr seine Erlebnisse seltsamer Umstände zu unterbreiten – Situationen, die er in all seinen Jahren im Marinekorps nicht erlebt hatte. Er beschrieb Lori eingehend, wie die Impfung vonstattenging, und gab an, die Spritzen seien der gesamten Einheit erstmals einen Monat vor dem Auftreten des Virus verabreicht worden.

»Ich kann doch nicht die einzige Person hier sein, die erkennt, was wirklich geschieht«, meinte Lori.

»Natürlich sind Sie das nicht. Ich habe ähnliche Fragen gestellt, genauso wie meine Offizierskollegen, doch zu behaupten, unsere eigene Regierung verschulde die Krankheit, wirkt wie völlig aus der Luft gegriffener Verschwörungs-Quatsch.«

»Tja, ist es aber nicht, Travis. Ich habe sie belauscht. Wie erklären Sie sich die Impfung vor dem Ausbruch des Virus? Ich meine, wo wir doch glauben sollten, es stamme aus dem Weltraum und sei mit dem Asteroiden auf die Erde gelangt: Wieso wurde schon einen Monat früher vorgesorgt?«

»Das leuchtet mir ein, doch viele meiner Männer gaben es auf, Fragen zu stellen, als man ihnen androhte, auf die

Spritzen verzichten zu müssen. Sie wissen, was das bedeuten könnte …«

»Den Tod für mindestens 90 Prozent derer, die nicht geimpft wurden.«

»So ist es. Damit halten sie uns bei der Stange. Wir tanzen nicht aus der Reihe und stellen keine Fragen mehr.«

Sie streckte eine Hand aus und drückte seine. »Was wird nun aus mir?«

Er dachte eine Weile nach. »Ich will Ihnen nichts vormachen, Lori. Das wird nicht einfach. Ich weiß nicht, wie wir von hier entkommen sollen. Bald wird man das ganze Areal abgeriegelt haben.« Ihr kamen die Tränen. »Ich wollte Sie nicht zum Weinen bringen, sondern nur darauf hinweisen, dass Sie sich auf einiges gefasst machen müssen. Ich bleibe bei Ihnen. Niemand wird Ihnen ein Haar krümmen. Haben Sie vielleicht eine Idee, wie wir fliehen können?«

»Nein, gar nicht. Ich weiß ja kaum, wie ich hergekommen bin.«

»Denk nach, Travis, denk nach!«, sagte er laut zu sich selbst.

Sie drückte seine Hand fester.

»Das könnte gehen! Es gibt eine U-Bahn, die vom Flughafen in die Cheyenne Mountains zum Nordamerikanischen Luftraum-Verteidigungskommando führt.«

»Ist es dort sicher?«

»Nein, ganz bestimmt nicht. Doch auf dem Weg befindet sich etwas abseits der Strecke ein verlassener Bahnhof. Ich kenne ihn, er wurde schon vor Jahrzehnten aufgegeben. Jemand erzählte mir, von dort aus gelangt man über ein stillgelegtes Gleis nach Riverton in Wyoming.«

»Was gibt es dort?«

»Schätze, das werden wir herausfinden«, antwortete er und erwiderte den Händedruck. Lori lächelte und legte ihm die andere Hand an seine glattrasierte Wange.

»Vielen Dank. Aber was ist mit Ihrer Verlobten und der Nachricht an sie?«

»Was würden Sie tun?«

»Ich weiß es nicht. Mir ist noch nicht ganz klar, was aus David und Eric wird, jetzt wo ich auf der Flucht bin. Ich konnte nicht zulassen, dass die mein Baby töten.«

Eine Sirene heulte los, gefolgt von einer Ankündigung:

»Achtung, Achtung, an das gesamte Personal, halten Sie die Augen nach Lori Roberts offen – weiblich, eins-achtundsechzig, langes, braunes Haar. Sie ist in Begleitung eines nicht identifizierten Marine. Beide werden als gefährlich eingestuft. Achtung, Achtung, an das gesamte Personal, halten Sie die Augen nach Lori Roberts offen – weiblich, eins-achtundsechzig, langes, braunes Haar. Sie ist in Begleitung eines nicht identifizierten Marine. Beide werden als gefährlich eingestuft.«

»Ich denke, das ist unser Zeichen, dass wir uns so schnell wie möglich vom Acker machen sollten«, sagte Travis. Er blickte verstohlen hinaus. Ihnen blieben nur wenige Minuten, um es bis zur U-Bahn zu schaffen, bevor es auf dem Gelände vor Sicherheitskräften wimmeln würde.

»Jetzt oder nie«, sagte Lori.

Sie sprangen von der Ladefläche und liefen zum Hauptgebäude zurück. Von dort aus wusste Travis genau, wohin sie gehen mussten. Er fand eine Treppe, die ins fünfte Untergeschoss führte. Sie eilten tief in die Eingeweide des Flughafenkomplexes hinab und gelangten in einen Sektor, von dem Lori noch nie etwas gehört hatte. Sie verließen das Treppenhaus und gelangten an ein breites Metalltor. Darüber stand auf einem Schild: Shuttle-Service.

Dass sich hier niemand aufhielt, verwunderte Travis nicht, da nachts keine Bahn fuhr. Zu diesem Zeitpunkt konnten sie getrost über die Schienen schleichen.

»Augenblick«, sagte Lori, bevor er vom Bahnsteig sprang. »Sie können mich einfach gehenlassen. Von hier aus finde ich mich schon zurecht. Die wissen nicht, wer Sie sind.«

»Ich darf nicht glauben, lange der nicht identifizierte Marine zu bleiben. Mit Ihnen zu gehen, war eine endgültige Entscheidung. Ich habe das ungute Gefühl, dass man mich, falls ich zurückkehre, in den Ruhestand schicken wird, wenn Sie verstehen, was ich meine.«

»Dann weiter.« Lori nahm wieder seine Hand.

Nachdem er auf die Schienen gesprungen war, half er ihr herunter. Dann drehten sie sich um und schauten in den dunklen, halbrunden Tunnel.

Lori fürchtete sich aus mehreren Gründen – nicht weil sie ins Dunkel treten musste, sondern vielmehr davor, wo sie letztlich herauskämen. Sie nahm sich einen kleinen Moment Zeit, um auf die Welt zurückzublicken, die sie nicht wiedersehen würde. Ihr Schicksal war besiegelt, seit sie Chance und das Mitglied des Rates vielleicht tödlich verwundet hatte. Da sie nach der belauschten Debatte wusste, wie unzufrieden die anderen Entscheidungsträger mit Horton waren, ahnte sie auch, dass er machtlos wäre und sie nicht beschützen könnte, selbst wenn er es wollte. Er hatte Recht gehabt mit der Behauptung, seine Macht sei nicht uneingeschränkt, und er müsse sich vor dem Rat verantworten. Lori befürchtete, nicht nur ihr eigenes Schicksal besiegelt zu haben, sondern auch das von David und Eric.

»Kommen Sie, finden wir heraus, wohin der Tunnel führt«, sagte Travis und zog sie mit sich in die Finsternis.

Jenks' Grundstück, Reed, Illinois

Nachdem sie die letzten Dinge im Humvee verstaut hatten, darunter zusätzliche Lebensmittel, Wasser und Dieseltreibstoff, verriegelten sie das Haus, verminten die Einfahrt und fuhren los.

Tess saß am Steuer. Sie schaute in den Seitenspiegel, während sie darüber nachdachte, wie viel Leben und Tod an diesem Haus hingen, nicht ohne sich zu fragen, ob sie je wiederkehren würden. Sie fand es seltsam, wie sich ein Mensch einem Ort verbunden fühlen konnte, obwohl er ihn noch gar nicht lange kannte. Sie trat kräftig aufs Pedal und lenkte ruckartig nach links herum.

»Wohin fährst du?«, fragte Devin.

»Richtung Osten.«

»Warum? Nein, wir müssen nach Süden fahren!«, warf Brianna ein. »Dorthin ist Daryl unterwegs.«

»Wir folgen ihm nicht, Bri. Wir fahren nach North Carolina. Es ist an der Zeit, dass wir unser eigentliches Ziel wieder anpeilen.«

»Nein, bitte nicht!«, schluchzte das Mädchen. »Was wird aus Hudson? Wir müssen versuchen, ihn zu retten, er ist doch noch ein Kind.«

»Nein, Daryl hat uns die Entscheidung abgenommen. Ich kann es nicht zulassen, dass wir uns in ein sinnloses Unterfangen hineinsteigern. Du hast seine Nachricht gelesen. Er legte uns nahe, aufzubrechen und unsere Reise fortzuführen. In North Carolina finden wir vielleicht Antworten. Punkt.«

Brianna fing an zu weinen.

Devin blieb still. Er war zwar gespaltener Meinung, wusste aber im Grunde, dass Tess Recht hatte. Daryl war ohne sie verschwunden, weil er ahnte, wie schlecht die Chancen standen, seinen Sohn zu retten, und er nie Frieden finden würde, falls sie drei ihre Leben ließen, wenn sie ihn begleiteten. Der Mann kehrte in vielerlei Hinsicht überhaupt keinen Stolz hervor, sondern zeigte sich vielmehr respekt- und liebevoll. Er konnte zwei und zwei zusammenzählen, verstand also auch, dass

Hudson mit hoher Wahrscheinlichkeit entweder bereits tot war oder sterben würde. Die Menschenhändler hatten deutlich gemacht, dass es nicht infrage käme, Hudson einzutauschen, und davon ausgehend, was man über die Gruppe wusste, würde man mehr als 30 Mann entgegentreten. Nein, nach langer Überlegung kam Devin zu dem Schluss, dass Daryl ihnen Respekt und Liebe entgegenbrachte, indem er sie zwang, weiterzuziehen und ihre Odyssee zu vollenden.

Tess folgte Jenks' Beispiel und fuhr mit ausgeschalteten Scheinwerfern. Das kräftig grüne Licht des Nachtsichtgeräts war gewöhnungsbedürftig, auch die stark eingeschränkte Sichtweise. Diese stand sinnbildlich für das Ungewisse, in das sie sich begaben. Sie verschwanden in der Nacht und strebten einem Ort zu, der einmal Tess' Zuhause gewesen war, ihr aber nun genauso fremd und unwirtlich vorkommen würde wie jeder andere.

Für Devin, Brianna, Brando und sie gab es keine Gewissheit, außer jener, die sie sich gegenseitig schenkten. Zahlreiche Herausforderungen kamen auf sie zu, und wie ihre Reise ausgehen würde, das konnte niemand sagen. Sollten der Tod, das Elend, der Hass und der Schrecken, die nun auf der Welt herrschten, eine gute Seite haben, dann war dies der Umstand, dass Liebe und Freundschaft auch unter extremsten Bedingungen gedeihen konnten.

Epilog - Tag 2

3. Oktober 2020
Methodisten-Krankenhaus, Indianapolis, Indiana

Kanzler Horton verließ den Fahrstuhl und ging nachdenklich über den Flur, bis er eine breite Flügeltür erreichte, auf der ›Quarantänezone‹ stand.

Der postierte Wachmann nickte, als er ihn sah.

»Öffnen Sie«, befahl Horton.

Der Mann gehorchte und entriegelte das Schloss. Der Kanzler ging hindurch und weiter geradeaus, bis zum Ende des Korridors. Dort zu seiner Rechten befand sich eine weitere breite Doppeltür. Er stieß sie auf und betrat einen großen Saal. Das Piepen und Brummen von Monitoren drang an seine Ohren. Es roch nach Bleichmittel, das auch ein wenig in den Augen brannte. Er nahm einen Mundschutz aus seiner Tasche und zog ihn über. Nur so ließ sich der Gestank ertragen, der ihn hinter dem dicken, weißen Vorhang erwartete. Horton stellte sich davor und warf einen Blick hindurch. Dort lag eine Frau in einem Bett. Schläuche, Drähte und Sensoren standen von ihrem Körper ab wie Wurzeln unter einem Pflanzenstängel.

Ein Mann in einem langen, weißen Kittel trat neben ihn.

»Kanzler, ich freue mich, Sie zu sehen.«

»Oh, Dr. Mueller, ganz meinerseits.«

»Ich hätte nicht gedacht, dass Sie so schnell hier sein können, wo Phase Eins doch in vollem Gange ist.«

»Ich bin nur hier, weil Sie meinten, es sei dringend. Was ist los, Doc?«

»Wir wissen es nicht genau, aber bei unseren Tests ist etwas aufgetreten, dem wir bisher nicht begegnet sind.«

»Dann ist sie also die Indexpatientin?«

»Genau, Sir.«

»Aber sagen Sie mir, warum die Dringlichkeit?«

»Mit der Indexpatientin verlief alles perfekt. Wir injizierten, und wie bei unseren Versuchen machten sich innerhalb von zwölf Stunden Symptome bemerkbar, die sich rasch ausbreiteten. Wir rechneten fest damit, sie würde sterben – bis gestern Nacht oder spätestens heute Morgen – doch das tat sie nicht.«

»Das ist der Grund? Sie lebt noch, und darum riefen Sie mich an?«

»Wir führten weitere Tests durch, und wie es aussieht, bildet ihr Immunsystem äußerst schnell Antikörper.«

Horton schaute auf seine Armbanduhr. »Hören Sie auf, mich zu langweilen. Ja und? Sie ist immun. Wir haben noch andere Patienten.«

»Nein, Sir, das meine ich nicht. Sie ist eindeutig nicht immun, doch ihr Immunsystem hat Antikörper gebildet – ganz von selbst – die das Virus abtöten. Sie ist nicht immun, sondern heilt sich selbst.«

Das weckte Hortons Interesse. Wieder blickte er in die enge Zelle, in der die Frau lag.

»Was bedeutet das? Und inwiefern ist die neue Ordnung davon betroffen?«

»Immune Personen legen kaum Symptome an den Tag, das wissen wir. Aber was diese Frau hier betrifft, so hat sie einen Kreislauf vollzogen. Das Virus war dabei, sie zu töten, doch ihr Körper wehrte sich und überwand es. Sie müssen verstehen, mit ihr lässt sich ein Impfstoff herstellen, und zwar kein vorübergehender, sondern ein dauerhaft wirksamer. Die Indexpatientin könnte Phase Eins stoppen, verstehen Sie?«

»Das werden wir zu verhindern wissen; schaffen Sie sie fort von hier.«

»Sehr wohl, Sir.«

»Sie soll zum DIA gebracht werden.«

»Wir kümmern uns sofort darum.«

»War das alles?«

»Ja, Sir.«

»Gut. Sehen Sie zu, dass sie heil dort ankommt. Wir brauchen sie unversehrt.«

Damit drehte sich Horton um und wollte den Saal verlassen, blieb aber kurz vor der Tür noch einmal stehen und wandte sich an den Arzt: »Wie lautet der Name der Indexpatientin?«

Dr. Mueller blätterte zum Titelblatt seines Klemmbretts zurück. »Sie heißt Cassidy Lange.«

- E N D E -

Printed in Poland
by Amazon Fulfillment
Poland Sp. z o.o., Wrocław

72341094R00167